Im freien Fall

Gitta Herrmann-Hillrichs

Im freien Fall

Herstellung und Verlag: Books on Demand GmbH, Norderstedt
ISBN 978-3-8370-4254-2
Bibliografische Information der Deutschen Bibliothek
Die Deutsche Bibliothek verzeichnet diese Publikation in der Deutschen Nationalbibliografie; detaillierte bibliografische Daten sind im Internet über http://dnb.ddb.de abrufbar.

Inhalt

Schnittpunkt	7
Die erste Hälfte	27
Das Lesen ein Segen	43
Ein schönes Zwischenspiel	53
Junge Ehe	57
Scheidung und zweite Ehe	81
Gaststättenleben	123
Bad Abbach	155
Am Abgrund	173
Hilferufe	191
Im freien Fall	215
Atempause in San Francisco	227
Nachwort	275

für Bernhard

Ein jegliches hat seine Zeit, und alles Vornehmen
unter dem Himmel hat seine Stunde.
Geboren werden und sterben,
weinen und lachen, klagen und tanzen,
suchen und verlieren, behalten und wegwerfen,
schweigen und reden, lieben und hassen,
Streit und Friede hat seine Zeit.

PREDIGER 3,1-3,8

Schnittpunkt

Jeder von uns ist auf einer einzigartigen, durch nichts zu ersetzenden Reise.

Aus, Ende, so keinen Tag weiter. Ich bin jetzt tief genug gefallen, angekommen, es geht nicht tiefer. Außer, ich sterbe. Lebensretter Telefon. Hilferuf an die Freundin. „Ich bitte dich, bring mich in die Klinik! Bitte, gleich! Hilf mir! Bitte!"

Mai 1990

Ich sitze mit dem Rücken an der Wand auf dem Fußboden. Habe nur noch einen Gedanken: *Wenn jetzt nicht etwas passiert, sterbe ich. Ich bin ganz sicher, dass ich sterben werde.*

Vor mir auf dem Sofa hockt ... ja, wer? Wie soll ich ihn bezeichnen? Meine Blindheit? Meine letzte Chance, wach zu werden? Meine Wünsche? Der Tropfen, der das Fass zum Überlaufen gebracht hat?

Meine ganz große Liebe?

Ich bin ja verrückt, wie konnte ich mir Liebe einbilden?

Ein weiteres Opfer sitzt da, seine Frau. Sie ist immer noch blind. Heute, jetzt, tut sie mir nicht leid, aber der Moment wird kommen. Sie hat um ihren Mann gekämpft ... und mich gerettet.

Ein letzter, grauenvoller Tag.

Woher habe ich die Kraft genommen, um Hilfe zu rufen? Wieso bin ich noch bei Verstand? Ich bin betrunken, wieder einmal. Und doch … unauslöschbar ist mir eingebrannt, wie jämmerlich wir dort sitzen, jeder mit seinem eigenen Entsetzen, spiele ich in meinem Film.

Meine Freundin kommt, lädt mich ins Auto. Ich sehe ihre Bestürzung bei meinem Anblick. Es zittert mich und ich muss mich umklammern, schützen. Während der ganzen Fahrt zum

Krankenhaus rede ich Wirres, bewege mich vor und zurück, völlig irre.
Ich werde abgegeben wie ein Paket.

Zusammengeklappte Frau auf dem Stuhl. Schizophren mein Kopf. Eine Hälfte am Ende, zu nichts mehr tauglich. Die andere glasklar wissend: *Dies ist wichtig für dich*, so stehe ich neben mir. Beobachte mich, die behutsame Ärztin, den stierenden Sani.
Meine Freundin, die neugierigen Patienten, die mich als ihr Spiegelbild bestaunen, werden wahrgenommen und dann ausgeblendet.
„Ja meinen Sie, Sie wären hier im Himmel?“, fragt die Ärztin.
Jedes Wort eine wichtige Aussage, deutlich und klar in meinen Ohren. Keine raffinierten Überlegungen mehr. Auf den Punkt gebrachte Antworten.
Gebe als Notadresse die meines Sohnes an, nicht die vom Ehemann ... ohne Nachdenken das Richtige, nie ist etwas so klar wie im Suff ... haha, soll mich ausziehen und schäme mich doch noch, weil ich meinen Slip in der Hosentasche habe.
Wünsche – nein, Forderungen! Drohe, dass ich mich auf die Erde schmeißen werde und so lange schreie, bis ich dableiben kann.
Egal, wie ich wirke. Verrückt, versoffen, bekloppt – was auch immer … Hier bleiben, das ist der einzige Gedanke in meinem Kopf. Bitte, bitte in Sicherheit sein. Vor mir selbst. Vor dieser fertigen, verwahrlosten Frau mit 20 Kilo Übergewicht, aufgedunsen, die Haare stumpf und ungepflegt, zitternd und bebend innen und außen, bis auf die Knochen erschöpft.
Diese Ärztin sieht es, schreibt die Einweisung.
Vorerst aufgefangen …

Drei Tage geschlossene Abteilung. Weißes, hinten offenes Kliniknachthemd, betrunkener Schlaf im schmutzig-weißen,

trostlos kahlen Randalierzimmer, verriegelte Fenster, nicht zu schließende Tür, rundum beaufsichtigt. Alle zwei Stunden Blutdruckkontrolle.
Erstes Durchkommen, Erkennen. Fertige Menschen um mich. „Suppe“ für Menschen auf Entzug. Keiner bringt den Löffel voll zum Mund. Erbärmlich traurige Versuche mit der halb vollen Suppentasse, verschämte Blicke trotz Verständnis.
Drei Wochen bin ich hier, verstehe wenig bis gar nichts.
Schwere Entzugserscheinungen und der Scherbenhaufen meines Lebens machen mich schlaflos, starr und steif.
Ich atme an der Oberfläche.
Meine Gedanken drehen sich im Kreis, ununterbrochen, beherrscht von dem sicheren Wissen: Ich überlebe das alles nicht. Ich bin einem völlig unfähigen Therapeuten ausgeliefert. Ich traue ihm nicht. Ein Schneidezahn fehlt ihm wie selbstverständlich, auf mich wirkt er schlampig. Er strahlt nichts Gutes aus. Arroganz und Selbstgefälligkeit sitzen da. Und Macht. Er sieht nicht Verzweiflung, Erschöpfung, Müdigkeit und Angst; in seinen Augen erkenne ich die gleichgültige Herablassung gegenüber einer runtergekommenen Alkoholikerin ohne Chance.
Er gefällt sich in seiner wichtigen Rolle, will diktieren und bestimmen. Mir vorschreiben, wie ich mich fühle, was ich brauche und tun soll. Mal soll ich gehen, mal darf ich bleiben, damit hält er mich in Angst, schikaniert mich, strotzend aufgebläht vor Überlegenheit. Mickrig klein, fügsam, bequem zu lenken, so kann, so soll ich bleiben.
Keine Hilfe, Unterstützung, Stärkung, kein Trost.
Ich weiß ganz sicher: Ich brauche eine Therapie, muss lange Zeit weg. Er steht mir im Weg, verhindert es, schreit mich an, dass ich wohl alles besser weiß (es geht um *meinen* Zustand!) – bekräftigend kracht seine Faust auf den Tisch –, und begreift gar nichts.
Lediglich entgiftet bestehe ich auf meiner Entlassung. Suche und versuche alles für meine Rettung, bei meinem Arzt, dem

Blauen Kreuz, den Anonymen Alkoholikern. Renne von Pontius zu Pilatus und habe irgendwann Glück. Ich begegne einer Frau, die mich ernst nimmt und versteht. Sie verhilft mir zu einer halbjährigen Therapie und damit zu einem neuen Leben.

Fünf schwere Monate muss ich noch schaffen, bis der Anruf kommt: *Sie können kommen!* Am Tag zuvor nehme ich Abschied von meinem vermeintlichen Freund Alkohol. Ich trinke Rum pur. Trinke ganz bewusst. Warum habe ich mir kein wohlschmeckenderes Getränk ausgesucht? Will ich mir den ganzen Ekel in der Erinnerung bewahren?
Noch einmal möchte ich ohne Druck leben, sorglos und angstfrei sein, denn Angst hatte ich immer, wenn ich nüchtern war. Ich koste das beruhigende Gefühl voll aus, genieße es buchstäblich, bin noch einmal – ein letztes Mal? – betrunken.
Es ist ein trauriger Abschied.

Oktober 1990
Ich traue mich nicht zu glauben, dass ich es geschafft habe, hier bin und bleiben darf. Geschützt und isoliert in einer Klinik, weit weg von der Gaststätte, dem Briefkasten, der Bank, dem Noch-Ehemann, ja sogar den Kindern.
Vorerst sind mir 6 Wochen genehmigt, mit dieser Zeitspanne bin ich fast ein Einzelfall. „Ich bin die Einzige, Erste und Letzte in diesem Hause, die nicht 6 Monate bekommt", sage ich dem Chefarzt. In ständiger Angst vor Enttäuschung stellt sich bei mir kein Gefühl der Erleichterung ein. Zu lange hat es gedauert, bis ich hier landete. Voller Misstrauen warte ich darauf, wer mich jetzt schon wieder nicht versteht und mir Steine in den Weg legen will. Ich ducke und krieche, will auf keinen Fall Ärger hervorrufen, so wenig wie möglich auffallen, keinen provozieren, lieb sein. Hier bleiben möchte ich, nur hier bleiben.

Ein nicht zu beschreibender Druck fällt von mir ab, als ich es schwarz auf weiß habe: ein halbes Jahr auch für mich!
Mein schlechter Zustand wird mir abgenommen. Nicht nur ich, auch andere meinen: Sie ist krank. Wie wunderbar, ich muss nicht nach Haus. Ich traue mich nicht, mich zu freuen, aber in mir ist unendliche Dankbarkeit für diese bewilligte Zeit.
Ich habe Schonzeit, ich will mich schonen. Ich bin krank, das weiß ich durch und durch, will gesund werden.
Ich bekomme Zeit – ein halbes Jahr!
Mein Gott, noch niemals war ich so allein für mich selbst da. Ich fasse es lange nicht richtig. Zeit für mich? Ich will sie nutzen, will denken und ordnen. Ein anderes Leben möchte ich anfangen, sinnvoll soll es sein. Ohne vernebelte Sinne, ohne Tage, auf die ich voller Scham zurückblicke, um mich erneut zu benebeln, weil ich die Tatsachen nicht ertragen kann. Alles möchte ich jetzt sehen und erleben, aushalten können. Die Jellinek-Kurve steht mir vor Augen, ich sehe, wo ich mich bereits befand und hoffe, davon wegzukommen. Schaffe ich das?

Ich sehe mich um, richte mich ein. Habe ich vielleicht sogar (wenigstens ein bisschen) Glück mit der Klinik?
Sie liegt auf einem Hügel, gänzlich abgeschieden von der Ortschaft, eingebettet im Wald. Ich bekomme ein schönes Zweibettzimmer zugewiesen. Ganz ruhig ist es hier. Vor dem Fenster stehen zwei Tannen und eine Birke, an der die letzten Blätter hängen. In diesen Bäumen ist oft mein Blick. Nur betrachtend, so scheint es anfangs, doch bald beginnen und sammeln sich dort meine Gedanken.
Stundenlang auf meinem Bett liegend, kuschele ich mich in die warme Wolldecke, wenn Herbststürme und peitschender Regen alles vor dem Fenster auf Biegen und Brechen in Bewegung setzen.

Ich staune über die Äste und zarten Zweige, die genug Kraft haben, die hohe Schicht Schnee zu tragen, spüre eine Stille in den Bäumen im Winter. Ruhig und würdevoll stehen sie da.
Das muntere, schaukelnde Treiben der kleinen Vögel im Frühling wirkt fröhlich, unbeschwert – lockt, es ihnen gleichzutun.
Da sitzt die dicke schwarze Krähe genau auf der Tannenspitze – wie hält sie sich bloß? Dann die ersten zaghaften Knospen an der Birke und das neue Grün!
Diese Bäume geben mir Ruhe, bewirken sanft zwingend Einkehr. Fast kommt es mir wie eine Zuflucht vor.
Nie zuvor habe ich so lange so still gelegen. Ich fühle mich wie ein ausgewrungener Schwamm, der sich ganz langsam wieder vollsaugt. Der Schwamm saugt Wasser, ich Ruhe, Ruhe, Ruhe.
14 Tage lässt man mir diese Ruhe, diesen Stillstand auf einer Stelle, mit dem Blick zurück. Dann soll ich ganz langsam, mit kleinen Schritten, vorwärtsgehen. *Soll* ich! *Kann* ich?
„Mit kleinen Schritten", das fällt mir bis heute schwer. In mir ist Hetze, ich muss schnell begreifen, darf nichts auslassen, es muss doch alles besser werden!
Schwer, allein RUHE zu lernen.

Menschen werden zu kleinen Gruppen zusammengewürfelt, für die gesamte Therapiedauer. Unbewusst noch, beginnt damit bereits der Lernprozess.
Beruflich ist alles vertreten. Ich staune, dass ich nicht die Einzige mit Ängsten bin. Auf den ersten Blick machen sie alle einen ganz normalen, selbstsicheren Eindruck, nicht zu ahnen, was dahintersteckt. Wieso sind sie hier?
Es ist bald zu sehen – die einen sind zu nachdenklich, zu empfindsam und zu feinnervig, gefangen in einer zu dünnen Haut. Die anderen sind stur, starr, steif, sie verharren auf ihrer Position, wollen nichts verändern, nichts wissen, haben keinen blassen Schimmer, warum sie hier gelandet sind.

Jeden Tag müssen wir miteinander klarkommen, lernen uns kennen, streiten, versöhnen uns, trösten, helfen, beraten einander ... und sehen die Fehler, oder besser das un-/angepasste Verhalten – des anderen!
Ganz schnell und immer wieder ist von der Kindheit, den Eltern die Rede. Ist das der Schlüssel, der Ausgangspunkt?
Großes Fragezeichen.
Ich frage mich, wie ich eigentlich bin, wenn ich Ich bin.
Ich war Kind, Ehefrau, Mutter, Freundin, aber niemals Ich. Ich sehe in den Spiegel und bin mir beängstigend fremd. Nackt und leer guckt mich da etwas an. Ich kann nicht aufhören, mich neugierig anzustarren, dabei oftmals regelrecht abtauchend in mein Gesicht.
Peinlich irgendwie, und unangenehm ist das Gefühl dabei, so als würde ich ein Tabu brechen.
Es scheint mir, als wäre ich die ganze Zeit durch mein Leben gerannt, mache gerade mal eine Pause, um nach Luft zu schnappen … und mich zu entdecken?
Mit kleinen Schritten geht es vorwärts.

Das Kennenlern-Gespräch mit meinem Therapeuten. Er fragt, ob ich wohl mit ihm auskommen und arbeiten könnte. Was für eine Frage! Woher soll ich das wissen? Ich kenne ihn und auch alle anderen Mitarbeiter der Klinik nicht, insofern kann ich mir keinen Therapeuten wünschen. Etwas anderes zu wollen, bedeutet obendrein wieder kämpfen. Dazu habe ich keine Kraft mehr. Im Übrigen kann ich nicht überblicken, was hier mit mir passieren wird, was erreicht werden soll und schließlich, wer mir guttut. Und nicht zuletzt hätte ich von mir selbst den Eindruck, ich werde unverschämt in meinem Anspruch.

Ich setze ein freundliches Gesicht auf und betrete den Raum. Durchaus einen heiteren Eindruck machend, erkläre ich, Angst vor der bevorstehenden Stunde zu haben.

„Aber Ihre Augen lachen doch, Sie sehen so fröhlich aus. Ich sehe nicht, dass Sie ängstlich und fertig sind. Sie strahlen Kraft aus. Was ist also wirklich mit Ihnen?“

Sprachlosigkeit blockiert mich. Ich bin geschockt. Was schockt mich? Ein drückendes, unruhiges Gefühl breitet sich in mir aus. Ich fühle mich gehetzt.

Der versteht mich nicht!

Mühselig ringe ich mir Überlegungen ab.

Auch im Aufnahmegespräch und später in den Gruppenstunden wurde mir vorgeworfen, dass ich mit „lachenden Augen“ Trauriges weismachen will. Ich sende offenbar zwei Botschaften gleichzeitig, keiner weiß damit etwas anzufangen.

Mein schwacher Verteidigungsversuch „Niemand soll meine schlechten Stimmungen und meine Probleme spüren oder gar darunter leiden“ macht mich zwar verständlicher, aber mein Verhalten damit nicht richtig.

Mit den „lachenden Augen“ will ich Harmonie erzwingen. Man soll nur Angenehmes von mir denken, ich will um Himmels willen niemanden belasten. Peinlich allein der Gedanke daran.

Ertappt lege ich das gefällige Gesicht ab, bin nur noch müde. Stockend, immer wieder mit würgendem Schluchzen, bricht es nun aus mir raus, viel zu viele Probleme. Dabei habe ich keinen Plan, berichte völlig durcheinander, von allem ein bisschen, lediglich angerissen eben. Als die Stunde um ist, blicke ich selbst nicht mehr durch, was ich eigentlich wollte, und der Therapeut ist erschlagen, sagt er.

Mir geht es nicht besser. Mein ganzer Körper schmerzt. Ich habe einen Kloß im Hals und das Gefühl, brechen zu müssen. Genauer gesagt: kotzen.

Was will ich auskotzen? Mein ganzes Scheißleben? Und warum war es scheiße? Habe ich es mir nicht selbst gemacht, mit meinen lachenden Augen, meinem ewigen Verständnis für andere, mit meiner Einfühlsamkeit, mit meiner Angst?

Es war nicht der richtige Therapeut für mich, das weiß ich heute. Trotzdem, schon in der ersten Stunde stelle ich verwundert, staunend fest, was ein paar Sätze mit Fragezeichen bewirken: Ich stutze erst, bin meist fast empört, verteidige meine Lebensweise, und dann … Ja, stimmt das denn alles? Ist es wirklich richtig?
Ist das der „kleine Schritt" nach vorn?
Das Gespräch hat Innerstes aufgewühlt. Beruhigend allein, auf meinem Bett, mit Blick in die Bäume, verfalle ich ins Grübeln, wie noch viele Male: Warum lachen meine Augen immer?
Sobald ich Kontakt aufnehme oder angesprochen werde, gucke ich anbiedernd freundlich. Ich ertappe mich dabei, dass ich das sogar dann mache, wenn ich telefoniere. Ich will damit von vornherein ausschließen, dass ich abgelehnt werde. Ich bin doch ein angenehmer Mensch, oder? Ich sage zwar meine Meinung, aber ständig unterbrochen von Sätzen, die diese Meinung entschuldigen wollen. Warum kann ich nicht traurig, schlecht gelaunt oder ungerecht sein, Fehler machen? Ich bin gern bereit, zu verzeihen, warum glaube ich, dass mir nicht verziehen wird?

Wie ist Ihre Beziehung zu Ihren Eltern, zu Ihrem Mann, zu Ihren Freunden, zu Ihren Kindern?
Na gut, gut, gut ...
Gut?
Bei längerem Hinsehen muss ich feststellen, dass ich das gar nicht beurteilen kann. Alles halte *ich* aufrecht, ich habe einseitige Beziehungen.
Die erste, die zur Mutter, prägt das Leben, nicht wahr?
Nun, ich hatte und habe wohl auch eine zu ihr, doch in dieser meiner ersten Beziehung fand ich nie Wärme und Geborgenheit, es gab keine Umarmungen oder Zärtlichkeiten. In späteren Jahren keine vertrauten Gespräche. Niemals ging ich mit

meinen kindlichen Sorgen zu meiner Mutter. Ich war sicher, dass sie keine Zeit und erst recht kein Verständnis für mich aufbringen würde.
Eine frühe böse Erfahrung hat dafür gesorgt.

Zwischen 11 und 12 Jahren machte ich kichernd, neugierig und verlegen die ersten zaghaften Erfahrungen mit einem Jungen.
Hansi, sein Freund, meine Schwester und ich – alle ungefähr gleichaltrig – tollten und spielten den ganzen Tag auf einem Güterumschlagplatz.
Ich kann mich nicht erinnern, was dazu führte, dass wir vier irgendwann in einem abgestellten Güterwaggon lagen. Meine Schwester mit dem einen, ich mit dem anderen Jungen, eben Hansi. Ob es Neugier oder schon ein Reiz war, ich habe es vergessen. Ich weiß noch nicht einmal mehr, ob wir uns richtig küssten, aber dass mein „Freund" versuchte, mir etwas, dick wie ein Finger, zwischen die Beine zu schieben, ist mir fest im Gedächtnis. Es klappte nicht. Vielleicht, weil ich nicht willig war (wozu?), sie zusammenpresste, jedenfalls wurde der eher kümmerliche Versuch schnell wieder aufgegeben. Wir ließen es beim Knutschen, und ich fand es aufregend.

Oh, aber diese angenehme Aufregung klang nicht langsam ab, sondern verwandelte sich schnell in blankes Entsetzen, in einen Tag und Nacht nicht mehr weichenden Albdruck, der auf mir lastete. Garantiert, so plagte mich die grässliche Befürchtung, würde ich nun ein Kind bekommen. Ohne die geringste Ahnung, wie eine Schwangerschaft zustande kommt, spielte es für mich auch keine Rolle, dass ich noch nie meine Regel gehabt hatte. Schon bald konnte ich die quälende Angst und das schlechte Gewissen nicht mehr aushalten.
Mutter hatte Spätschicht, kam erst in der Nacht nach Hause. Ich musste diesen Druck loswerden, wartete voller Unruhe. Ich erzählte ihr alles und war erleichtert. Kurz stellte sich das beru-

higende Gefühl ein, dass nun nichts Schlimmes mehr mit mir passieren würde.
Ich kann mich nicht erinnern, dass ich ihr jemals wieder etwas mich Bewegendes erzählte. Denn ich bekam Schläge nach Strich und Faden, wurde angeschrieen, was für ein verdorbenes Luder ich sei. Nicht meine Angst hätte mich getrieben, es ihr zu beichten, sondern jemand wüsste darüber Bescheid und ich befürchtete bloß, verraten zu werden. Ich sei ein Ausbund an Schlechtigkeit.
O ja, dass ich meine „Schlechtigkeit“ niemals vergesse, dafür hat sie gesorgt. In den folgenden Jahren bekomme ich das noch oft zu hören, so oft, dass ich fast selbst daran glaube.

Vier Wochen später habe ich mich in der Klinik eingelebt.
Darunter ist zu verstehen, dass ich den Tagesablauf und die Termine begriffen habe und in der Lage bin, beides zu bewältigen. Dies ist aber auch schon alles.
Mein körperlicher Zustand ist unverändert. Ständig ist in mir eine große innere Unruhe, als ob ich einen Haufen Arbeit vor mir hätte und daran gehindert würde, sie zu erledigen. Wie vor einem Rennen hocke ich angespannt in den Startlöchern. Aber der Startschuss fällt nicht.

Ich kann weder lesen noch Musik hören noch fernsehen. Jedem schwachen, lustlosen Versuch setzt mein Kopf ein starkes, klares NEIN entgegen. Da drin ist kein Platz mehr, ohne Leerlauf ist mein Gehirn rund um die Uhr mit dem beschäftigt, was hineingestopft wurde. Ein Gedanke jagt den anderen. Die Folge davon ist, dass ich nicht zusammenhängend sprechen kann. Tatsächlich bringe ich nicht einen vernünftigen Satz zustande. Ich beginne zu reden, bin jedoch im selben Moment bereits einen Schritt weiter, oder schlimmer noch, ganz woanders. Ich rede in der Tat komplett wirres Zeug. Es sprudelt alles nur so aus mir raus. Sowie es in mir aufbricht, schütte ich es aus, völlig zusammenhanglos. Ich weiß damit absolut nichts anzufangen. Ein Karussell der Gedanken – und über allem liegt Traurigkeit, Ratlosigkeit, Ohnmacht, Verzweiflung, Erschöpfung, eine ganz große Müdigkeit und immer wieder … Angst. Das alles ist in mir.

Angst, ja, das Wort werde ich wohl noch häufiger schreiben. Angst habe ich schon wieder davor, dass ich hier rausgehen werde, wie ich reingekommen bin. Ich suche einen Ansatzpunkt, eine Art Erleuchtung. Kurz nur hoffe ich auf Hilfestellung durch meinen Therapeuten bei meiner Suche – nach was? Doch ich fühle mich von ihm nicht verstanden. Er ahnt nicht einmal, wie schwer es mir fällt, wie viel Kraft es kostet, ihm vertrauen zu wollen. Direkt empört hört sich sein „Das weiß ich doch nicht!" an, wenn ich zaghaft eine Frage stelle. Damit nimmt er mir den letzten Rest Mut (noch einen Kübel Unsicherheit gefällig, Madame?), und ich werde noch ratloser, misstrauisch-wachsam.
Durch diese verletzende Art, mit mir zu sprechen, die ich jetzt nicht verkraften und noch nicht verstehen kann, wird er mir ein einziger Hemmschuh. Bei ihm habe ich das Gefühl, dass er nicht weiter weiß, selbst noch lernen muss. Er belehrt mich, dass er mir kein Rezept fürs Leben, auch keine Lösung für meine Probleme präsentieren könne. Weiß ich alles selbst, Idiot, denke ich, aber du könntest mir wenigstens helfen, mich auf die richtige Schiene setzen. Das kann oder will er nicht, zumindest nicht bei mir.
Es ist wieder eine Frau, die das schafft. (In allen wichtigen Phasen meines Lebens waren es bisher Frauen, die sich einfühlen konnten.)
Auch ihr habe ich alles vor die Füße geschüttet, ohne Plan. Ich konnte nicht anders. Und immer, wenn ich von mir erzähle,

das Gleiche: Ich heule und zittere am ganzen Körper, habe dieses elende Gefühl.
Sie lässt es in aller Ruhe zu, sagt dann den simplen Satz, auf den ich auch hätte selbst kommen können: „Bitte überlegen Sie einmal: Ihre augenblickliche Verfassung ist doch eine natürliche Reaktion Ihres Körpers und Ihrer Seele! Es sind 43 Jahre gelebtes Leben, die nun, da Sie ganz allein mit sich sind, über Sie hereinbrechen. Oder hatten Sie schon jemals so viel Zeit mit sich selbst zu verbringen?"
???
Das war der Schlüssel zu „meiner Tür". Mein Kopf, gefüllt mit giftigen Gasen – wenn er hätte explodieren können, wäre das gewiss geschehen –, hatte endlich ein Ventil. Der übermäßige Druck ließ nach. Den Rest konnte ich aushalten, weil ich nun wusste, warum ich so randvoll war. Genau genommen habe ich immer nur dazugepackt, ohne auf die Notwendigkeit zu achten, die Dinge auch zu verarbeiten. Ich habe es erlebt und damit basta. War es richtig? War es falsch? Warum habe ich nicht darüber nachgedacht?
Die Familie, die Freunde, das Umfeld mussten zufriedengestellt werden, das galt es zu schaffen. Dann – ganz sicher – ginge es auch mir gut.
Stimmt das überhaupt?
Was ist mit *mir*? Bin ich nicht so wichtig?
So lange ich denken kann, verbringe ich meine Zeit mit den „anderen".
Wie wär's mal mit mir?

Bleib bei dir selbst!
Das soll ich nun dauernd tun – bei mir selbst bleiben. Ich soll an mir arbeiten. Ja gut, ich will ja, aber wie fange ich es an?

Ich sehe mich in der Gegend herumstehen, vor lauter Langeweile in der Nase bohrend. Ich bin Lehrling, 14 Jahre alt, habe die mir aufgetragenen Arbeiten erledigt. Was nun?
Meine Vorgesetzte kann das offensichtlich nicht mit ansehen, ist da ideenreicher, wenn auch nicht unbedingt intelligenter. Ganz plötzlich sind ihrer Meinung nach die Regale nicht ordentlich genug bestückt. Mit einer Armbewegung wischt sie sämtliche nach Größen und Farben sortierten, sauber gestapelten Strampelhosen, Hemdchen und Mützchen aus den Regalen, mischt alles durcheinander, sodass wirklich nichts mehr richtig liegt, und beendet damit in kürzester Zeit meinen tatenlosen Zustand.
Fragwürdige Methode, aber sie erfüllt ihren Zweck: Ich sortiere und ordne, bin beschäftigt.
Diese Ordnung war allerdings wesentlich schneller hergestellt als die, die ich für mein Leben anstrebe. 43 Jahre brodeln in meinem Kopf, gar nicht sortiert. Ich halte es für unwahrscheinlich, dass ich diese Aufgabe bewältigen kann.
Wie, wo, wann soll ich beginnen?
Ich tappe im Dunkeln, so lange, bis vor mir ein Fragebogen liegt. Die Therapeuten möchten einen Eindruck von meiner Person und meinem bisherigen Leben gewinnen.
Den bekommen nicht nur sie …
Es sind ganz simple Fragen, doch als ich daran gehe, sie zu beantworten, merke ich, dass weit mehr dahintersteckt.
In wenigen Sätzen steht da mein Leben. Mit gutem Grund macht es mich traurig, was ich dort lese. Ich erkenne, was für einen Mist ich verzapft habe, wie oberflächlich und verkehrt alles gelaufen ist.
Schon zweifele ich. War es wirklich nur Mist? Wer hat ihn verzapft? Meine Mutter, mein Umfeld oder wirklich nur ich?

Ich nehme mich wahr! O Wunder!
Ja, ich muss mich wundern über diesen mir fremden Zustand.

Zum ersten Mal denke ich nicht darüber nach, wie ich meine Probleme aus der Welt schaffen kann, sondern wie ich sie mir überhaupt eingehandelt habe. Ich bin doch nicht dumm, glaube, mit einer guten Portion Vorsicht und Misstrauen ausgestattet zu sein. Wieso ist mir also dieser Rundumschlag in Sachen Niedergang dermaßen gut gelungen?

Die „kleinen Schritte“, erste Erkenntnisse, gehen mühselig ihren Weg. Ich stelle fest, dass ich ständig darauf achte, nichts Falsches zu sagen, niemanden zu kränken. Unentwegt bin ich konzentriert bei meinem Gegenüber, kaum bei mir selbst, gebe mich so, dass möglichst Harmonie herrscht, auch wenn ich mich dabei stark zurücknehmen muss. Ich sehe mich mit den Augen der anderen und bemühe mich zu gefallen, lebe also für und durch sie.

Solange das alles klappt, fühle ich mich wohl. Will es nicht gelingen – ich spüre Disharmonie sofort –, geht es mir prompt schlecht. Folglich setze ich alles daran, einen für mich befriedigenden Zustand zu erreichen.

Es ist ein Teufelskreis. Damit es *mir* gut geht, muss es *dir* gut gehen. Und damit das so ist, tue ich alles für *dein* Wohlbefinden.

Ich habe es satt, dass mein Wohlbefinden von den Stimmungen anderer abhängt. Ich will mich davon befreien.

Aber wie? Es einfach tun ... das ist leicht gesagt. Eingefleischtes Verhalten zu ändern ist verdammt schwer und bleibt verdammt schwer.

Lange Zeit bin ich nur erschöpft. Nie werde ich noch einmal etwas fertigbringen, nur denken, denken. In meinem Kopf ist so vieles, das raus muss. Wohin und an wen? Schon während ich den Lebenslauf schreibe, glaube ich zu spüren, dass ich ruhiger werde. Irgendwie sehe ich beim Schreiben alles klarer.

Auch wertvolle Beobachtungen in der Gruppe helfen mir weiter.
Ich will all diese Eindrücke nicht verschüttgehen lassen und beginne Tagebuch zu führen. Es befreit mich, aber ich weiß nicht genau, woher diese Befreiung kommt, bis ich entdecke, dass es das Runterschreiben ist, das Rauslassen. Ich arbeite an mir, der Druck lässt nach. Die Dinge prasseln nicht mehr nur auf mich ein, sondern ich reagiere, lasse meine Aggressionen raus. Sie nisten nicht mehr in meinem Kopf.
Keiner drängt mich, schneller zu schreiben, unterbricht meinen Gedankengang. Ich fühle mich von niemandem gehetzt, komme schriftlich also auch nicht dermaßen ins Stolpern und Stottern wie im Gespräch.
Steht ein Wort auf dem Papier, brauche ich es nicht noch einmal zu schreiben, denn es steht ja schon dort. Beim Sprechen ist das anders. Ich muss es immer wiederholen, bin nie sicher – wurde es verstanden? ist es bereits vergessen? –, fühle mich also veranlasst, fortwährend zu erinnern.
Und tatsächlich, ich irre mich nicht. Es tritt eine gewisse Erleichterung ein. Liegt das Blatt vollgetippt, das Durcheinander in meinem Kopf vor mir, ist es gleichsam geordnet in mir. Das ganze Chaos ist draußen. Sichtbar gemacht, kann es nun zu- und eingeordnet werden, kann ich die so abgepackten Abschnitte meines Lebens durchleuchten. Es ist dann abgehandelt und (fast) erledigt, wuchert nicht unerkannt, ungezügelt weiter. Deutlich steht es auf dem Papier, guck nur nach.
Block und Kugelschreiber gehören nun zu mir wie zu anderen Frauen die Handtasche. Immer habe ich etwas zu notieren, festzuhalten, nichts darf vergessen werden. Überall Papierfitzelchen mit Stichworten. Nichts darf verloren gehen, bestimmt brauche ich es noch.
Meine Sprache indessen bleibt wirr. Nur mit großer Mühe kann ich mich verständlich machen. Von Hast getrieben, äußere ich mich weiterhin so, dass ich zwangsläufig missverstanden wer-

de. Das wiederum macht mich traurig und verletzbar. Ganz offensichtlich hat meine Umwelt den Eindruck, dass ich wohl ein bisschen doof bin. In jedem Fall vermittle ich ein falsches Bild von mir. Monate müssen vergehen, bis ich es mit „meiner Sprache“, der Schrift, korrigiere.

Wie so oft liege ich Ruhe tankend auf meinem Bett. Lasse Ereignisse wirken, überdenke, sinniere. Mein Blick geht dabei wie immer in die Bäume. Eine Weile sehe ich wie blind hinaus, doch das geschäftige Treiben der Vögel, das scheinbar muntere, zufriedene Leben, lenken fast unmerklich meine Gedanken. War das „der Tag, die Stunde“, in der ich mein neues Leben wirklich in Angriff nahm? In der ich, inspiriert durch diese lustige Vogelgesellschaft, dem Bedürfnis nachgab, meine Empfindungen aufzuschreiben?

„Halb-Zeit“ in meinem Leben und/oder in der Berghofklinik – oder die Freude am Schaukeln

Neulich beobachtete ich, auf meinem Bett liegend, die Vögel, wie sie auf den dünnen Ästen wippten und sich für ihren Nestbau kleine Zweige abzuknapsen versuchten. Während sie da so munter schaukelnd fleißig waren, musste ich daran denken, war für einen Spaß mir das Schaukeln als kleines Mädchen gemacht hat. Ich kann mich an eine riesige Schaukel erinnern, die direkt in einem Baum angebracht war. Darauf zu schaukeln, quasi im Baum, so hoch wie möglich – Mann, war das schön! Ich fühlte mich dabei so frei und glücklich. Es war wunderbar zu leben. Lachen und Freude waren meine Zukunft.
Natürlich konnte ich das als kleines Mädchen noch nicht erfassen, aber dies alles lag wohl in meinem Vergnügen verborgen.
Mit dieser Zuversicht habe ich später mein Leben in Angriff genommen. Auch dabei wollte ich hoch hinaus, alles wissen, alles

können und alles erreichen. Ich schaffe es, mache es besser als die anderen. Ich hatte so viel damit zu tun, die von mir gesteckten Ziele zu verfolgen, dass ich gar nicht merkte, wann es nicht mehr *meine* Ziele waren. Der Moment kam, an dem ich nicht mehr wusste, was ich überhaupt wollte, was ich anstrebte und wofür sich mein Einsatz lohnte.
Ich hatte mich selbst verloren.
Müde wurde ich und matt, und wenn ich mir das Schaukeln vorgestellt hätte, dann eher als ein sanftes Hin- und Herwiegen in der Sonne. Zum Träumen. Und das war es dann wohl auch. Meine hochtrabenden Wünsche – ein Traum ...
Alles wuchs mir über den Kopf, wurde über die Maßen schwer. Ich wurde immer unzufriedener, kam aus meinem Trott nicht raus. Der Alkohol brachte mich in eine Scheißegal-Stimmung.
Und eines Tages war mir alles scheißegal: Ich lag am Boden.
Freude am Schaukeln? Was ist das?

Dann kam ich hierher. Aufgedunsen, unsicher, hektisch, nervös, zitternd, voller Angst vor der Zukunft, mir nichts – aber auch gar nichts – zutrauend.
Inzwischen sind 12 Wochen vergangen, und ich bin dankbar für diese Zeit der Besinnung. Hier bin ich gezwungen, anzuhalten in meinem Rennen, eine Pause einzulegen. In dieser Zeit wurde mir nichts zur Kurzweil angeboten, und wenn ich mich nicht langweilen wollte, musste ich mich mit mir selbst beschäftigen. Das Innere und das Äußere betrachten. Eine Beschäftigung, die sich für mich lohnt.
Wer hat mich so außer Atem gebracht, was hat mich derart mutlos werden lassen? Was lief verkehrt? Ich wollte doch alles so viel besser machen als die anderen!

Ich wurde mein Ziel.
Ich lerne hier auf meinen Körper zu hören, zu fühlen, herauszufinden, was ich möchte, was mir guttut, wie es wieder Freude macht, das Leben.

Distanz und Gelassenheit, diese Wörter gibt es langsam wieder für mich.
Der Rückblick tut weh. Vieles kommt an die Oberfläche, was weder schmeichelhaft noch bewunderungswürdig ist. Der Spiegel zeigt nicht das schöne Bild, das ich gern hätte.

Ich hätte es vor 12 Wochen nicht geglaubt, aber es ist wahr: Zaghaft bekomme ich Zuversicht, spüre wieder Kraft in mir, bin wieder neugierig und kann mich wieder in das kleine Mädchen hineinversetzen, das Freude am Schaukeln hat.
WO IST DIE SCHAUKEL?

Diese Verwunderung, dieses klare Erkennen, die Traurigkeit und der Wunsch zu überleben, wieder so flink zu sein wie die Vögel – oder, wenn die Kraft nicht reicht, eben alles hinzuschmeißen … ich musste sie festhalten. Einfach nur aufschreiben, was in mir ist, damit ich es sehen kann.
Es ist der Weg in „meine Mitte“. Nicht die anderen sollen mich bewegen, ich will es selbst tun. Nicht so, wie *man* es macht, sondern so, wie *ich* es vertreten kann. Aus meiner Mitte heraus habe ich dadurch den ersten, ungemein wichtigen Schritt auf dem Weg zu meiner Selbstfindung, zu Selbstbewusstsein und Selbstwertgefühl getan.

Die Geschichte ist in der Klinikzeitung zu lesen. Ich spüre sofort die Veränderung der Menschen um mich herum. Da ist nun Neugierde, Be- und Verwunderung. „Was, das alles ist in ihr?“ Ich habe mich begreifbar gemacht. Anerkennung weht mir nun entgegen. Ich staune über diese Reaktion und über mich.
Dass ich so etwas schreiben kann (Mensch, freu’ dich doch, sei stolz!) und trotzdem nicht zufrieden bin mit mir. Ich komme nicht zur Ruhe, stelle weiterhin die höchsten Ansprüche an mich, fordere von mir die beste Leistung.

Es ist nicht perfekt geschrieben, verdammt noch mal!, nagt es in meinem Kopf. Perfekt will ich sein? Immer noch? Immer wieder? Ich will das nicht mehr. Ungelenk geschrieben? – Und wenn schon, die Aussage ist wichtig!
Mein Inneres liegt vor mir!

Es ist ein weiterer Denkanstoß, aus der Distanz zu betrachten, wie es mir ergangen ist und warum ich so geworden bin, wie ich bin. Das bedeutet einen langen Weg zurück bis in die Kindheit. Dann werden Ursache und Wirkung ganz klar.
Ich muss einfach genau und ehrlich, ohne Schnörkel, ohne Wenn und Aber hinsehen, nur so dringe ich der Sache auf den Grund; erkenne, dass es folgerichtig so abgelaufen ist, weil ich – allein *ich* – es oftmals eingeleitet, aber in jedem Fall zugelassen habe.
Es ist m/eine Chance, nicht dieselben Fehler noch einmal zu machen. Nicht nur „die anderen" haben an meiner Misere Schuld, sondern mein Verhalten, aus der Kinderzeit übernommen, trägt dazu bei. Also musste ich diese Zeit durchleuchten, und das habe ich getan, gründlich.
Mehr als einmal kam Hass auf meine Mutter hoch. Sie hat Schuld, allein sie, wollte ich dann glauben. Mit Mühe musste ich mich immer wieder daran erinnern, dass auch sie ihre Geschichte hat, eine Vergangenheit, die sie prägte. Dass auch sie nur das weitergeben konnte, was sie gelernt und bekommen hatte. Wer kann schon Liebe und Geborgenheit geben, wenn er selbst danach hungert? Der Gedanke mildert alles ein wenig, meine Kindheit wird trotzdem nicht schöner.

Die erste Hälfte

Die zweite Hälfte des Menschenlebens ist meist damit ausgefüllt, die Torheiten, Vorurteile und falschen Meinungen auszuräumen, die sich in der ersten Hälfte angesammelt haben.

JONATHAN SWIFT

Ich liege auf dem Bett in der Klinik und erinnere mich an das Ende einer Fortbildung. Damals, in froher Runde, freute ich mich auf ein vergnügliches Abschiedsfest.
„Jeder erzählt eine lustige Geschichte aus der Kinderzeit!", lautete der Vorschlag zur Auflockerung, zum Einstimmen auf den Abend.
Ich wollte dazu beitragen, suchte in meinem Kopf nach einer schönen, lustigen Geschichte.
Plötzlich saß ich ganz allein im Raum, so sehr war ich mit mir beschäftigt, hatte alle anderen um mich herum vergessen. Ungläubig kam ich zu der Erkenntnis: Da war nichts Lustiges! Es gab nichts zu lachen!
Ich mochte es nicht wahrhaben und grübelte weiter. Das konnte doch nicht sein – oder doch?
Aber ... heiß ersehnt wurde ich! Keine wurde so geliebt wie ich!?

Mutter

die Geburt:	das weiße Blatt
die Kinderzeit:	der Stempel
das Leben:	Verhaltensmaßregeln

Mein Stempel heißt Perfektionismus, Ehrgeiz, Minderwertigkeit.

Ernst, Strenge, ein hoher Leistungsanspruch, Sparsamkeit und daraus folgende Bescheidenheit, keine Nestwärme, kein Vertrauen, Unruhe, Misstrauen und Angst, Angst, Angst: Diese Begriffe stehen für meine Kindheit. Sie weich zeichnen hieße lügen. Misstrauen und Angst, das hält sich die Waage. Eine Kommode mit vielen Schubladen fällt mir dazu ein. Darin lagen wir, die Töchter, je nach Bedarf hervorgeholt und zurückgeschoben. Zum Vorzeigen und Stolzsein raus, zum Bestrafen rein.
Wir sind oft drin.

Heiß ersehnt wurde ich, keine wurde so geliebt wie ich!
Ich, die Zweite, bin der Trost für den Verlust der Erstgeborenen. Die nächsten zwei waren Zugabe, höre ich erstaunt von Mutter, als ich längst aus dem Haus bin. Verlorene, nicht gelebte Zärtlichkeit? War ich wichtig für sie? Will sie das damit sagen?
Nie nehme ich ihr das ab. Es war kalt um mich. Liebe? Geborgenheit? Ich habe es nicht gespürt. Wie auch? Ganz klein waren wir alle drei, als uns die Eltern im Kinderzimmer einsperrten, damit uns nichts passierte, wenn sie zur Arbeit gingen. Mit einem Töpfchen in der Ecke blieben wir uns und unserer Fantasie überlassen, bis sich wieder der Schlüssel im Türschloss drehte.
Mutter hat uns hübsche Kleidchen gestrickt und genäht, die wir dann sonntags, Hand in Hand vor den Eltern gehend, spazieren tragen durften. (Oh, wie entzückend, die Kleinen!) Sie konnte hervorragend kochen, was ganz besonders am Wochenende zu schmecken war.
Obst war immer da, und ich erinnere mich, „für die Gesundheit“ sogar Lebertran bekommen zu haben. Sie zankt wegen uns mit den Nachbarn und bestimmt energisch und gegen die Ansichten von Vater, dass wir eine Lehre machen.
Wenn das alles Liebe ist, dann hat sie uns geliebt.

Ich *fühlte* mich aber nicht geliebt. Erst recht nicht zärtlich umsorgt oder behütet. Kein Wunder, denn soweit ich zurückdenken kann, war Mutter immer abgespannt, brauchte dringend ihre Ruhe.
Sie hat absolut keinen Anteil an meinen guten Erlebnissen. Weder erkannte sie Fähigkeiten oder förderte sie gar, noch quittierte sie meine kleinen Erfolge mit Anerkennung.
Alles war einfach selbstverständlich.
Ja, ja, schön, schön, aber keine Zeit. Kein Interesse.
Ich kann noch so lange nachdenken, alles bestens zurechtlegen, es bleibt, wie es wirklich war, da gibt es unter dem Strich nichts anderes zu schreiben als: Wir wurden nicht besonders beachtet.

Als Schlüsselkinder hatten wir für uns selbst zu sorgen.
Nur wenn wir Mutters Machtbereich verlassen wollten, bekamen wir sie zu spüren. Wir blieben fest an der Kandare, ob wir nun an der frischen Luft oder in der Wohnung spielen sollten. Nicht etwa, weil sie Angst hatte, dass uns etwas passieren könnte, sondern weil alles so zu sein hatte, wie sie es wollte.
Ein sprödes, robustes, Fußball spielendes, kletterndes, waghalsiges Mädchen war ich. Für Gefühlsduseleien, für Kleines und Niedliches hatte ich nichts übrig. Warum auch? Von meinen Gefühlen, meiner Sehnsucht danach, eine geliebte Tochter zu sein, wollte ja auch niemand etwas wissen.
Wir waren hübsche Kinder, darauf war Mutter stolz, auf das Äußere. Das Innere kannte sie nicht.

Obwohl ich nun selbst Mutter von zwei Kindern bin und einiges verstehen kann, bleibt bei der Rückschau auf die eigene Kindheit das Gefühl von Kälte. Meine Eltern, zwei arme Würstchen, die in ihrem Leben kein Zuckerschlecken kannten, passten nicht zusammen. Während mein Vater seine 13 Jahre jüngere Frau (sein „Kleines“) geradezu anbetete, war er für sie eine einzige Enttäuschung. Sie hatte sich in der Wahl geirrt,

und diese Tatsache war ihr sehr wohl bewusst, die Streitereien zeigten es deutlich. Aber da war der Satz, den ihre Eltern ihr mit auf den Weg gegeben hatten: „Komm nicht nach Haus und klage“, und da war auch noch ihr Stolz. Sie hatte diesen Mann doch gewollt – und sie sollte sich geirrt haben?
Sie wollte sich nicht geirrt haben! Und freilich, der Feldwebel gab ja auch eine vielversprechende Figur ab.
Die Uniform war es, die Eindruck schindete und den Blick trübte. In diese medaillenverzierte Ausstattung wurde etwas hineingehofft: Stärke, Schutz, Geborgenheit, Männlichkeit, alles, was sich eine unerfahrene 17-Jährige wünscht. Auf diese Errungenschaft konnte sie stolz sein. Stippvisiten zum Kennenlernen, Schwangerschaft, selbstverständlich Heirat.
Gewiss besaß mein Vater all jene Eigenschaften, wenn er die Uniform trug. Aber auch nur dann.

Um nicht auf der Strecke zu bleiben, spielte er seine Rolle. In der Jugend als Rowdy, im Krieg voller Pflicht- und Ehrgefühl mit waghalsigen Aktionen, honoriert mit Orden und dieser Respekt gebietenden Uniform. Als er sie auszog, war das Symbol und damit der Eindruck weg. Übrig blieben seine eigenen Wünsche und Sehnsüchte. Ich wage keine Vermutung, welcher Art sie waren, weiß aber ganz sicher, dass er seinen Frieden wollte, einfach nur in Ruhe leben.
Mutter war die Stärkere von beiden. Eine schwere Aufgabe, die Stärkere zu sein. Ich habe Mitgefühl, versetze ich mich in die stolze, junge Ehefrau, die nach und nach ihre Träume begraben musste und desillusioniert wurde. Auf einmal stand sie vor nackten Tatsachen.

Sicher, wir mussten keine Angst haben, zu verhungern. Mein Vater hatte immer schwer gearbeitet, davor graute ihm nicht, (schon als Junge musste er seine Mutter und die Schwestern unterstützen), und er konnte in tatkräftigen Jähzorn ausbrechen, wollte jemand seiner Familie ans Leder. Dann leistete er verbissen Gegenwehr, ohne jede Furcht, wie es ihm dabei ergehen würde. Pfiffig, mit einer gewissen Bauernschläue ausgestattet – auch das war mein Vater. Doch was die alltäglichen Anforderungen betraf, die das Leben mit sich brachte, war er nicht zu gebrauchen. Im Grunde weich und gutmütig und letztendlich ohne Durchsetzungskraft, bedeutete er eher eine zusätzliche Last.

Dass er eine Last ist, das bleibt nach einem Streit hängen. (Oh, wenn da nur nicht die Kinder wären! Dann, ja dann würde sie es ihm aber geben!) Es bleibt hängen, wenn sich Mutter um alles kümmert, immer das letzte, laute Wort hat und ihn genervt herumkommandiert. Es bleibt hängen, dass er das zunehmend zulässt.

Der dekorierte, respektierte Mann mit dem starken (Überlebens-)Willen war er in der Extremsituation, im Krieg – aus dem er außer Medaillen Krankheiten mitbrachte, die er nie wieder loswurde. Oft und für lange Zeit lag er auf der Intensivstation, wir erlebten ihn dort in der Tat ergeben, klaglos und tapfer. Vielleicht waren es ja auch diese Krankheiten, die die Ehe strapazierten und beide in eine Rolle zwangen.

Viel allein mit uns Kindern, schüchtern hin, scheu her, musste sich meine Mutter gezwungenermaßen durchsetzen. Keine leichte Aufgabe für ein Mädchen vom Lande, getrennt von der eigenen Familie, versetzt in eine Großstadt. Das muss abhärten.

Vielleicht sehe ich sie ganz falsch. Vielleicht hat sie uns geliebt. Aber ich kannte ihr Innerstes nicht. Ich erlebte sie hart.

Meine Schilderungen werden kaum ihrer Wahrnehmung entsprechen. Doch so habe ich es erlebt, gefühlt, so und kein bisschen anders. Dabei ist mir völlig klar, dass die Umstände eine große Rolle spielten.

Immer arbeitete sie mit, war sehr fleißig, damit wir auf einen grünen Zweig kamen, auch dann, als sich ein Kind nach dem anderen einstellte. Sie hatte nicht die Möglichkeit, wie ich heute in verordneter Ruhe ihre Gefühle und Bedürfnisse zu ergründen und auszuleben, mit sich selbst ins Reine zu kommen. Vorausgesetzt, sie hätte das überhaupt gewollt, hätte kaum jemand Verständnis für einen solch ungeheuerlichen Anspruch gezeigt. Es war die Aufbauzeit, Gefühlsduseleien fehl am Platz.

Ich will nicht kränken, ganz sicher nicht. Zwangsläufig wird es ihr wohl wehtun, zu erfahren, dass mein Rückblick nicht viel mit Dankbarkeit zu tun hat. Doch Wegschauen nutzt uns nichts, ich muss ehrlich sein, auch und endlich im Umgang mit mir selbst. Deshalb verstehe ich es auch nicht als eine Abrechnung, eher als Aufrechnung.
Ich suche mein wahres Ich, will mich kennenlernen.
Ich will herausfinden, durch welche Einflüsse ich wie geworden bin und dadurch wiederum mein Leben bestimmt habe. Allein meine Haltung spricht für sich, das geht mir während der Therapie auf. Nicht „Kopf hoch, gerade und Brust raus“, sondern eher gebeugt, vorsichtig versteckend, zeigt sie eine pessimistische, negativ denkende Frau. Und was das Äußerliche verspricht, das wird innen gehalten. Erschreckt stelle ich fest, wie schlecht und finster ich spontan denke. Ich bin durchwachsen davon.

„Think pink“, sagt mir mein Sohn später locker. Er tut das – und ich? Ich traue mich nur zögerlich, es anders anzugehen, erfüllt von der Ahnung, dass ich garantiert eins auf den Hut kriegen werde. Eindeutig hat Mutter dieses Negative stark geprägt. Ihr abgrundtiefes Misstrauen allem und jedem gegenüber war allgegenwärtig. Sie streute es regelrecht aus – und bei uns nistete es sich ein. Da sie mit schlechten Prognosen obendrein oft recht hatte, setzte sich bei uns die Überzeugung fest, dass Menschen von Haus aus nichts taugten und niemandem zu trauen war.

Ich glaube, meine Mutter bedauert heute einiges, auch um ihrer selbst willen. Doch das halte ich für falsch, denn zum gegebenen Zeitpunkt war es für sie genau das Richtige. Bedauern kann sie nur, es damals nicht besser gewusst zu haben. Und damit ist sie nicht allein. Scheinbar glauben hinterher alle, es besser zu wissen, und vergessen, dass die zwanzig Jahre später erkannte Lösung a) nichts nutzt und b) der Schuh nicht passt.

Das erinnert mich an jenen Tag, an dem mir mein 19-jähriger Sohn herablassend vorwarf, dass er schließlich Abi, ich dagegen mit dem Abschluss der Volksschule anscheinend meine Bildung beendet hätte.
Ich war verblüfft. Darin lag m/ein Mangel? Ich brauchte einen Moment, bis mir klar wurde, warum mein Bildungsweg so kurz gewesen war. Ja freilich – die Kinder, der Haushalt, das nötige Kleingeld. Schön sollte es die Familie haben. Während sich mein ob seiner Leistungen bewundertes Kind schlau machte, sorgte ich für die nötige Ruhe und Ordnung, wusch seine dreckigen Unterhosen und füllte ihm den Bauch.
Ich bot ihm an, das alles ab sofort zu lassen und dafür Vokabeln zu lernen und mir einzuprägen, wie die Hauptstadt von Ghana heißt.
Rückblickend muss ich feststellen, dass ich trotz allerbester Vorsätze vieles verkehrt gemacht habe. Doch war es mir damals nicht bewusst. Eine optimale Mutter wollte ich sein. Ich war es nicht. Wer ist das schon?
Im Licht dieser Erkenntnis versuche ich meine Kinderzeit, dicht verwoben mit dem Einfluss meiner Mutter, heute zu sehen, auch wenn es mir schwerfällt, wehtut. Vieles in meiner Beziehung zu ihr ist ganz einfach zerstört und nicht mehr zu reparieren. Was übrig bleibt, ist streckenweise das Verständnis:

Sie hat es nach bestem Wissen so gemacht, wie sie es selbst gelernt und erfahren hat. Sie hat gelernt, uns Pflichterfüllung, Leistung, Gehorsam einzubläuen. Und das hat sie gut gemacht. Was sie nicht gelernt hat, ist: Verständnis und Gefühl/e zu zeigen, Liebe zu geben ...
Sie hat *ihre* Prägung. Damit ist sie weder glücklich noch auch nur zufrieden und überträgt das auf die Familie. In meiner Erinnerung ist immer Spannung im Haus. Noch heute spüre ich die Unruhe, die uns ergriff, wenn wir wussten, nun kommt sie gleich von der Arbeit. Das hieß, es passiert was, irgendetwas, meist nichts Gutes.
Die ganze Palette von Streitmöglichkeiten mit unserem Vater, von ständigem, kleinerem Zank und Nörgelei bis zum schweren Krach und Schlägen unter die Gürtellinie: Wir erleben sie nicht nur hautnah, sondern bekommen immer unseren Teil ab.
„Verflucht sei der Tag, als ich euch bekam!"
Da ist so viel Verbitterung in dem lauten Schreien, es artet aus, wird offen böse, gehässig, gemein, und endet des Öfteren damit, dass Vater sich umzubringen droht. Ganz klein noch, stehen wir schreiend – eine Schwester verkriecht sich in die Garderobe – vor der verschlossenen Küche, in der er dies nun, mit seinem Kopf im Gasherd, wahr machen will.
„Nimm doch den Strick und häng dich auf!" Mutters Worte sind kalt, wir nehmen sie ernst, fürchten uns. Hilflos, bitterlich weinend, voller Verlustängste betteln wir die Eltern an, uns nicht zu verlassen.
Angstvoll sein gehört zu mir. Nur selten bin ich ohne dieses Gefühl.
Angst aber nur vor etwas, das von außen kommt und verletzt. Ich fürchte mich nicht vor Entscheidungen, die nur mit mir zu tun haben. Erst wenn es darüber hinausgeht, Mitmenschen betroffen sind, ist es vorbei mit meiner Sicherheit. Ich sage NEIN und habe Angst. Werde ich nun verlassen? Sind sie mir

böse? Werde ich durch meine Entscheidung, die mir eigentlich guttun sollte, nun Schaden nehmen?
Es kostet Kraft, den schwereren, mir selbst gegenüber ehrlichen, damit richtigen Weg zu gehen. Letztendlich ist es mir ja auch nicht möglich, ihn ohne Alkohol zu gehen.

Unsere Mutter ist herrisch, alles dreht sich um ihr Wohlbefinden, sie allein hat das Sagen in unserer Familie – und nur das gilt.
Zu „lieben" Kindern gedrillt, eifrig bemüht, gehorsam zu sein, reagieren wir bereits auf ihre Blicke. Damit dieser Blick möglichst wohlwollend auf uns ruht – was höchst selten der Fall ist –, stehen wir unter dem Zwang, ihre Meinung anzunehmen, statt eine eigene zu haben. Jegliche Eigenständigkeit, jedweder Versuch eigener Gedankengänge zieht unweigerlich Ärger oder Stubenarrest nach sich.
Stubenarrest – gibt's das Wort überhaupt noch?
Arrest. Ich, die Liebste und Bravste, das Kind, das am wenigsten Schwierigkeiten macht, sitze ein, wochenlang. Wofür? Ich weiß es nicht, mir fällt nichts Besonderes ein. Ich scheine in ihren Augen aber selten richtig brav zu sein, da ich ständig in Angst leben muss, dass sie mir meinen geliebten Sport verbietet.
Die Strafen sind absolut treffsicher. Da sie unerbittlich streng durchgezogen werden, gilt es, Mutter friedlich zu stimmen. Mit sicherem kindlichen Gespür nutzen wir unsere Möglichkeiten. Bereitwillig Fehler einzusehen und es „bestimmt nicht wieder" zu tun – das mildert. Wobei oft die Frage aufkommt: Was haben wir eigentlich getan?
Ergiebig auch, besonders tüchtig im Haushalt zu helfen. Besonders tüchtig heißt etwas anderes, als einfach zu helfen. Hausarbeit ist selbstverständlich kein Fremdwort für uns. Und

bloß nicht die Ecken vergessen, denn es wird mit dem Finger kontrolliert.
Zucht und Ordnung müssen sein!

So schlecht war diese Schule der Sauberkeit nicht, im Gegenteil, nur ... nie war es richtig oder genug! Wir konnten machen, was wir wollten, es reichte nicht aus, sie zufriedenzustellen. Trotz unseres Eifers fand sie immer einen Punkt, der Kritik berechtigte. Da war der gebackene Kuchen einerseits, aber die Küche noch unordentlich von der Arbeit daran. Anerkennung, „Danke, ihr seid lieb“, ein Lob ... das sind Sekunden in meinem Leben.
Nie vergessen werde ich ihre Reaktion auf ein Geburtstagsgeschenk. Wir hatten gespart, zusammengelegt, beratschlagt und waren schließlich überzeugt, ihr mit einer Flasche Frauengold eine Freude zu machen. Keinen Gedanken hatten wir daran verschwendet, dass überwiegend ältere Damen so etwas bekommen, nicht eine Mutter um die dreißig. Offenbar weiß sie es genau, ist prompt gekränkt. „Bin ich schon so alt, dass ihr meint, ich habe das nötig?!“
Da stehen wir kleinen Mädchen und starren entgeistert, betroffen und schuldbewusst unsere Mutti an, die sich *nicht* freut! Nicht freuen kann, weil wir wieder etwas falsch gemacht haben.
Geschenke müssen überdies zeigen, was sie uns wert ist. Erst recht, als wir aus dem Haus sind, eigene Familien und Einkommen haben. Mit den Enkelkindern Selbstgebasteltes, Blumen nur aus dem eigenen Garten – daran kann sie nichts festmachen, das ist für uns kein Opfer. Fortan ist meine ständige Sorge, zu wenig zu geben, also gebe ich zu viel.
Viel Mühe muss ein Geschenk machen, möglichst teuer sein, „abschätzbar“ (Oh, so viel bin ich ihr wert!). Billig ist nicht gut, das schlechte Gewissen stellt sich ein (Du bist undankbar, gönnst es ihr nicht!).

Viel Mühe muss auch mein Leben machen, ich muss doch schließlich dafür etwas tun! Womit hätte ich das Gute sonst verdient? Einfach so glücklich und zufrieden sein? Geht nicht, unmöglich, das wäre zu einfach, zu billig.
So bin ich nie gut genug, nie mit mir zufrieden. Am guten Essen fehlt noch eine Prise Salz, die Naht am Kleid ist etwas schief, der Kuchen ein wenig trocken, usw. usw.
Nie reicht es, wie es ist. Immer müsste ich mich eigentlich noch ein bisschen mehr anstrengen …

Wo sind die Kinder, die nicht lieber an sich selbst denken? Wir hingegen sollen die Vernunft haben, an Mutter zu denken. Obwohl uns überhaupt nicht klar ist, warum so viel geputzt und gearbeitet werden muss, haben wir unermüdlich freundlich parat zu sein, lieb und selbstverständlich unsere Hilfe anzubieten. Wehe, es mangelt ein wenig daran, wehe, es gibt Zögern oder Murren.
Schwere Strafe folgt auf dem Fuß.
In einer Stuhlreihe werden wir zu tatenlosem Sitzen und Zuschauen gezwungen, dazu verdonnert zuzusehen, wie sie auf allen vieren vor uns auf dem Boden kriecht und sich scheuernd und wienernd „abschuftet", dass der Schweiß nur so rinnt, damit wir „es schön haben".
„Na, wie geht es euch nun dabei, fühlt ihr euch jetzt gut?"
Unerträgliches Schuldgefühl! Flehentlich weinen und betteln wir dann, doch wieder helfen zu dürfen. Lenkt sie ein, geschieht das gnädig, gönnerhaft. Von oben herab wird uns eine letzte Chance eingeräumt. Und wir stürzen uns regelrecht dankbar auf den Abwasch, die Fenster, die Treppe. Ganz besonders groß muss nun die Mühe, der Eifer sein, in der Hoffnung, dass das schlechte Gefühl wieder verschwindet.
Es nutzt uns nichts.

Auf das Nachdrücklichste wird es uns eingeprägt, hält Jahrzehnte an: Sie allein muss sich kaputtmachen, wir sind alle zu faul, nicht zu vergessen undankbar.
Die Goldwaage für alles, was wir sagen, und die Notwendigkeit, sich vorsichtig, nach allen Seiten abwägend auszudrücken, sind allgegenwärtig. Um einzelne Worte wird gefeilscht, sie werden gedreht und gewendet und auf ihre Aussage hin überprüft. Zwingend, sich zu merken, was genau gesagt wurde, denn ein klein wenig anders formuliert ist es schon eine Lüge.
Ehrlichkeit und Offenheit – ha! – schön wär's gewesen. Mutter fiel es anscheinend schwer zu glauben, dass ihre Kinder sich nur mitteilen, gute und schlechte Ereignisse loswerden wollten. Niemand gibt sich offen preis, er führt etwas im Schilde. Es muss gebohrt und geforscht werden, was das sein könnte.
„Vorhin hast du das so gesagt, gestern hattest du eine andere Reihenfolge! Was stimmt nun, du lügst wohl?"
Legen wir sie auf etwas Versprochenes oder auf eine Aussage fest, „drehen wir ihr das Wort im Munde um". Sind wir einfach nur lieb, haben wir was ausgefressen, wollen vorsorglich etwas gutmachen.
Wir bringen Spitzenleistungen darin, Mienen zu deuten und Stimmungen aufzufangen, um uns darauf einzustellen.
Und wir verstummen.

„Mienen zu deuten und Stimmungen aufzufangen ..." – Wie einfach und selbstverständlich sich das schreiben ließ. Es betrifft die Kinderzeit, liegt Jahrzehnte zurück, und doch: Da ist kein großer Abstand, es ist mir vielmehr sehr vertraut, als ginge es mir noch heute so …
Ich habe recht, das Schreiben macht so manches sichtbar. Habe ich nicht vor ein paar Seiten geklagt, dass ich mehr bei meinem Gegenüber bin als bei mir selbst? Immer nur dann richtig zufrieden sein kann, wenn DU zufrieden bist?

Ein winziges Zimmer, ein Bett, ein Tisch, ein Schrank, ein Herd und ein Kind. Meinen Eltern ging es wie Tausenden anderen um 1947: Sie hatten nichts. Zu dieser Zeit war es bestimmt nicht die reine Freude, dass sich ein Kind nach dem anderen einstellte und somit das Vorwärtskommen erschwerte. Es bedeutete lediglich, dass der Pfennig noch einmal umgedreht werden musste, bevor er ausgegeben wurde. *Geld* und *Nein*, das waren für unsere Familie zwei Hälften. Das prägt auch mich.

Geld ist immer knapp, so glaube ich, weil ich es nicht bekomme. Um das bisschen, was ich später als Lehrling verdiene, muss ich noch kämpfen. Es macht mich wütend, bei Mutter kleine ausgelegte Summen eintreiben zu müssen. Es ist meins, und doch muss ich wieder darum betteln, Auseinandersetzungen, Vorwürfe, Schuldgefühle ertragen. „Denk mal dran, was ich alles für dich tue, hast du das schon vergessen?“ Immer und immer wieder.

Alljährlich gibt es beim Thema „neue Schulbücher“ Theater. Ich fühle mich schuldig, weil ich sie brauche. Die mit Bleistift beschriebenen Hefte radiere ich eine Zeit lang mindestens einmal aus, um sie wieder benutzen zu können. Da ich die Einzige in der Klasse bin, die das macht, ist es schlimm für mich. „Eine Lüge“, sagt Mutter, wie so vieles, was ich erlebt habe, eine Lüge ist. Ich radiere seitenweise.

Mein Verhältnis zum Geld ist so krass, dass ich 4 ½ Stunden laufe, um eine Straßenbahnfahrt zu sparen.

GELD, das Wort hat einen magischen, gewichtigen Klang. Es muss angehäuft werden, bloß nichts verlieren, hergeben.

Ich muss es hüten. Für wen?

Geld kann das Leben vergiften, der Tauschhandel wäre sicherlich beruhigender.

Wie ein Häftling seine schwere Kugel, so schleppe ich mein Verhältnis zum Geld durchs Leben.

Habe ich etwas, kann ich es kaum ausgeben, trenne mich nur schweren Herzens davon. Gönne ich mir, nach reiflicher Überlegung und mehreren Anläufen, dann doch etwas, vermiese ich mir diese Freude, weil ich den Preis, den ich dafür zahlen musste, nicht vergessen kann.
Was für ein schöner grüner Mantel! Vier Stück hängen in meiner Größe auf der Stange. Von 480 DM auf 149 DM heruntergesetzt und einfach nur wow! Drei Wochen lang laufe ich ihn täglich an, probiere ihn, dreh mich vor dem Spiegel, begutachte, befühle, ob sich die Ausgabe lohnt, bis ich endlich „zuschlage", als auch das letzte Stück vom Ständer zu verschwinden droht. Auf dem Heimweg, den Mantel in meiner Tasche, plagt es mich – ist er wirklich so toll, dass ich ihn unbedingt haben musste?
Dabei beschränkt sich meine Sparsamkeit komischerweise nur auf mich. Was heißt komischerweise? Ich denke nach: Anscheinend ist das – nach meinem inneren Anspruch – genau richtig. Etwas anderes habe ich nicht verdient. Das ändert sich erst, wenn es nicht mehr um mich geht, sondern um die Menschen, die ich liebe. Sie haben es verdient! Meine Kinder, mein Mann. Das Beste ist gerade gut genug für sie.
Wieso?

Geld wird Sicherheit. Auf die Wirkung des Geldes kann ich mich verlassen. Mein Ehrgeiz, Karriere (= Geld) zu machen, lässt mich selten zur Ruhe kommen, treibt mich vorwärts. Nur durch Leistung bekommst du es. Also los, leiste was.
Da läuft alles zusammen: Leistung, Perfektionismus = Geld = Sicherheit.

„Versetzung gefährdet, sie stört oft im Unterricht" – das bin ich, der Klassenclown. Mein Sinn für Leistung beschränkt sich vorerst nur auf den Sport. Ich muss die Beste sein, damit ich

gesehen werde, auffalle, Applaus bekomme. Das kostet keine große Anstrengung. Ein Sportass und echtes Talent in vielen Disziplinen zu sein, das bringt mir Bewunderung, ein gewisses Ansehen ein. Sogar bei Mutter.
Ich bin stolz darauf, sonne mich in den Erfolgen und habe lange nur Ehrgeiz in diese Richtung. Die Wettkampfstimmung ist für mich einzigartig. Die Spannung vorher, der Kampf, der Beifall, die Mannschaft.
Ich gehöre dazu, fühle mich aufgehoben und wichtig.

Sport durchzieht mein ganzes Leben. Ich setze ihn zur Befreiung ein, um durchatmen zu können, den Frust loszuwerden. Wusste ich nicht mehr weiter, schlug ich die Haustür hinter mir zu und bin gelaufen.
Auch in der Therapie ist der Sport die einzige Quelle, aus der ich ein Gefühl von Befriedigung ziehe. 100 Seilsprünge in einer Minute, wow! Meine Gruppenmitglieder quälen sich eher hopsend mit dem sich ständig um ihre Beine verheddernden, elenden Stück „Strick". Genüsslich bemerke ich, wie sie mich ungläubig beobachten. Anerkennung! Es funktioniert also auch jetzt noch.
Dumm bezwinge ich mit reinem Willen meinen Körper, *will* einfach sportlich fit sein, jogge, obwohl sich schon ein Bandscheibenvorfall anbahnt. Hamsterartig heimse ich das Staunen ein, das Ah! und Oh! in den Augen der nicht so Sportlichen, genieße die Bewunderung für meine Leistung.

„Du arbeitest nicht für mich, sondern für deine Zukunft" … In diesem Satz waren sich Lehrer und Eltern einig. Ein langweiliger Satz, während der ersten fünf Schuljahre stieß er bei mir auf taube Ohren. Man ging halt zur Schule. Meine Leistungsbereitschaft beschränkte sich darauf, jedes Jahr die Versetzungshürde zu nehmen. Es glich auch immer einem sportlichen Endspurt: Das ganze Jahr über nur das Nötigste,

erst kurz vor dem Ziel alles geben. Dass ich damit keinen Blumentopf gewinnen konnte, auch nicht mit meinen meist dummen Clownerien, dieser Groschen fiel bei mir pfennigweise – aber er fiel.
Rückblickend glaube ich, dass ich mit dem ersten freiwillig und bewusst gelesenen Buch selbst meine Entwicklung auslöste. Eine Entwicklung, die in der Hauptsache von Neugier geprägt war.
Jetzt war sie da, diese belebende, erwartungsvolle Neugier. Hatte ich sie entdeckt oder hatte es mich erwischt? Egal, ich will es nun wissen, das gilt. Sie lässt mich nie mehr los.
„Alles oder Nichts“ male ich in fettschwarzer Farbe und groß geschwungenen Buchstaben an die Wand. Dramatisch bekräftigender Ausdruck meines neuen Anspruchs: auf keinen Fall durchschnittlich sein.

Die Schulzeit, jetzt glaube ich es, ist m/eine kostbare, nicht zu verschwendende Zeit. Nun soll nichts mehr an mir vorbeiziehen, was angeboten wird.
„Ich will Englisch lernen, bitte, Mama!“
„Lern erst einmal richtig Deutsch!“ und „Nein“, das war's.
„Ich möchte weiter zur Realschule, Mama!“
„Nein. Mädchen brauchen nicht schlau zu sein, sie heiraten.“
Nach meinen Wünschen wird nicht gefragt.
Das Wort NEIN kann sie wirklich gut sagen. („Ich hatte all das auch nicht!“) Prompt und ohne sichtbares Bedauern ausgesprochen, wirkt es selbstverständlich.
Vielleicht ist es ja sogar nützlich gewesen, denn gerade das Unerlaubte reizt und scheint erstrebenswert. Ein *Jetzt erst recht* wächst daraus, Trotz und der eigene Wille.
Das Nein hat mich zäh gemacht. Alleinverantwortlich galt es dafür zu sorgen, dass meine Ansprüche nicht untergingen. Guttuendes kam aus mir selbst. Ich bekam nichts geschenkt.

Sinnvolles in meinen Kopf zu bekommen, wurde zu einem echten Bedürfnis, das ich, so weit es möglich war, befriedigte. Ein Kursus oder Bücherkauf hatte Vorrang vor Kleidung oder Vergnügungen. Das Geld dafür tat mir nie leid. Steno, Schreibmaschine, Englisch, Französisch, all das lief parallel zu meiner Lehre. Meinen Führerschein und mein Auto präsentierte ich noch vor meinem 18.Geburtstag. Meine Eltern wussten nicht, wann ich ihn überhaupt gemacht hatte, und erst recht nicht, wie das finanziell überhaupt gegangen war.

Das Lesen ein Segen

Die „Kleine Mutti"-Romane – waren sie es, die mich zur Leseratte werden ließen, als ich noch keine 14 war? Sie sind mir in deutlicher Erinnerung.
Die kleine Mutti ist eine junge Frau, Hauptfigur einer Reihe von Heftromanen mit Bildern. Eine hübsche Mutti. Sie wird schwanger und der Geliebte lässt sie, unwissend über ihren Zustand, sitzen. Sie war so traurig und dabei tapfer. Viele Folgen brauchte es, bis die beiden in Liebe zueinanderfanden, alle wurden von mir begierig gekauft und verschlungen.
Zuerst ist Lesen, neben dem Sport, nur mein zweites Hobby. Mittlerweile weiß ich nicht, ob die Bezeichnung „Hobby" überhaupt noch zutrifft, da es zu einem wichtigen Bestandteil meines Lebens geworden ist.
Sport + Lesen, Lesen + Sport, wie ich es auch aufzähle, beides hat zur richtigen Zeit etwas bewirkt. Sport garantierte mir Beifall, Anerkennung, Aufmerksamkeit. Später konnte ich, neben der Selbstbestätigung durch Leistung, vor allen Dingen Dampf ablassen. Erst mit zunehmender Ausgeglichenheit verliert der Sport langsam seinen extrem hohen Stellenwert, verlagert sich das „Dampfablassen" auf das studierende Lesen, auf die Frage,

woher der Dampf kommt und wie damit umzugehen ist. Wobei ich diese Ausgeglichenheit zum größten Teil wiederum dem Studieren und Erkennen verdanke. Je mehr ich die Zusammenhänge verstehe, desto weniger muss ich mich sportlich profilieren.
Das Lesen jedoch hat nie aufhört, mir etwas zu geben. Es machte mich eigentlich erst zu dem kritischen, aufmerksamen Menschen, der ich heute bin. Die Schmökerei, in der Kindheit begonnen mit Unmengen von Julia-, Arzt- und Liebesromanen der seichtesten Sorte, später fortgeführt mit Klassikern und dem ernsthaften Studium von Sachbüchern, deren Themen sich nach meiner Lebenssituation richteten, gab und gibt mir ununterbrochen neue Impulse, lehrt und lenkt mich, zeigt mir Wege. Buch für Buch verändert mich.
Ich bin aufgeschlossen für neue Sichtweisen, bereit, Dinge zu lernen, und halte inzwischen das Unmögliche für möglich. Nicht zu lesen bedeutet etwas zu verpassen, da es vielerlei in Gang setzt. Ich kann meinen Horizont erweitern, mein Denken vertiefen, mit Fantasie in einer anderen Welt leben … und mich auf gewisse Weise bestätigen!
Ich stelle fest, dass ich mit meinen Gedanken, Wahrnehmungen, Ansprüchen und mit meiner Meinung ganz und gar nicht verkehrt liege, dass ich also einen gesunden Menschenverstand habe – schlicht dadurch, dass ich dies alles in den Büchern hochgeistiger Persönlichkeiten wiederfinde. Oft passiert es mir, dass ich etwas auseinandernehme, wieder zusammengrübele und das Ergebnis später genauso nachlesen kann, als hätte ich es selbst geschrieben.
Die Ansprüche an mich und meine Umwelt werden dadurch allerdings immer höher geschraubt. Sitze ich mit Freunden im Kino oder vor dem Fernseher, kann es passieren, dass ich ihnen mit meinen Missfallensbekundungen den Genuss verderbe.

Ich staune, was so alles gefallen kann, wie unterschiedlich die Dinge aufgenommen werden, und lerne mühselig, das zu akzeptieren, meine immer wieder aufkeimende Geringschätzung wegzudrücken mit Verstehen. Jedem möchte ich sichtbar machen, was für ein Quatsch das eine oder andere ist, und dabei vergesse ich leicht, dass ich nicht jedem meinen Blick aufdrücken kann, dass dieser möglicherweise auch nicht der richtige ist. Dass auch weniger zufriedenstellen kann. Mich allerdings leider nicht.

Ja, ich bin anspruchsvoll geworden. Das ist an sich ja auch mein gutes Recht, rede ich mir gut zu, doch es erweist sich als äußerst schwierig, sicher damit umzugehen.

Da ist einmal die Angst, nicht verstanden zu werden, arrogant und hochtrabend zu wirken und damit in die Isolation zu wandern. (Glaube ich doch selbst schon im tiefsten Inneren, arrogant und etwas Besseres zu sein!) Schlimmer noch ist allerdings der Maßstab, den ich mir selbst anlege, indem ich mich fortwährend zensiere und meine Sätze nach einer lohnenswerten Aussage durchleuchte. Das hindert mich daran, einfach locker zu reden. Alles soll sinnvoll sein, es fällt schwer, einfach albern zu sein.

Einen geselligen Abend spule ich am nächsten Tag noch einmal komplett ab, bin wütend über das eine oder andere, was ich gesagt und getan habe. Dabei sind meine vermeintlichen Fehler immer schwerwiegend und quälend, während ich für die der anderen durchaus Verständnis aufbringen kann.

Diese ständige, übertriebene Selbstüberprüfung ist natürlich eine Last. Trotzdem ist es mir so lieber, als in das andere Extrem zu verfallen, wenig oder gar nicht nachzudenken.

Es fällt mir immer noch schwer, zu verstehen oder wenigstens zu akzeptieren, dass mein Freund, mein Sohn, die Freundin nicht lesen. Ganz zwangsläufig befinden wir uns auf verschiedenen Ebenen. Ich stehe allein mit den anderen Sichtweisen, den erzählten Erlebnissen und daraus resultierenden Erkennt-

nissen, den Anstößen zum Nachdenken, dem Neuen, Fremden – kurz, mit der ständig in Gang gehaltenen Entwicklung voller Frage- und auch Ausrufungszeichen.
Ich will all das weitergeben, aber es ist viel zu umfangreich, und das Lebendige daran bringe ich nicht fesselnd genug rüber, folglich wird es schnell vergessen.
Mir vergeht mit der Zeit die Lust, mich und meine Gedanken, mein verändertes Verhalten immer wieder erklären zu müssen, ich bin es leid und stehe also da mit meinem vollen Kopf.
(Regelrecht zur Weißglut treibt mich mein Sohn, als er mich und ein Buch beurteilt: „Was liest du denn jetzt wieder für einen Schwachsinn!“, befindet er, ohne ein Wort gelesen zu haben, allein aufgrund des Titels.)

Alles Mögliche habe ich schon erkundet, begrübelt, wenigstens annähernd begriffen. Doch das Nächstliegende, mich unmittelbar Betreffende, erkenne ich erst während meiner Therapie: die körperliche Fremdheit mir selbst gegenüber. Vielleicht ist dies die schlimmste Erkenntnis, zeigt sie doch bis heute nachhaltig Wirkung. Meiner selbst richtig bewusst bin ich mir nie in meiner Haut, sondern nur im Kopf.
Ich bin mir nicht vertraut! Das ist meine erschreckendste Selbsterfahrung. Mühselig auch hier das Verstehen. Das ungläubige Verstehen.
Ich wurde nie richtig angenommen, richtig geliebt. Oder habe es jedenfalls nicht gespürt. Folglich kann ich mich selbst nicht annehmen und lieben, wie ich bin. So lange ich denken kann, stelle ich mich infrage. Ich reiche nie aus, bin nie gut genug. Komplimente nehme ich nicht ernst, fühle mich veralbert.
Alles Unangenehme an oder aus meinem Körper ist hässlich, ein Makel. „Putz dir mal die Zähne, du riechst aus dem Mund“, das sagt Mutter nicht liebevoll fürsorglich, sondern grob. Sie ist abgestoßen von meinem Geruch, von mir.

Dann passiert ES, meine erste Periode – peinlich und eklig. Aus meinem Körper kommt Blut, aus einer Tabuzone, die ich selbst nicht kenne. Igitt!
Der Ekel setzt sich fort mit alten Lappen und Tüchern, die wir für diese Zeit benutzen müssen. Es sind keine Einwegbinden, wir haben noch länger mit diesen blutigen Lappen zu tun, müssen dafür sorgen, dass sie wieder sauber werden. Unter der Wanne steht eine weiße, runde Emailleschüssel. Nach einer groben Vorwäsche wandern sie zum Einweichen dort hinein.
Bei so vielen Mädchen im Haus ist diese Schüssel stets voll mit blutigem Wasser und Inhalt. Immer hantiert eine von uns angewidert, hastig und verschämt daran herum. Sind es zwei oder drei, ignorieren sie einander. Für mich hat Mutter mit dieser Sache gar nichts zu tun. Der Gedanke, dass sie all dies auch macht, kommt mir nicht (und ist mir nachträglich aufs Höchste unangenehm).
Alles ganz natürlich – ja, so sollte es sein. Aber auch hier wirkte der Stempel von Mutter. Mit der monatlichen Blutung wurde eben nicht selbstverständlich umgegangen. Sie war eklig, schmutzig, möglichst unauffällig zu handhaben, zu verstecken. Einfach widerlich, das Ganze – ich!
Das hat schwerwiegende Folgen für mich.

Igitt, ein Pickel – ein gelber Eiterpickel.
Igitt, Haare unter den Armen, zwischen den Beinen. (Ich zeige sie angstvoll meinem *Vater* (!) und frage kindlich danach.)
Igitt, was so alles beim Putzen aus der Nase kommt.
Igitt, Schleim.
Oh, und dann später die unattraktive, nur durchzustehende, nicht wirklich durchlebte Schwangerschaft (*Ich* sehe nichts von rosig-mütterlichem Aufblühen!) mit dem immer dicker werdenden Bauch, so dick, dass er doch bald platzen müsste. Unappetitlich anzusehen, auch ohne die rot unterlaufenen

Schwangerschaftsstreifen, von denen ich nicht wusste, wo sie auf einmal herkamen.
Natürlich? Beileibe nicht.
Gehört dieser Bauch zu mir? Mir ist er so fremd wie irgendwas. Ich bin nicht in der Lage, ihn liebevoll zu betrachten, geschweige denn, ihn gänzlich nackt meinem Mann zu präsentieren. Um Gottes willen, bloß das nicht. Ich verstecke ihn. Die dicken Monate – eine einzige Ziererei.

Fruchtwasser, igitt. Ich muss darin liegen! Die Geburt meines Kindes erlebe ich als eine matschige Angelegenheit, die darin gipfelt, dass mir die eklige Nabelschnur auf den Bauch gelegt wird. Eklig, nur dieses Wort finde ich dafür.
Gerade die Geburt überstanden, überwältigt von dem Gefühl, Mutter zu sein, glücklich, selig über mein Baby, kämpfe ich bei dem Anblick mit einem Brechreiz. Diese vielen dünnen, miteinander verschlungenen Versorgungsschläuche in mehreren Farben, grob abgeschnitten, die Schnittfläche deutlich zu sehen – abstoßend. Solange sie dort liegt, würgt es mich vor Abscheu.
Grauenvoll die Nachgeburt. Dieser labberige Mutterkuchen, leber- oder gallertartig. Wie eine Qualle glitscht er aus meinem Körper.
Später ekle ich mich vor meinen Brustwarzen (wie die aussehen!), die mein süßes Kind in den winzigen, zarten Mund nehmen muss, und vor der gelblichen Milch. Du armes Würstchen, die soll gesund sein?

Mein Körper, mein Problem!

„Es macht Spaß, mit dir zu spielen, dich anzufassen, dich anzusehen, zu schmecken, zeig her! Nein, du hast nicht zu wenig Brust, es stimmt so, passt einfach zu dir, du bist niedlich.“

Alberne, so dahingesagte Schmeicheleien … Natürlich glaube ich sie nicht. Mich anzufassen soll schön sein? Ich kann es ja nicht einmal selbst, wie geht das also? Lecker!? Igitt.
Dieser Ekel gilt nur für mich, für alles, was mir nicht vertraut ist und was ich nicht mag. Aber meine Babys, die weichen, duftenden Körper, die niedlichen, winzigen Schnippel, die süßen kleinen Popos – alles lädt zum Knuddeln ein. Ich bin hingerissen … und damit pervers, sagt ihr Vater. Prompt fühle ich mich schuldig.

Das „erste Mal" war nicht nur das erste Mal, sondern auch der erste Schritt weg von Mutter. Ich war 17 Jahre, und *er* wurde auch prompt mein Mann. Meinerseits gab es kein Verlangen, keine Neugier; es fand ganz simpel deshalb statt, weil ich mich schlichtweg nicht traute, dem beharrlichen, unermüdlichen Drängen seinerseits immer wieder ein Nein entgegenzusetzen. Ich hatte kein Vergnügen daran, im Gegenteil, es war mir unangenehm, tat nur weh. In den Tagen danach glaubte ich, jeder müsste es mir ansehen, an meinem Blick, meinem Benehmen, der veränderten Haltung und einfach deshalb, weil ich breitbeinig ging. Angesichts der Ungeheuerlichkeit, die ich begangen hatte, erschien es mir unfassbar, dass das nicht geschah.
Nicht meine Mutter, meine Großmutter merkte es und verpetzte mich, ich erinnere mich genau.
„Das sieht man doch, dass sie keine Jungfrau mehr ist." Abschätzend werde ich ins Visier genommen, ob das möglich sein könnte. Offenbar sehe ich nunmehr auch in Mutters Augen so aus.
„Komm mit ins Kinderzimmer!", das ist ein Befehl, der entschlossene Ton Unheil verkündend. Nicht einen Moment lang gibt es Hoffnung auf einfühlsame, mütterliche Betreuung oder ein wenig Verständnis. Ich weiß es sofort, dies wird ein Kampf, aber kein einseitiger wie bisher. Seltsamerweise habe ich nicht

eine Spur von Angst in mir. Konfrontiert mit der Feststellung meiner Großmutter, will meine Mutter Intimstes, Geheimstes wissen. Sie, die keine Ahnung von ihrer Tochter hat, will plötzlich in mein Innerstes, „schreckliche Wahrheiten“ zutage bringen, die sie zur Bestrafung, zu Schlägen berechtigen.

Ich stehe mit dem Rücken zur Wand, sie vor mir mit lauernd zusammengekniffenen Augen und schriller Stimme, die bohrend das Kreuzverhör eröffnet. Ich verweigere die Aussage und handele mir sieben Ohrfeigen ein. Nach jeder kommt die Frage: „Hast Du?“, mehr nicht. Keine Antwort, *klatsch*.
Ich hasse sie in diesem Augenblick abgrundtief, keine Träne lasse ich zu, den Gefallen tue ich ihr nicht, und verdammt noch mal, kein Wort werde ich ihr gönnen.
Wir messen einander mit Blicken. Es ist das allererste Mal, dass ich Kontra gebe, nicht mehr ihr kleines, gehorsames Kind bin, das ständig kuscht.
Du nicht mehr!, denke ich und strahle das wohl auch aus, denn schließlich weint *sie*, nicht ich, und rennt aus dem Zimmer. Sie ist wütend, weil sie nicht gewonnen hat. Ich empfinde keinerlei Mitleid.
Was wäre so schlimm daran gewesen, zu sagen: „Ja, es ist passiert“? Die Schläge waren mir sicher, so oder so. Was war es also, das mich nicht reden ließ? Instinktiv wusste ich wohl, dass es galt, mein Innerstes zu schützen. Da sollte sie nicht hinein, niemals! Alles musste ich mit mir allein ausmachen, und ausgerechnet jetzt sollte ich damit aufhören? Nie!
Außerdem war da meine Erfahrung. Ich wollte nicht hören, wie schäbig, dreckig all das ist. Wie verworfen und schlecht ich bin, nicht zu vergessen hinterhältig, weil ich es heimlich getan habe. Sie wäre auch nicht mit einem bloßen „Ja“ zufrieden gewesen.

Wie habt ihr es gemacht, wo, wann, wie oft? Ich höre es, alles demütigend, verletzend, ohne Feingefühl, mit dem klaren Urteil: „Du bist ganz einfach schlecht!"

Erst mit 44 Jahren, lange nach meiner Therapie, kommt mir in den Sinn, dass meine Mutter bereits mit 17 Jahren schwanger war, also genauso „schlecht" wie ich. Aber ihre Auffassung von Erziehung ließ offenbar nicht zu, dass sie sich daran erinnerte, wie sie als junges Mädchen empfunden hatte, und ihre eigenen Töchter dementsprechend aufklärte, sie davor bewahrte, ebenfalls viel zu früh zu heiraten und Kinder zu bekommen.

Mir völlig unerklärlich dann ihre Reaktion, als ich mit 19 Jahren stockend und voller Angst damit herausrücke, dass ich schwanger bin.

Sie freut sich ... Ich verstehe es nicht.

In dem Augenblick, in dem ich mein eigenes Kind im Arm halte, erkenne ich, was mir immer gefehlt hat. Durch das größte, schönste Erlebnis meines Lebens, die Geburt meines Sohnes, begreife ich trotz all des Ekels, was das Wort *Liebe* bedeutet. Das, was ich da spüre und geben will, das gab es nicht in meinem Elternhaus.

Alles, was ich vermisste, übertrage ich nun auf meinen Sohn. Mit liebevoller Innigkeit wende ich mich meinem Kind zu und endgültig von meiner Mutter ab. In einem mühsamen – und letzten Endes viele Jahre dauernden – Prozess befreie ich mich von ihrer Herrschaft.

Das will sie nicht zulassen, das hat sie nicht verdient. Es folgt ein nicht enden wollendes Gezeter mit anschließender Schuldenliste. Was sie für uns getan hat, wie gut sie war, wie viel wir bekommen haben ... Dankbar sollen wir sein, uns schämen, wenn wir es nicht sind. Lautstark klagt sie immer wieder diese Dankbarkeit ein.

Von Liebe spricht sie nicht.

Dankbarkeit wofür? Opfer hat sie für uns gebracht, sagt sie. Für uns?
Sie hat uns in die Welt gesetzt, und wir sind groß geworden. Mein Leben habe ich ihr zu verdanken, ja. Und ich lebe schwer.

Sie muss mitansehen, welch einen innigen, zärtlichen Kontakt ich zu meinen Söhnen habe. Ich nehme sie ernst, all ihre kleinen und großen Sorgen, fahre mit ihnen zum Sport, tröste sie, jubele und weine mit ihnen. Streicheleinheiten zum „Groß-und-stark-Werden", ich gebe sie gern. Ich möchte den beiden eine liebevolle Kameradin sein, der man alles erzählen kann. Schwächen sollen ihnen keine Angst machen, sie sind zu meistern. Die ebenso nötigen Auseinandersetzungen sind wichtig, gehören ganz normal zum Alltag. Auch Gewitterstimmung ändert nichts daran: Ich liebe sie und sie wissen das, ihr sicheres Verhalten zeigt es deutlich.
All das hat meine Mutter uns nicht gegeben, keine Zeit. Jetzt will sie Versäumtes nachholen. Das kann sie nicht. Wir, die Töchter, wissen: Sie macht sich was vor. Selbst bei gutem Willen ist es unmöglich, die Liebe ist schlicht nicht da, nie da gewesen. Weder bei ihr noch bei uns.
Und sie erkennt auch, dass sie eine wunderschöne Zeit ungenutzt verstreichen ließ. Für sie waren damals andere Dinge wichtig, mit denen sie nun nichts mehr anfangen kann, weil sie sich verflüchtigt haben. Wir sind da, übrig geblieben zu ihrem Wohl; doch sie hat uns längst verloren. Sie hat ihr Kapital an der falschen Stelle eingebracht. Von uns sind nun keine Zinsen zu bekommen.
Eine bittere Tatsache ist das. Nur zu verständlich, dass sie sich nach Leibeskräften wehrt, es einfach nicht wahrhaben will. Wäre noch etwas möglich gewesen, wenn sie es – verspätet zwar – nun behutsam und liebevoll versucht hätte?

Hat sie aber nicht – sie fordert, klagt es ein, zankt. Zum Scheitern verurteilt.
Den Mangel an Selbstwertgefühl, das fehlende Selbst-Bewusst-Sein, wie ich es heute verstehe, stopfe ich mit in das Paket, das ich – fest verschnürt – mitnehme aus meinem Elternhaus in mein neues, „freies" Leben.

Ein schönes Zwischenspiel

Eine wehmütige, zärtliche Erinnerung nehme ich auch mit. Ich habe sie bis heute nicht vergessen. Warum nicht? Das ist einfach zu sagen.
Ich fühlte echte, pochende, süße Liebe! Ich hatte etwas Wunderschönes und durfte es nicht behalten. Musste es loslassen; ein Stück Himmel, der voller Geigen hing und bei dem ich nie erfahren werde, ob er je herabgestürzt wäre, hätte ich schon gekonnt, wie ich gewollt hätte.
Das Nichterfüllte bringt rosa Träume. Über die ganzen Jahre hinweg gab es immer wieder Momente, in denen sie in mir aufstieg, diese Sehnsucht, dieses „Was wäre, wenn …"

Der Himmel ist grau, seit du nicht mehr da bist, schreibt mir Jacques aus Paris.

Ich bin 18 Jahre und fahre zum ersten Mal nach Frankreich. Seit zwei Jahren schon habe ich einen festen Freund. „Es sind ja nur fünf Tage", so verabschieden wir uns am Bahnhof. Ich bin nicht traurig, warum auch?
Wir sind jung, er unternimmt selbst viel allein, also bitte, ich werde diese Zeit genießen.
Ein Vergleichskampf im Leichtathletiksport findet in Paris statt. Neugier auf den Wettkampf, auf Paris lässt gar nichts an-

deres aufkommen als reine Freude. Alles ist aufregend neu, spannend, ein Abenteuer, ich fühle mich einfach nur gut.
Mit dem Zug geht es dorthin, eine Mordsgaudi schon die Reise, die ich teilweise im Gepäcknetz schlafend verbringe. Albern, ausgelassen die Stimmung in der ausschließlich weiblichen Mannschaft.
Frühmorgens, kaum angekommen, gibt es in einem Bistro wunderbar warme, weiche Croissants und seltsam fremden, sehr schwarzen Café. Fremd wie dieser Café sind auch die übrigen Eindrücke.
Einfach herrlich, diese prickelnde, erregende Vorfreude auf Neues. Was passiert hier alles?
Paris – dass mir diese Stadt und die französische Art zu leben so nahe kommen, liegt größtenteils daran, dass wir privat untergebracht werden. Hautnah erlebe ich die Gewohnheiten der Franzosen.
Muriel heißt das Mädchen, bei dessen Familie ich wohne. Diese sehr sympathische Gastfamilie bekam mich allerdings wenig zu sehen (was wird sie von mir gehalten haben?), denn schon am nächsten Tag packt mich eine französische Liebe.

Gleich beim ersten Jugendtreff lerne ich ihn kennen.
Jacques ist 23 Jahre alt, also kein Teenie mehr, ein dunkler Typ, französischer Meister im 400-m-Lauf, und sorgt mit seinem unvergleichlichen Charme dafür, dass ich meinen festen Freund zu Hause vergesse. Arm in Arm schlendern wir durch Paris, er zeigt mir Montmartre, Sacré Cœur, die Champs-Élysées, Notre-Dame.
Es ist Frühling, ich bin fasziniert von ihm und der Stadt. Auf eine schönere Art kann man sie nicht erleben. Fünf Tage lang sind wir zwei unzertrennlich.
Mir ist nicht klar, worüber ich beim Abschied letztendlich trauriger war: dass dieses wunderbare Lebensgefühl in einer frem-

den Stadt ein Ende hatte, oder dass ich mich von Jacques trennen musste.

Der Himmel ist grau, seit du nicht mehr da bist ...
Keine Woche später erhalte ich diesen Brief. Ich bin hingerissen. Damit habe ich nicht gerechnet – oder doch? Natürlich habe ich Jacques nicht vergessen, fühle mich stark zu ihm hingezogen. Dieser Mann übt einen Reiz auf mich aus, den ich bis dahin noch nicht kannte. Ich habe Sehnsucht nach ihm, und der betörende Liebesbrief verstärkt sie noch. Ich bin hoffnungslos verliebt – oder gar mehr? Auch aus der Ferne gefällt mir einfach alles an ihm. Sein gebrochenes Deutsch mit dem weichen, melodischen, französischen Akzent, seine zärtliche, aufmerksame Art mir gegenüber. Ich war selig in seiner Nähe.
Mein Herz pocht, sein Brief zeigt mir, ihm geht es nicht anders.
Es bleibt nicht beim Schreiben. Nach kurzer Zeit setzt er sich ins Auto, fährt neun Stunden nonstop, um mich für ein Wochenende zu sehen. Ich bin glücklich, kann es gar nicht glauben, dass ich jemandem so viel wert bin.
Arm in Arm gehen wir nun durch meine Stadt, flüstern uns Zärtlichkeiten ins Ohr. Doch zaghafte, vorsichtig-sanfte Versuche, übers Küssen hinauszukommen, blocke ich ab, meine Vorstellung von Ehre lässt das nicht zu. Viel zu schnell muss er wieder heim. Ich möchte mit.
Kaum haben wir den schmerzlichen Abschied hinter uns, kaum ist er in Paris angekommen, macht er kehrt und fährt wieder neun Stunden ...
Und am Ende hält er um meine Hand an! Ganz lieb und wohlerzogen, er meint es völlig ernst.
Ich bin überwältigt – und bekomme von meiner Mutter eine Ohrfeige. Auch sie hat bemerkt, dass das keine Kinderei mehr ist. Ich darf keine eigenen Erfahrungen machen. Ihre Tochter verlässt sie nicht und geht nach Frankreich, das wäre ja noch

schöner! Es ist auch keineswegs beruhigend, dass er sich aus diesem Grund bereits einen Job in Deutschland sucht, im Gegenteil. Es könnte ja sein, dass wir irgendwann auch mal in Frankreich leben wollen. Allein, dass er Franzose ist, reicht, bedient zu sein. Auf keinen Fall meint er es ernst mit mir, ein Techtelmechtel bin ich, größeren Schaden wird sie zu verhindern wissen. Sie redet alles so lange schlecht, bis ich selbst an der Einzigartigkeit zweifle. Mein Mut, einfach mit ihm zu gehen, mich gegen Widerstand zu Wehr zu setzen, versickert in ihren bösen Vorahnungen.

Ich hatte keine Chance einer eigenen Wahl. Mutter hat das nicht eine Sekunde lang ins Auge gefasst. Kein Verständnis für mein erstes, echtes Liebesgefühl. Kein Gespräch unter Frauen darüber, dass ich womöglich noch etwas jung bin, abwarten soll. Völlig uninteressant, was das für ein Mann ist, gut oder schlecht, schön oder hässlich, lieb zu mir oder auch nicht. Frankreich ist einfach zu weit weg. *Dort* komme ich nicht hin, basta!

Nichts, eine Ohrfeige beendete diese Liebe.

Ich habe sie nie vergessen. War es doch das erste Mal, dass nicht *ich* mich anstrengen musste, sondern dass sich ein Mensch um mich bemühte.

„Lieber den Spatz in der Hand, als die Taube auf dem Dach."

Ich verlobe mich mit Klaus, meinem deutschen Freund. Er wohnt ganz in der Nähe, ein erneutes Theater zu Hause bleibt aus.

Junge Ehe

Verhaltener Ärger kann eine Beziehung so sicher vergiften wie die grausamsten Worte.

JOYCE BROTHERS

Dezember 1966

„Nun hast du es ja endlich geschafft“, lautet der hämische Kommentar meiner Schwiegermutter an meinem Hochzeitstag. Es war eine bittere Pille, die sie da zu schlucken hatte. Fortan das Bett an ihrer Seite leer. Mein Gott, der arme Junge, wie konnte das bloß passieren? Nimmt er ein kleines, unbedeutendes Mädchen, wo er doch so schön, so umschwärmt ist und wahrlich etwas Besseres hätte haben können!

19 Jahre alt, im sechsten Monat schwanger und an diesem Tage wohl die einzige Glückliche, freue ich mich wegzukommen, ins eigene Reich.

Die Schlacht ist geschlagen! Nicht ums kalte Büffet, sondern um Klaus, so jung und so grün hinter den Ohren wie ich. Ich habe gewonnen! Das Baby war kein Kampfmittel, es passierte uns einfach. Das Kampfmittel war sie, die Schwiegermutter.

Erbittert war sie gegen mich, und erbittert wollte ich etwas beweisen. Wollte nicht, wie gewünscht, einfach in der Versenkung verschwinden. Ihr Starrsinn sorgte dafür, dass ich nicht lockerließ, nicht gleichgültig wurde. Auch der heiß Umkämpfte stieß zum ersten Mal auf ernsthaften Widerstand im Haus. „Jetzt erst recht, du Biest“ – ihre Trennungsintrigen schweißten uns nur noch mehr zusammen.

So ein Schwachsinn, denke ich heute. Mich derart aufstacheln zu lassen. Warum eigentlich habe ich an diesem stolzen Jüngling mit aller Kraft festgehalten? Weil ich ihn liebte? Oder woll-

te ich lediglich, viel zu jung und dumm, bockig und trotzig, nicht hergeben, was ich – o Halleluja – ergattert hatte?
Meine Schwiegermutter war keinen Deut besser, nur älter. Krampfhaft umklammerte sie ihren Sohn. Egoismus pur ... meiner, meiner, meiner ...
Und das, obwohl ich doch das Theater um ihn mitmachte, mich in meine Rolle in dieser Familie respektvoll fügte. Sie als ehrwürdige Mutter dieses Sohnes dabei nicht außer Acht ließ.
Allerdings habe ich kaum etwas begriffen. Weder mein Verhalten noch das meines Freundes oder seiner Familie war mir so richtig bewusst. Doch etwas störte mich vom ersten Tag an.
Aber was?
Meine Antennen funktionierten damals schon richtig, ich wusste die Signale lediglich nicht zu deuten.
Ich, die immer rumkaspern musste, alle möglichen Anstrengungen unternahm, um beachtet zu werden, hatte das Gefühl, ich betrete in seinem Leben eine andere Welt.
Da war der pausenlose, penetrante Tanz seiner Mutter um seine Männlichkeit. Gehätschelt, getätschelt, verwöhnt, bewundert war er etwas ganz Außergewöhnliches. Ungläubig beobachtete ich ihren allmonatlichen Akt seiner Ohrenreinigung und fand es widerlich. Es wirkte auf mich so unnatürlich, unpassend, und ließ ihn, den erwachsenen Sohn, zum Baby werden. Als ich mich darüber lustig machte, bestand sie eifersüchtig auf ihrem Recht. Sie war nicht die Mutter, die sich um ihr Baby kümmerte, sondern eine Frau, die um einen Mann schwirrte.
Wir waren Rivalinnen und buhlten um ihn.
Und er *war* der Mann! Wie ein Pascha nahm er huldvoll und ganz selbstverständlich alles ihm Dargebotene entgegen.

Ach ja, beinahe wäre es unter den Tisch gefallen ... Da gab's ja noch die Zwillingsschwester. Sie lebte so nebensächlich in dieser Familie, dass sie einem schon das eine oder andere Mal ent-

fallen konnte. Mit Verwunderung stellte ich manchmal fest, dass es sie ja auch noch gab.
Ohne so viel Aufmerksamkeit zu erhalten, konnte sie tun und lassen, was sie wollte. Ab und zu zwar mit ein paar Schwierigkeiten – nämlich dann, wenn die erzieherischen Launen des Bruders dazwischenfunkten und sie sich nach seinen Vorstellungen vom Leben eines Mädchens richten sollte. Doch sie konnte ihre Ohren hervorragend auf Durchzug stellen. Sie ließ sich die Freiheiten, die aus Gleichgültigkeit ihr gegenüber entstanden waren, nicht mehr nehmen. Trotzig setzte sie sich durch, kam, als wollte sie ihre Unabhängigkeit unterstreichen, abends nur noch später heim.
Also blieb nur der Sohn, und er sollte an Mutters Schürze hängen. Für ihn wurde jeglicher Alleingang zur Schwerstarbeit, von Zank und erbittertem Streit begleitet, insbesondere dann, wenn ich der Grund des Wegbleibens war.
Er wusste doch, wie ruhig, schön und harmonisch es in der kleinen Stube bei einem Glas Wein mit Mama vor dem Fernseher war! Scheiße, wenn ich dabei bin. Schier unerträglich, uns beide, o Gott, zusammen auf der Couch sitzen sehen zu müssen, und nicht zum Aushalten, wenn wir auch noch zu allem Überfluss Händchen hielten!
Nicht etwa die Schwester, sondern er teilte sich bis zu unserer Hochzeit das Schlafzimmer mit seiner Mama, ersetzte so platonisch den davongelaufenen Mann.

Dieser Hochzeitstag – für mich strahlend, für sie ein Grauen. Der Auszug ihres Sohnes bedeutete für sie, den Mittelpunkt ihres Lebens hergeben zu müssen. Sie war überzeugt, „ihren Jungen“ sowieso besser betreuen und umsorgen zu können als jede fremde Frau.
Dabei hätte es ihr armes Kind wahrlich schlechter treffen können. War es doch, mit seinen und meinen Vorgaben aus dem Elternhaus, geradezu eine optimale Verbindung. Blieb ich so –

schön leise und folgsam, fortwährend mit sportlicher Ausdauer bemüht, durch fürsorgliche Leistung vergessen zu machen, dass ich eigentlich Durchschnitt war –, gab es keinen Grund zu klagen. Und ich ließ doch auch keine Gelegenheit aus, meinem Mann Bewunderung zu zollen, immer zu zeigen, dass mir bewusst war, was für ein Schweineglück ich hatte, sichtbar voller grenzenlosem Dank. Er muss belohnt werden, ich will nicht enttäuschen. Wenn ich mir Mühe gebe, alles besonders gut mache, sodass er stolz auf meine Leistungen sein kann, bin ich vielleicht auch irgendwie etwas Besonderes.

In seinem bemutterten Leben änderte sich lange Zeit nichts. Weiterhin war er einfach nur da und wurde angebetet. Ohne jede Verlegenheit fand er das in Ordnung, völlig berechtigt. Niemals unternahm er den kleinsten Versuch, mich mit in diesen Himmel zu heben. Im Gegenteil, ich sollte möglichst nicht vergessen, dass ich von ihm „erwählt" worden war.
Diese Ehre, dieses ungeheure Glück, diesen Schatz sollte ich sorgsam hüten, nach Möglichkeit noch einiges an Pflichten dazulernen.
Schuldbewusst lasse ich die Rügen seiner ersten Dienerin über mich ergehen: Dass neuerdings seine Schuhe nicht geputzt seien, dass die Wohnung sauber zu machen sei, wenn er es nicht sieht. So etwas störe sein Wohlbefinden. Uninteressant und nicht der Rede wert, dass ich ebenso arbeite, erst mit ihm gemeinsam nach Hause komme. Eine Zauberkünstlerin ist gefragt. Alles klar? Okay, dann zaubere ich mal eben!
Es gab nichts, was ich nicht versucht habe. Ich traute mir die schwierigsten Sachen zu. Wir hatten wenig Geld, aber meine Fantasie und mein Wille kannten keine Grenzen. „Alles ist zu schaffen", mir fehlte jeglicher Respekt vor anspruchsvollen Aufgaben. Ich schneiderte Anzüge und Herrenhosen mit gekappten Nähten und versteckten Taschen. Keine Näharbeit war zu kompliziert, kein Rezept konnte nicht von mir gekocht

werden. Ich erinnere mich, dass ich zur Taufe meines ersten Sohnes eine schmackhafte Suppe fabrizierte, die lediglich aus Wasser, Gewürzen, Gemüse aus dem Garten und einem Brühwürfel bestand.
Kleine Sätze, geäußert voller Stolz von meinem Mann („Im Kühlschrank ist nichts drin, aber es gibt ein tolles Essen.") oder sogar von der Schwiegermutter („Es fehlt nicht viel, und du fertigst eure Schuhe selber."), saugte ich förmlich auf. Sie spornen mich an.
Gleich am ersten Ehetag beginne ich damit, es meinem Mann schön zu machen, er soll das Verwöhntwerden durch seine Mutter nicht vermissen. Bei mir ist es schöner!
Ich merke nicht, wie ich mich eifrig bemühe, es ihr gleichzutun. Wie ich im Wettstreit in ihre ausgelatschten Fußstapfen stiefele.

„Was habt ihr doch für ein Glück mit den Männern!"
Des Öfteren hören wir Töchter das von unserer Mutter, und es macht deutlich, wer wir sind und wo wir stehen. Es sitzt so tief eingeimpft drin, dass ich wirklich davon überzeugt bin, riesiges Glück zu haben. Keine Rede davon, dass vielleicht auch Klaus es gut mit mir getroffen hat.
Ich fühle mich dabei ganz klein. Mit offenem Mund sehe ich zu ihm, „meinem Glück", auf. Er ist ganz groß, hoch über mir. Nie wird das Staunen aufhören, denke ich, dass er nun tatsächlich *mein Mann* ist.
Und es sind nicht nur die beiden Mütter, die mein Staunen völlig in Ordnung finden. Auch außerhalb der Familie ist das nicht viel anders.
Rein äußerlich betrachtet mag das nicht schwer zu verstehen sein. Ist er doch wirklich ein Typ, nach dem man sich umdreht. Groß, schlank, blond, ein interessantes Gesicht mit einem schönen Kussmund und darin noch schöneren Zähnen, ge-

pflegt der Körper und bemäntelt das Ganze mit gutem Geschmack. Schöne Hände, schöne Nägel und ein toller, knackiger Po. Grade, und – ganz im Gegensatz zu mir! – unbehaarte Beine (zu seinem Leidwesen allerdings auch eine unbehaarte Brust), sogar die Füße sind wohlgeformt. Um das Maß vollzumachen, ist er mit einem umwerfenden, frechen Charme ausgestattet, verfügt über eine trocken-witzige Art und eine Ausdrucksweise, die überall ankommen.
Er kümmert sich gut um sich.
Wenn das alles nichts ist! Tatsächlich, ich habe einen Treffer gelandet! Erst recht, wenn ich *mich* mit ihm vergleiche.

Ich bin klein.
1,67 m, das sagt die Latte. Damit hat sie die Körpergröße gemessen. Wie misst man das Innere?
Ich bin schlank, das allein gefällt mir. Der Rest verstärkt bestehende Komplexe, die nachhaltig Wirkung zeigen. Immer bin ich mir meiner stark und dunkel behaarten Beine bewusst, die nicht gerade meiner Vorstellung von Mädchenhaftigkeit entsprechen und – als sei ich noch nicht gestraft genug – ein klares O aufweisen. Jeder/mann registriert beides sofort, grinst. „Da können ja die Schweine durchlaufen!“, grölt denn auch mein „Liebster“ über die ganze Straße und ist damit beileibe nicht der Einzige, der meint, ich müsste das dringend hören. Vernichtend das anschließende Gejohle seiner Kumpels.
Oh, das ist aber noch nicht alles. Meine vorstehenden, großen Zähne mit einer ins Auge springenden Zahnlücke lassen mich abwägen, ob sich das Lachen lohnt. Halte ich den Mund geschlossen, muss ich an ein Kaninchen denken. Meine Fingernägel werden beim Spazierengehen, ja sogar beim Schlafen dreckig, sind quasi nur unmittelbar nach dem Schrubben richtig sauber. Besser also, sie zu verstecken.
Ganz sicher bin ich nicht das, was man unter einer „gepflegten Frau“ versteht. Das verschlingt so viel – zu viel – von der

kostbaren Zeit, die man für Dringenderes benötigt. Da mein Mann trotzdem mit mir zufrieden ist, habe ich doch ganz offensichtlich mit ihm mein Glück gemacht. Ich muss mir Mühe geben, es nicht zu gefährden.

Es funktionierte zehn Jahre lang. Zehn Jahre, in denen wir uns beide entwickelten. Jeder in seine Richtung. Seine war nicht meine, und mit meiner hatte der so lange Angehimmelte nichts im Sinn.
Und doch – zehn Jahre, in denen die wunderschöne Fassade unverändert blieb, während es im Inneren bröckelte. Was nützt mir ein prachtvolles Haus, wenn darin keine Heizung ist? Es wird bei Kälte ungemütlich sein.

Die Interessen meines Mannes sind (in dieser Reihenfolge): der Sex, sein Schießsport, sein Beruf als Polizist, und ein paar Jahre später noch ein Schäferhund. Dass dieser Hund nicht zu kurz kommt, ist für ihn immer wichtiger als die Ansprüche der restlichen Familie. Die Scheiße des Hundes ekelt ihn nicht, beim Anblick der vollen Windel unseres Sohnes setzt ihn ein Brechreiz außer Gefecht und befreit ihn davon, sich damit befassen zu müssen.
Ich werde so lange vom Bahnhof, vom Sport oder von der Arbeit abgeholt, bis uns der Hund davonläuft. Sofort ist damit Schluss; es gibt ja auch nichts mehr auszuführen.
Die Gedankenwelt und das Wohlbefinden der Kinder, der gesamte Haushalt mit Garten, meine Arbeitsstelle, mein Sport und der meiner Kinder, Volkshochschullehrgänge, Lesen – all das ist für mich wichtig. Und mit all dem stehe ich allein.

Eine gute, harmonische Ehe soll es werden, trotz aller Unterschiede. Vorerst bleibe ich klein. Unnachgiebig, fast stur, bin ich nur, wenn es um unsere beiden Söhne geht.

Was für ihn der Schäferhund, sind für mich die beiden.
Er studiert seinen Hund, weiß nicht nur, sondern *versteht* auch, wie und warum er auf etwas reagiert, kauft und schneidet für ihn Magen, Pansen und ähnlich stinkendes Gedärm, putzt ihm das Maul und den Arsch; aber seine Kinder kennt er nicht. Und weil das so ist, kann er auch nicht mitreden. Genauso wenig, wie ich ihm in das Hundeleben reinrede, von dem ich keine Ahnung habe.

Haben wir Differenzen, suche ich den Fehler vorwiegend bei mir. Damit wieder Ruhe im Hause ist, lenke ich meist ein. Es nicht zu tun, bedeutet größeres Unbehagen, ein ganzes Wochenende und länger ohne Worte. Der Mann, der mich doch liebt (!), kann das gut aushalten, ich nicht. Sonnabend, Sonntag, wie schön könnten wir uns diese Tage gestalten, aber sie werden nutzlos verschwiegen. Ich kann es lange nicht begreifen und leide darunter, funktioniere erwartungsgemäß bei der Aussicht auf diese Strafe ... „Werde endlich vernünftig!"
Aber ich lerne, und später halte ich durch.
Nun schweigen wir also beide. Wir bringen es auf eine ansehnliche Dauer, die erst auf *seine* Art beendet wird. Ein Klaps auf den Po zeigt an, dass er nun nicht mehr beleidigt ist und ich auch wieder lustig sein soll. Kein Gespräch ist hierfür vonnöten; er hat doch wieder gute Laune, was will ich mehr? Es interessiert nicht, was in mir vorgeht. Und dann schläft er ja auch wieder mit mir, also was noch?

Bei allem, was Spaß macht, ist er dabei. Im Frühjahr die ersten Wochen im Garten – die ersten Wochen, dann wird es eintönig. Die Rosen werden beschnitten, die Aufräumarbeit ist meine Sache. Ich bringe die Saat ein, buddele die Kartoffeln aus, grabe den Garten um, während mein Mann die Mainzelmännchen-Werbung sieht. Bereits mit einem Bein im Kreißsaal, denke ich noch an die reifen Bohnen und Gurken. Pflücke

eimerweise, da das Gemüse sicher am Stiel fault, wenn ich es nicht mache.
Wie rundum blöde! Wenn ich die Arbeit schnell und gut erledige, braucht sich ja auch kein anderer mehr darum kümmern. Wahrscheinlich bin ich nicht die einzige dumme Frau, die meint, nur sie trägt Verantwortung für alles und jedes.
In schwachen Momenten, wenn ich nicht mehr kann, werde ich von meinem Mann „unterstützt". Ich hätte eben kein vernünftiges Timing. Solle mir einen inneren Schubs geben, mich ein bisschen zusammenreißen, ruckzuck meine Aufgabe in Angriff nehmen, dann würde ich schon sehen, wie schnell sie hinter mir läge.
So lange ich das einsehe und schlucke, wird mir freiwillig nichts abgenommen.
Ich schlucke es ... und nicht nur das!

Gerade heimgekehrt, kaputt und müde von einem langen Arbeitstag, lege ich mich auf den Boden vor den warmen Ofen, will nur ein wenig entspannen – und schlafe prompt ein.
Sofort ist da Protest! „Die Kinder sind doch noch nicht im Bett! Erledige das, dann kannst du schlafen!"
Ich registriere es.
Ich registriere, dass ich noch mit 40 Grad Fieber „kurz" etwas kochen und die Wohnung wenigstens saugen soll, „wenn die Kinder deswegen schon bei der Oma sind". Dass ich mit einer schweren Brustentzündung vom Stillen bitte „gepflegt" im Bett liegen soll. Fettige Haare sind nicht sehr reizvoll und doch „schnell gewaschen!" Ich soll Nachsicht und Rücksicht üben, fürsorglich, munter, möglichst gut gelaunt und jederzeit bereit sein – all das ist doch selbstverständlich.
Und wo bleibe ich?
Eisige Kälte, ein Arbeitstag aus der Nacht bis in die Nacht. Der müde, lange Heimweg per Straßenbahn und Zug. Sehnlich hof-

fe ich auf eine Ausnahme, auf einen fürsorglichen Mann mit Auto am Bahnhof.
Denkste! Vor Enttäuschung heulend, am ganzen Körper schlotternd – ich erinnere mich, dass ich meinte, meine Hände müssten erfrieren –, laufe ich und frage mich: *Warum denkt er nicht auch mal an dich?*
Eine Lappalie, sicher. Doch eine Lappalie reiht sich an die andere, und alle zusammen bekommen Gewicht.
Wie gehe ich gut mit meiner Frau um – ob er sich diese Frage je gestellt hat? Ich glaube es nicht. Ich fühle mich oft vernachlässigt, allein gelassen. (Selbst wenn er anwesend ist.)
Während unserer ganzen Ehe bleibt es dabei: Ich bin für sein Wohl verantwortlich, er noch lange nicht für meins.

Trotzdem, die ersten Jahre waren schön, der Zusammenhalt da.
Auch wir mussten es allein schaffen, sollten „nicht nach Hause kommen und über unseren selbst gewählten Weg klagen“. Schließlich hatten wir ja nicht hören wollen, was gut für uns ist, also mussten wir nun fühlen.

Wir fühlten erst einmal nur unsere Freiheit, waren schon dadurch glücklich. Fast selbst noch Kinder mit Kindern, doch randvoll mit Optimismus, sahen wir vorhandene Schwierigkeiten nicht. Es gab keine großen Debatten, Probleme wurden einfach bewältigt. Wir hatten beide Arbeit, eine schöne Wohnung im Grünen, waren jung und gesund, was wollten wir mehr?
Nach dem Motto „Das Geld liegt auf der Straße, du musst dich nur bücken“ bückten wir uns fleißig und fanden immer Möglichkeiten, Extrageld zu machen. Da unser Nachbar Landwirt war, fing das mit Rübenhacken an und hörte mit der Ernte auf.

Der Papierkram und das Geld waren von Anfang an mein Revier. Da ich rechnen kann, träumten wir bald von einem Haus, arbeiteten und sparten gemeinsam.
Ich hatte keinen faulen Mann geheiratet – wollte er etwas, packte er es an.
Nur innerhalb der Familie ein Pascha, ließ er mich ansonsten machen. Hatte er Feierabend, wollte er seine Ruhe, es sollte nur noch schön sein. War dafür alles getan, hatte ich meine Freiheiten.

Nicht so lapidar dürfte ich ehrlicherweise unseren Sex abtun. Dieser Teil unseres Zusammenlebens nutzte sich nicht ab, im Gegenteil.
Er: sehr sicher, frei und offen, sich direkt und stolz zeigend, anbietend; ich: verklemmt und verschämt, abwehrend, alles versteckend. So trafen wir zusammen.
Seine Art, mit mir sexuell umzugehen – er ist regelrecht hingerissen –, seine Lust bis in die Fingerspitzen, sein unersättlicher Hunger auf Frau und seine Beharrlichkeit überzeugten mich mit der Zeit davon, dass meine Hemmungen gänzlich überflüssig waren, ja ausgesprochen störend und bremsend wirkten. Lustvoll, mich selbst vergessend, so wollte er mich haben, und das erreichte er auch.
Er wollte es nun, jetzt sofort, lediglich darin lag sein Egoismus. Doch selbst wenn ich todmüde war, kaputt und wirklich ohne Lust, gelang es ihm immer, mich dafür zu begeistern. Nie ließ er es dabei bewenden, dachte nie nur an sich.
Langweilig? O nein, dieser Teil unserer Ehe entwickelte sich ausgesprochen fantasievoll. Ein nicht zu unterschätzender Pluspunkt.

So ungefähr also spielt es sich ein. Wir kibbeln und reiben uns aneinander und haben ansonsten wenig Zeit zum Grübeln.

Erst nach und nach geht mir auf den Geist, was doch nie anders war.
Er hat kein Versprechen gebrochen, hat sich nicht zu seinem Nachteil verändert, überhaupt ist nichts Ungewöhnliches geschehen. Warum auch? Sein Leben war in Ordnung. Er saß fest, völlig sicher, in seinem Sattel. So habe ich ihn kennengelernt, und so wollte ich ihn haben. Bereits vor der Ehe war er kein Schaumschläger, tat sich schwer mit Liebesbeweisen. Es reichte, wenn er mich in der Nacht den halben Weg nach Hause brachte. Die andere Hälfte war gut allein zu schaffen. Er fand es schon liebevoll, eine Hälfte mitzugehen. Besorgt um meine Sicherheit war er nicht. Warum auch? Was soll schon passieren?
Bei strömendem Regen behält er für den Rückweg seinen Schirm, weil es eben seiner ist. Für ihn selbstverständlich, für mich fast auch. Erst später denke ich, *Liebe wäre der ganze Weg mit Schirm.*
Im Grunde konnte ich ihm gar nichts vorwerfen. Sich selbst treu bleibend, war er weiterhin einfach nur er selbst, ehrlich egoistisch darauf bedacht, dass es ihm gut ging – ein gesunder Egoismus?
Er konnte mich demnach nicht ent-täuschen, weil es keine Täuschung gab. Ich war mit ihm nicht betrogen.
Also eigentlich mehr oder weniger doch alles in Butter?
Nein!
Was also störte mich dann so sehr, ging mir zunehmend auf den Geist? Was genau passierte mir?

Sehr schnell haben unsere Wochenenden einen vorgeschriebenen Rhythmus. Sonntags gehört Kuchen auf den Tisch, also backe ich am Sonnabendnachmittag einen. Samstagabends wird gebadet, ferngesehen. Sonntagmorgens um neun Uhr gibt es Frühstück, meist den Kuchen. Wird der alle, heißt das, nach dem Mittagessen schnell noch einen für den Kaffee am Nach-

mittag zu backen, weil er dazugehört. Basta! Bis zum Mittag ist das Essen herzurichten und die Wohnung tipptopp auf Vordermann zu bringen. Mein lieber Mann entlastet mich insofern, als dass er unsere Kinder mit zu seinem Schießsport nimmt.
Geht er mal nicht weg, räumt er die Stube auf – er mag es behaglich, und ein Kinderball in der Stube heißt Unordnung. Er liebt es, Whisky mit Eis vor sich stehen zu haben, raucht eine Zigarre, liest bei klassischer Musik den *Spiegel* und wartet darauf, dass ich fertig werde.
Um 13 Uhr gibt es Mittagessen, um 16 Uhr Kaffee, um 19 Uhr Abendbrot. Dazwischen passiert gelegentlich etwas. Besuch kommt oder wir besuchen jemanden, gehen mit dem Hund raus oder im Sommer zum Baden. Auf jeden Fall haben wir aber diesen Rhythmus.
Immer, ohne Ausnahme, besteht er auf dieser – seiner – Ordnung, macht alles daran fest. Sie garantiert sein Wohlbefinden, nicht meines und das der Kinder. Besonders deutlich wird mir dies während unserer Urlaubswochen.
Da machen wir den schönsten Spaziergang in den Klippen an der Küste Englands, die Kinder und ich finden es spannend, fast abenteuerlich: Unser Oberhaupt und Bestimmer sieht auf die Uhr, stellt fest, dass Kaffeezeit ist, und wir sollen den Spaß abrupt beenden. Der Rest der Familie ist sauer, will sich nicht nach der Uhrzeit richten. Wir proben den Aufstand ... Es bringt nichts, wir kehren um.
Wenig später wird mir einmal mehr mit Befremden das Starre in meinem Mann bewusst. Die Kinder der englischen Familien feiern mit ihren Eltern im Members' Club. Sie sollen/dürfen nicht im Urlaub allein in ihren Zimmern sein, sind erwünscht, machen mit. Mein Mann und ich sitzen mitten unter vollzähligen Familien. Ich denke drüber nach, finde das gut, will das auch so. Unsere Kinder, keine Säuglinge mehr, sondern kleine, liebenswert freche Jungs, liegen trotz inständigem Bitten und Betteln im Zelt.

Das Starre und Unflexible hört damit nicht auf, es zieht sich durch unser gemeinsames Leben und macht es mir schwer. Keine Bereitschaft, irgendwo nachzugeben, mitzumischen, mitzureden.
Ich will so nicht!

Ab 21 Uhr rechnet er mir an den Fingern vor, wie viel Schlaf ihm nun noch bleibt. Ganz gleich, ob ich gerade einen interessanten Film anschaue, lese oder sonst was mache, spätestens um 22 Uhr soll ich mit ihm ins Bett gehen, um mit ihm zu schlafen. Ist das erledigt, kann ich ja gern wieder aufstehen.
Wir reden nicht miteinander – jedenfalls nicht über Dinge, die uns bewegen. Ich starte Versuche in diese Richtung, er will nicht. Diskussion ist Streit! Es ist doch alles schön so, wie es ist!
Mir reicht das nicht, ich will mehr.
Ich suche nicht den Alleingang, will mit ihm *zusammen* Neues entdecken, unterbreite ihm Vorschläge, versuche ihn davon zu überzeugen, dass er Englisch auch gut gebrauchen könnte, dass ihm Tischtennis oder Badminton sicherlich auch gefallen würden. Frage ihn: „Oder was möchtest du? Sag es mir!"
Es bleibt, wie es ist. Für ihn. *Ich* will mehr er/leben. Ohne es zu bemerken, entfernen wir uns voneinander.
Und so trinkt er seinen Kaffee (um 16 Uhr), während ich meine kleinen Söhne zu ihren Fußballturnieren begleite, mich über ihren sportlichen Eifer freue, ihre Siege bejubele und sie bei Niederlagen tröste.
Ich lasse sie in der Feldmark das Auto lenken und bringe sie auf meinem Mofa zu ihrem Feuerwehrdienst, denn nun wollen sie gerade Feuerwehrmänner werden. Ich binde dem vierjährigen Daniel einen mit Brause und Butterbroten bestückten Rucksack auf, schnappe eine Decke, und dann machen wir eine große Wanderung – 400 Meter (!) – mit anschließendem Picknick.

Wir klettern auf Bäume, spielen Fußball und Federball. Auch die Spiele meiner eigenen Kindheit – Hinkelkasten, Murmeln, Pintopp – halten Einzug in unserer Straße. Gebührend bewundere ich den hochinteressanten Inhalt ihrer Hosentaschen, den sie mir stolz vorführen, und mehr noch ihre Fantasie. Nicht nur für die Kinder gibt es eine Menge zu entdecken.
Was für ein Geschenk sind doch Kinder!
Dies und die Tatsache, dass sie nur allzu schnell den Kinderschuhen entwachsen sein werden, ist mir vom ersten Tag an bewusst. Ich will so wenig wie möglich verpassen, sie gehen früh genug ihre eigenen Wege. Ich koste es aus, Mama zu sein, erfreue mich an ihnen durch und durch.
Allein!
Ihr Vater hat kaum bis gar keinen Anteil an all diesen Entdeckungen.
Das gilt auch für meine wiedererwachten Interessen.
Liegen die Söhne im Bett, besuche ich Kurse, gehe zum Sport, integriere mich damit in eine Gemeinschaft. Nach dem Training trifft man sich in der Stammkneipe auf ein kühles Bier, Wasser, Brause, und so mancher Abend endet überaus lustig und fröhlich.
Er macht nichts mit und kann nicht mitreden.
Erst, als wir bereits mitten in der Krise stecken – ein anderer Mann verspricht mir mehr –, rafft er sich auf. Aber zu jenem Zeitpunkt ist es schon zu spät. Ich bin zu lange allein meinen Weg gegangen, wir sind weit auseinandergedriftet.

„Warum bloß hast du mich zur Frau genommen?“ Wie oft habe ich ihn das voller Staunen und Dankbarkeit gefragt! Fassungslos und ungläubig sehe ich nun meinen Mann mitten in der Küche auf einem Stuhl sitzen. Aus den Augen, der Nase, dem Mund scheinen Tränen zu kommen. Hemmungslos schluchzt und weint er. Gottverlassen sitzt er da und stammelt

immer wieder: „Was soll ich jetzt machen, jetzt bin ich ganz allein, ich habe alles verloren!“
Mein Herz zieht sich zusammen, wenn ich nur daran denke. Nie zuvor hatte er mir klargemacht, wie viel ich ihm wert war, wie gut und wichtig ich tatsächlich für ihn war. Und dass ich eigentlich die Stärkere war.

Wir waren zu jung damals. Ich glaubte ganz einfach nicht daran, dass wir es noch auf die Reihe kriegen würden. Wollte wohl auch nicht, da war eher Neugier auf etwas Neues. Die Leichtfertige, das war ich, dachte, es wäre richtig so. Während sich mein Mann abmühte, etwas zu retten, ungeahnte Großzügigkeit an den Tag legte, fuhr ich bereits zweigleisig und wartete passiv auf das Ende unserer Ehe.
Heute bin ich immer noch der Meinung, dass die Trennung richtig war, bin davon überzeugt, dass wir einsame Wege gegangen wären. Aber ein Fragezeichen bleibt allemal, weil ich nicht wissen kann, wie wir uns entwickelt hätten.
Nur auf der Entgiftungsstation habe ich mich schlechter gefühlt als bei der Trennung von meinem Mann. Ich bekam schmerzhaft zu spüren, dass es zwei verschiedene Dinge sind, einen Schritt vom Verstand her richtig zu finden und ihn mit Körper und Herz zu fühlen.
Klaus’ Fortgang traf mich mit ungeheurer, niederschmetternder Wucht. Völlig überrascht von diesem überwältigenden Schmerz, schlussfolgerte ich natürlich, dass wohl doch alles wunderbar und schön gewesen war, dass nur der Verlust von etwas Gutem solche Trauer hervorrufen könne. Fünfzehn Jahre voller Höhen und Tiefen – die Hälfte meines Lebens – hatte ich mit ihm verbracht, sie kamen mir allzu nahe. Gerade die gemeinsam überwundenen Tiefen verbinden auf besondere, liebevolle Weise.
Da waren wir doch lachende Sieger … Und nun?

Nun, so scheint es mir voller Wehmut, bin ich auf ganzer Linie die Verliererin.
Der erste Mann, unsere beiden Kinder, die Freiheiten, unser aufregender Sex, die vielen Jahre ... das hat plötzlich Gewicht.
Rosarote Brille! Hatte ich nicht doch einen guten Mann? Wie kommt es, dass mir nur noch die schönen Begebenheiten einfallen?
Weißt du noch, wie er nach Feierabend Waggons geschoben hat? Weißt du noch, wie er dich, übers ganze Gesicht strahlend, mit einem Mofa überraschte, damit du auch motorisiert bist? Und wie er sich über deine Freude gefreut hat?, flüstert es in mir, ein schlechtes Gewissen erzeugend.
Mir ist gar nichts mehr klar. Ich will weg von ihm und bei ihm sein? Ich will dieses Leben nicht mehr und will es doch genauso wieder?
Oh, es tut alles so weh, ist so verdammt schwer zu ertragen!
Ich bin völlig ver-rückt! Auf dem falschen Platz.

Ich hatte einen treuen Mann, davon bin ich überzeugt. Das Geld kam in die gemeinsame Kasse, er soff nicht und ich bekam keine Schläge. Auf seine Art liebte er mich sicher.
Warum war ich nicht zufrieden?
Also noch einmal: Was passierte mit mir, mit uns?
Irgendwann in unserem Ehetrott begann ich – erst oberflächlich, dann immer intensiver – darüber nachzudenken, welche Chance wir beide überhaupt hatten, zufrieden ein ganzes Leben miteinander zu bewältigen. Das passierte mir!
Und aufgrund der bis dahin gemachten Erfahrungen lautete die Antwort für mich ganz eindeutig: wenig bis keine!
Erst fielen mir die Defizite gar nicht auf. Dafür sorgte nicht nur das Glücksgefühl wegen unserer zwei Kinder. Ich war rundum beschäftigt: mit ihnen, dem Haushalt, sportlich, beruflich, körperlich und seelisch. Mein Kopf war immer voll, für Langeweile kein Platz übrig. Abends rechtschaffen müde, stör-

te ich mich dann nicht besonders daran, nur vor dem Fernseher zu sitzen und mich beduseln zu lassen. In eine Decke gekuschelt, fand ich es direkt gemütlich.
So dauerte es, bis ich entdeckte, dass mein Angetrauter weder an unseren Abenden noch im Alltag oder in der Freizeit für mich eine große Rolle spielte, dass es zwischen uns viel zu ruhig blieb. Er war lediglich da. Nachdem ich das endlich begriffen hatte, störte es mich in zunehmendem Maße. Erst recht, als ich in eine lockende Versuchung geriet. Da hielt ich negative Überlegungen für garantiert eintretende, nicht zu ändernde Tatsachen. Statt in der im Grunde gar nicht so üblen Gegenwart zu bleiben, sah ich mich bereits in einer düsteren Zukunft. Ich malte mir aus, wie es zwischen Klaus und mir ablaufen würde, sobald die Kinder aus dem Haus wären. Was erfüllte uns gemeinsam? Ich konnte nichts finden! Jeder mit eigenen Interessen, sah ich getrennte Wege. Das Bett war unser einziger Treffpunkt. Der Sex war zwar mehr als zufriedenstellend, aber nicht genug für eine Zweisamkeit bis ins hohe Alter.
Meine Bitten, Vorschläge, Mahnungen, Drohungen, Protest ... ohne Aussicht auf Erfolg. Er hörte mir nicht zu, nahm mich nicht ernst – das passierte ihm! Was zählte, war *sein* Leben, allein seine Art, es zu gestalten, war richtig und lebenswert. Wir konnten ja daran teilhaben, so weit das möglich war und ihn nicht störte. Klappte das nicht, hatten wir ein Problem, nicht er.

Ich denke, bereits an dem Tag, an dem ich zum ersten Mal zu Kursen, zum Sport ging, fing unsere Trennung an. In den Kursen sah ich Ehepaare zusammensitzen und gemeinsam büffeln. Ein fortgeschrittenes Alter hinderte sie nicht daran, es noch einmal mit Englisch oder Französisch zu versuchen. Ich sah, dass sie neugierig waren, interessiert an allem. Dass sie nicht nur auf einer Schiene fuhren. Mit Fremden führte ich die Gespräche, die ich gern mit meinem Mann geführt hätte.

Ich ging meiner Wege, er blieb an seinem Platz.
Jahrelang himmelte ich Puttchen ihn an, jahrelang hatte alles, was ihn betraf, Vorrang und war vor allen Dingen auch richtig. Doch dann fing ich an zu zweifeln, und das Idol begann zu bröckeln und stürzte wie in Zeitlupe allmählich von seinem Sockel. Und nicht nur das: mit zunehmendem Selbstbewusstsein verlor ich den Respekt.
Am Ende hatte ich das Gefühl, ich stehe über ihm.

„Wenn es dem Esel zu gut geht, geht er aufs Eis." Schlichter Kommentar meiner Nachbarin, als sie von unserer Trennung erfuhr.
Hatte sie recht? Waren meine Ansprüche an mein einziges Leben zu hoch?

Wenn ich es genau betrachte, war ich mutig, ohne es zu wissen, und beschränkte mich einzig darauf, etwas *nicht* zu tun.
Passiver, angstvoller Mut zwang mich in eine abwartende Haltung. Darin eingepresst, hatte ich kaum genügend Luft zum Atmen, geschweige denn zum Handeln. Ich war nur noch Beobachterin, lehnte jegliche Verantwortung, Entscheidung und Mitbestimmung für mein Leben ab. Degradierte mich zur zweifelhaften Siegestrophäe in einem Wettkampf.
Apathisch lasse ich es zu, dass der neue Mann ein gemeinsames Bett für uns bestellt – Lieferung und Rechnung (!) an mich –, obwohl der amtierende noch mit mir lebt.
Ebenso apathisch sehe ich dabei zu, wie der erste Mann völlig fertig aus- und der nächste einzieht. Ich bin nicht mehr ich, nicht mehr da. Mein Denkvermögen setzt gänzlich aus.

Zeit, Ruhe und Distanz wären nötig gewesen, um aus diesem inneren Chaos herauszufinden und mit dem dann vielleicht gewonnenen Abstand wieder eine Übersicht zu bekommen. Mir fehlte all das, ich ließ mich überrollen.

Es galt, eine Amputation zu überstehen. Mein Mann war weg! Er war weg, blieb weg – endgültig. Hart, ohne Schnörkel, *Schluss, aus, vorbei!* Keine erträglichen Häppchen, sondern die unerträgliche Totale war auszuhalten.
Ich muss mich korrigieren: Er war nicht anwesend. Denn ich rettete, was zu retten war, übernahm alles, was unsere Gemeinsamkeit ausgemacht hatte, inklusive seiner Eigenarten, in mein neues Leben ohne ihn.
Ich begann, mir über den Bart (!) zu streichen, wie er es immer getan hatte, ich las den Spiegel, ich trank um 16 Uhr Kaffee ...
Ich war bei ihm Tag und Nacht.
Ich verdrängte, so gut es ging, redete mir etwas ein und auch wieder aus. Es nutzte mir nichts!
Ich wurde krank, schwer krank.
Nicht ich, mein Körper fing an zu schreien. Er verdrängte nichts, zeigte deutlich sichtbaren Protest in einem schweren Hautleiden. Hände und Arme glichen Fremdkörpern. Eingewickelt in Mull erinnerten sie an Mumien, ausgewickelt baumelten sie wie abstoßende, grässliche Klauen eines Monsters an mir.
Juckende, ständig nässende, aufplatzende, sich dann erneut bildende und mit Flüssigkeit füllende Quaddeln verwandelten – beschleunigt durch mein Kratzen und Scheuern – meine Haut in rohes Fleisch und ließen an Frankensteins Gruselkabinett denken, an alles, was Angst und Ekel erregt.
Psychosomatik – Körper und Seele! Und was mache ich jetzt damit?
Meine Seele kann ich eh' nicht austricksen. Der Kopf mit der Seele nichts, nur mit dem Körper etwas anfangen. Mein Schmerzkörper, Instinkt, hielt Hände und Arme unter fast kochendes Wasser oder steckte sie in eiskalten, krustigen Schnee. Beides blieb nur eine Linderung.

Gegen diesen seelischen Zusammenbruch war die Allgemeinmedizin machtlos. Die Behandlungsversuche, die ich eher als „Herumdoktern“ bezeichnen möchte, sind mir in schlechter Erinnerung geblieben. Sie zeigten keine Schwäche, die schlauen Herren im weißen Kittel. Bloß den Patienten nicht abgeben, aber sich auch nicht länger als nötig mit ihm befassen, so lautete die Devise.
Innere Prozesse? Psychosomatik? Sie schienen nie etwas davon gehört zu haben. Ein „guter, wichtiger“ Patient – zumindest in ihrer Abrechnung war ich das sicher.
Bald will ich an alles glauben, Hauptsache, es hilft.
Endstation Heilpraktikerin. Ozontrommel. Eigenblut in jeden einzelnen Finger. Die Reaktion meines Körper sorgt dafür, dass ich endlich im Krankenhaus lande.

Ich erreichte in jeder Hinsicht einen absoluten Tiefpunkt, wurde depressiv, schwermütig, hatte Selbstmordgedanken. Nur mit Mühe konnte ich gehen, alles fiel mir unglaublich schwer, ständige Traurig- und Mutlosigkeit hielten mich gefangen.
Ich suchte Hilfe in der psychosomatischen Abteilung der Medizinischen Hochschule. Es erstaunt mich noch heute, wie wenig sich die Ärzte meinen Zustand vorstellen konnten. Sie mussten doch erkennen, wie ernst es um mich stand! Ich ging doch gramgebeugt, schweren Schrittes, lebens-müde. Todmüde! Es war doch sichtbar!
Sie sehen es nicht. Lächerlich, was da passiert. Mein Therapeut, ein Student von 23 Jahren! Wie bitte soll mich dieser Junge verstehen? Als ich völlig resigniert und müde vor ihm sitze, nichts mehr sage, lediglich darauf hoffe, es möge doch *bitte* endlich etwas Wesentliches passieren, konstatiert er, dass ich mich nun „endlich fallenlasse“ in die Stunde. Ich muss fast lachen.

Gar nichts passiert! Wahrscheinlich bin ich sein erstes Studienobjekt, an dem er üben, lernen kann. Scheiße, denkste. Genau fünf Mal überstehe ich seine Wichtigkeit, dann bleibe ich zu Hause.
Die Reaktion des Chefarztes zeigt mir dessen ganzes Unvermögen. „Schön, wenn ein Patient das aus eigener Kraft schaffen will!“ Er sieht nicht, dass ich gar nichts mehr will.
Mehr als einmal verspüre ich auf der Heimfahrt den dringenden Wunsch, gegen einen Baum zu fahren, so wahnsinnig unerträglich und unmöglich zu leben erscheint mir eben dies – mein Leben.
Tatsächlich hindert mich nur der Gedanke an meine Kinder daran.

Die Heilung kommt mit meinem Exmann.
Er besucht mich in der Hautklinik; wir weinen zusammen.
Er erzählt, dass er sich wieder verlobt hat, seine Freundin bereits schwanger ist ... Wir weinen.
Ich biete ihm an, dass wir es doch noch einmal miteinander versuchen, weil wir einander so sehr fehlen, dass es kaum auszuhalten ist. Für das Kind könnten wir aufkommen, das könne kein Grund für eine Ehe sein, wenn die Liebe nicht da sei. Nein, er will nicht, das verbietet ihm sein Ehrgefühl, er lässt kein Mädchen mit seinem Kind sitzen. Wir weinen.
„Bitte“, flehe ich nun, „ich kann so nicht mehr leben, ich habe Selbstmordgedanken, werde mich noch vor den Zug werfen“.
„Das machst du sowieso nicht!“, sagt er, umarmt, küsst mich und geht. Weinend!

Ich werde es begreifen müssen. Oh, aber wie nur?
Fünf Frauen teilen sich mit mir das Krankenzimmer. Fünf Frauen unterschiedlichen Alters, mit unterschiedlichen Lebensgeschichten. Sie tun mir Gutes an, bewegen mehr als die

psychiatrische Behandlung studierter Leute. Verzweifelt frage ich sie: „Wie bringt er das nur fertig?"
Fünf Mal Leben, fünf Mal Erfahrung, und doch bleibt *eine* Meinung, die sich auf einen Satz reduzieren lässt: *Haken Sie es endlich ab und schauen sie nach vorn.* Ich brauche nicht länger als zwei Stunden und ein paar geschriebene Sätze (zum Sichtbarmachen!), um endlich mit meiner Ehe abzuschließen.
Letztlich will ich nur das mir Vertraute, die Gewohnheit nicht aufgeben,
habe ich nur Angst vor dem Neuen, Unsicheren,
war ich einsam und allein mit ihm,
liebte mich mein Mann nicht so, wie ich es ersehne.
Und: Ich war austauschbar, innerhalb kürzester Zeit ersetzt.
Mager und doch so wahr. Ich *will* es abhaken, *will* nicht mehr zurück, sondern nach vorn blicken.
Mit diesen Gedanken schlafe ich ein und durch. Am nächsten Morgen sind meine Hände und Arme gesund.
Mein Mann heiratete – ganz korrekt – seine schwangere Freundin und war nach kurzer Zeit wieder geschieden.

Scheidung und zweite Ehe

Glücklich, wer mit den Verhältnissen zu brechen versteht, ehe sie ihn zerbrochen haben.

FRANZ LISZT

Meine erwartungsvoll geplante zweite Ehe war eine einzige, riesige ANSTRENGUNG. Sie hat mich ausgelaugt. Erst Jahre später, während meiner Therapie, bin ich zu der Erkenntnis gekommen: Ich schulde diesem Mann nichts. Ich gab mir große Mühe, es gut hinzubekommen. Er hatte Felsbrocken dagegenzusetzen, nämlich maßlose Sturheit, Starrsinn und Uneinsichtigkeit.
Alles wollten wir anders, besser machen. Neu anfangen.
Unsere guten Vorsätze: ersoffen!
Meine zweite Ehe und der Alkohol sind in einem Atemzug zu nennen. Damit fing es an. Vorher war mein Trinkverhalten völlig normal.
Der Alkohol wurde unsere große Gemeinsamkeit, er hat uns beide geschafft.
Wolfgang und Wodka mit Feige, diese beiden gehören für mich zusammen, denke ich an unseren gemeinsamen Start.
Auch wenn mir später keiner die Nase zugehalten hat, um mir Alkohol in den Mund schütten zu können, ich also für meine Sauferei allein verantwortlich war, so hat Wolfgang doch den Grundstein gelegt.
Die erste Flasche, die er zu einem „gemütlichen Abend" mitbringt, ist nicht der sanfte Wein zum Kerzenlicht. Er geht gleich in die Vollen, Wodka muss es sein. Garantierte Hilfe gegen Niedergeschlagenheit. Ein Zaubermittel, um Trauriges, Quälendes wegzuwischen und das verschwundene Lebendige,

Lustige wieder auftauchen zu lassen. Das haben er und auch ich viel lieber.
Ich weiß nicht mehr recht – ahnte ich damals, dass der Alkohol die Dinge nur oberflächlich ausgleicht und Wohlgefühl künstlich hochputscht? Na wenn schon … Ich war oft zutiefst niedergeschlagen.
Meine Fantasie und Vorstellungskraft, ich hatte sie nicht verloren. Doch nicht ansatzweise wäre ich darauf gekommen, welche Wende mein Leben von da an nehmen würde. Dass es laut, schrill und exzessiv werden würde.
Da war kein warnendes Gefühl, keine innere Stimme, die sagte: „Lass es". Vielmehr stichelte etwas in mir: „Wer nicht wagt, der nicht gewinnt. Riskier's".
Obendrein erlebte ich diesen Mann und seine Liebe als vielversprechend. Was ich sah, was ich wahrnehmen *wollte*, gefiel mir sehr, wischte die vage Furcht vor einer Bauchlandung beiseite.
Von Anfang an faszinierte mich, wie der Fußballtrainer meines Sohnes mit Kindern umging. Die ganze drollige, kaum den Windeln entwöhnte Mannschaft liebte ihn abgöttisch und hatte auch allen Grund dazu. Ob einem kleinen Kämpfer die Nase lief, ob nach einem Sturz das Knie blutete oder wegen einer allzu schmerzhaften, traurigen Niederlage Tränen flossen – Wolfgang war immer sofort mit dem Taschentuch da, wischte und tröstete alles wieder weg. Stets hatte er Bounty, Traubenzucker und Brause zur Stärkung dabei, unermüdlich war sein Einsatz: Ich konnte mich nur wundern. So etwas gab es also auch?!

Viele Spiele braucht es, bis mein Sohn ein Tor schießt. Ich freue mich für meinen kleinen Jungen, jubele ihm zu, hüpfe am Spielfeldrand vor Begeisterung auf und ab ... und bekomme vom Trainer einen Kuss.
?
Verwunderung! Was war das?

So oft standen wir schon beisammen, feuerten die kleinen Fußballer an. Eine sportbegeisterte Mutter und ein kinderfreundlicher, ebenso begeisterter Trainer.
Plötzlich dieser Kuss mit allzu inniger Umarmung. Erst jetzt bemerke ich, zögerlich und ungläubig, dass er sich stets in meiner Nähe aufhält. Von all den Müttern und Vätern bin ich offenbar die Einzige, mit der das eine oder andere besprochen werden muss, Hausbesuche inbegriffen. So häufig, dass mich mein Mann irritiert hänselt. Verwundert gehen schließlich auch mir die Augen auf. Ich werde buchstäblich wachgeküsst!
Ich sehe ihn nun! Er ist absolut nicht mein Typ, geschweige denn mein Prinz. Ich bin noch lange nicht so weit, innere Schönheit, falls vorhanden, zu erkennen. Will also anfangs nichts Ernsthaftes.
Aber ich bin eitel und fühle mich geschmeichelt, weil mir unscheinbarer Maus der Hof gemacht wird. Mit allem Drum und Dran. Etwas Ähnliches habe ich bisher nur einmal erlebt, und das war vor meiner Ehe. Lange ist es her, fast vergessen. Als Ehefrau habe ich doch ohnehin den anzustrebenden Gipfel erreicht, was will ich noch?
Oh, eine Menge fehlt mir! Jetzt, wachgeküsst, spüre ich es fast schmerzhaft intensiv.
Es kribbelt! Und wie!
Was für ein wunderbares, herrlich erregendes Gefühl!
Mehr und mehr wärme ich mich an seiner aufmerksamen, sanften Art. Ich bin ihm wichtig, er leidet sichtbar, wenn wir uns nicht sehen können. Also bin ich etwas Besonderes!
Ich laufe zur Höchstform auf, gebe mich witzig und spritzig, aale und sonne mich in seinem bewundernden Staunen über meine Quirligkeit. Plustere mich auf wie ein Pfau bei der Balz.
Die Fußballspiele sind nicht mehr Spiele, sondern eine Möglichkeit, ihm zu imponieren. Kritisch blicke ich jetzt wieder in den Spiegel. Vermeintliche Schwächen, um die der Ehemann weiß, gilt es zu kaschieren.

Ich werde wieder begehrlich angesehen, bin also doch hübsch!? Innerlich fiebernd, erlebe ich diesen Flirt als aufregend, spannend und lebendig. Ein Flirt – keine Liebe!
Für mich ist es erst einmal bloß ein Spiel mit dem Feuer.
Doch es gerät außer Kontrolle.

Im Grunde wollte ich nicht mehr von ihm ablassen, weil er mich bewunderte. Ganz offensichtlich war da ein starkes Bedürfnis in mir zu stillen. Wunderbar, dass es Aufmerksamkeit und Zuwendung total gab. Die schöne Regelmäßigkeit vertiefte unser Verhältnis und ich gewöhnte mich schlichtweg.
Er scheint alles zu verstehen, bei ihm meine ich zu finden, was ich bei meinem Mann vermisse. Ich sehe nur das, was ich sehen will: viele, viele Gemeinsamkeiten. Das kann eine schöne Zukunft bedeuten, wenn man sich denn traut! Meine Ehe taugt scheinbar eh nichts mehr, wird doch inzwischen jede kleine Unzufriedenheit zu einem Drama.
Bereits weit entfernt von meinem Mann, aus der Bahn geworfen vom erstbesten Bewunderer, lasse ich es laufen.

Bei Wolfgang bleiben seine Frau und zwei Kinder auf der Strecke. Ich habe kein schlechtes Gewissen. Damit muss sie fertig werden, befinde ich einfach so. Er will raus aus dieser Ehe. Wäre ich nicht der Anlass, würde es einen anderen geben.
Ich erlebe beide und glaube ihm, wenn er mir erklärt, dass seine Ehe furchtbar langweilig ist, von Liebe und Innigkeit keine Rede. Seit eh und je liegt der Sohn bei Mama, die Tochter bei Papa im Bett, sagt er. Was ist das für ein Zusammenleben? Das ist doch nicht normal! Und wenn die Kinder irgendwann aus dem Haus gehen, was bleibt ihr? Sie ist immer noch jung, kann ebenfalls neu anfangen. Was will sie mit einem Mann, der sie nicht mehr liebt?
Weil ich einen solchen nicht haben wollte, setze ich das auch bei ihr voraus. Mir kommt nicht in den Sinn, dass sie mit viel

weniger zufrieden sein könnte als ich. Ohne Bedenken drücke ich ihr meine Wertvorstellungen auf – und selbstverständlich sind das die richtigen!
Wolfgang findet seine Ehe langweilig, ich stelle mir unter Ehe mehr vor. Also haben wir die falschen Partner, was diese einsehen müssen!
Das muss sie doch auch so sehen, oder? Also ist es für sie wie für mich lediglich eine kurze Umstellungsphase.
So einfach ist das!
Sie wird damit nicht fertig, wird zur Alkoholikerin. Erst am Rande des Todes, mit 27 Kilo Körpergewicht, kriegt sie die Kurve.
Für ihr Schicksal fühle ich mich zwar nicht verantwortlich, doch etwas anderes werfe ich mir vor: Die Trennung hätte nicht zu einem Hammer werden müssen, der ganz besonders in ihr Leben krachte. Ein wenig Verständnis wäre nötig, ja sogar Pflicht gewesen. Wir gaben uns keine Mühe. Ihr Problem, wie sie es verkraftet, nun allein zu sein. Dafür schäme ich mich heute. Rücksichtslos suchten wir lediglich für uns einen möglichst bequemen Weg. Egoistisch nur an mein Wohl und Wehe denkend, hatte ich für sie keine Spur von Mitgefühl übrig. Zwei Männer um mich, das ist doch erhebend. Was kann ich dafür, wenn sie nicht genug leistet!?
„Spieglein, Spieglein an der Wand ..."

Aber erst einmal ist da das schreckliche Jahr voller Lügen, Heimlichkeiten, Tricks und Zweifel. Unaufhörlich plagt mich das schlechte Gewissen, muss ich doch mit ansehen, wie sehr mein Mann leidet.
Ich habe meine innere Ruhe, meine Ordnung verloren, sehne mich nach dem gewohnten Gang, will keine Veränderungen mehr, es soll irgendwie aufhören.
Es tut nicht nur weh, ich habe auch erbärmliche Angst.

Mehrmals versuche ich, unter diese Affäre einen halbherzigen Schlussstrich zu ziehen. „Es ist aus, ich kann nicht mehr, bitte bedräng mich nicht weiter." Nehme schweren Herzens auch tatsächlich andere Wege zur Arbeit.
Wolfgang sieht, dass es mir schlecht geht, aber er lässt nicht locker. Er findet mich überall. Ich kann ihn mir nicht abgewöhnen, weil er ständig da ist, und wenn er mir seine lebenslange Liebe beteuert, kippe ich willenlos um. (Außerdem bringe ich es nicht fertig, NEIN zu sagen.)
Ich will es ja gern wagen, alles ist so verlockend, doch mir fehlt der Garantieschein. Ich male mir eine Wahrscheinlichkeitszukunft aus: Wie würde es mit ihm, wie mit ihm? Zweifel bleiben, lassen mich einfach starr werden, voll innerer Qual. Ja und Nein, Wenn und Aber.
Ich schiebe und schiebe und schiebe.
Mein Mann schiebt nicht mehr, kann nicht mehr oder hat die Schnauze voll. Er zieht aus.
Am nächsten Tag steht Wolfgang mit seiner Zahnbürste vor meiner Tür.

Damit war mir dieser folgenschwere Schritt abgenommen. Die Wahl, Wenn und Aber gab es für mich nicht mehr. Was blieb, waren nackte Tatsachen, totale Panik und Verlustängste. Plötzlich hatte ich viel zu viel riskiert und erst einmal nur verloren. Gar nicht mehr lebendig, mit dem Blick zurück, versank ich in meinen Depressionen. Auf immer und ewig musste ich nun darin schmoren, da war ich mir sicher.
Eine gute Zeit für die Flasche Wodka mit Feige, jetzt hielt sie ihren verheißungsvollen Einzug. Die dicke Frucht und der Saft täuschten über den Alkohol hinweg, und – welch eine wunderbare Wirkung! – das Gesöff verschaffte mir den augenzwinkernden Blick in eine heitere Zukunft. Alles wurde leichter, angenehmer. Der Druck, der auf mir lastete, ließ für eine Weile nach.

In dieser Zeit redeten Wolfgang und ich häufig und intensiv miteinander, die Flasche immer auf dem Tisch. – Stimmt nicht! – *Ich* redete, erzählte ihm, was mir durch den Kopf ging. Ich wollte unbedingt, dringend glauben, dass er mit der Zeit der Richtige für mich werden würde, und was er dazu beitragen konnte, tat er überzeugend in den ersten beiden, sehr schweren Jahren.

Ich schonte ihn nicht gerade, litt offen vor seinen Augen, konnte absolut nicht anders. Was ich nicht sagte, drückte meine Körpersprache aus. Die verbundenen Hände und Arme sprachen Bände, fett unterstrichen von der Körperhaltung.

Schwermütig stand ich am Fenster, beobachtete Klaus, wenn er unsere Kinder abholte.

Plötzlich dann der Gedanke: Das war m/eine Familie! Ich gehörte doch dazu! In meinem Wohnzimmer saß ein fremder Mann. Was wollte ich mit dem? Ich stellte äußere Vergleiche an, die auch nicht gerade dazu beitrugen, dass ich glücklicher wurde.

Ich bemerkte nicht, dass es Wolfgang ähnlich ging. Wieso hat es mich nie nachdenklich gemacht, wie kalt er seiner eigenen Familie gegenüberstand? Was seine Frau betraf – okay, er hatte ja gesagt, dass er sie nicht mehr liebte, daher war seine Haltung wohl nur konsequent und gesund. Aber seine Kinder? Gerade sein feinfühliger Umgang mit diesen kleinen Seelen hatte mir doch als Erstes imponiert. Wo war das alles geblieben? Er schob die Kinder offenbar problemlos ab, sie waren für ihn nur noch zweite Garnitur.

Ja, die Flasche Wodka mit Feige hielt ihren Einzug. Mit ihr wurde es rosig und leicht.

Dezember 1979

„Guten Morgen, ich habe geheiratet!“, erkläre ich meinen schlaftrunkenen Söhnen. So viel zu ihrer Mitbestimmung.

Was? Wo? Wann? Erst steht ihnen die Ungläubigkeit, dann die Überraschung und am Ende die Traurigkeit ins Gesicht geschrieben.
„Und warum waren wir nicht dabei?“
„Es ging ganz schnell, ihr habt nicht viel verpasst, hattet mehr von eurem Schlaf, glaubt mir!“

Meine zweite Hochzeit ist keine Hoch–Zeit. Sie findet statt, weil der Zug beim ersten Mann endgültig abgefahren ist und der zweite Mann endlich für all die Mühe belohnt werden muss.
Ich schenke Wolfgang die Ringe und bin gerührt – er weint vor Erleichterung! Anscheinend sind mit diesem Zeichen meiner Entschlossenheit seine berechtigten Zweifel ausgeräumt.
Allein glaube ich nicht leben zu können. Allein bleiben, wenigstens für eine gewisse Zeit? Einfach nur schrecklich! Nein, das ist ganz und gar unmöglich. Und warum auch? Er liebt mich doch so sehr, es wird schon werden. Die Freude wird sich bei der Trauung einstellen.
So will ich es, aber so ist es nicht.
Ich stehe neben mir, beobachte diese Hochzeit, die meine ist, als Zuschauer. Wundere mich allen Ernstes, dass ich dabei bin. Sage „Ja“ und baue auf die Liebe meines neuen Mannes, mir meiner eigenen nicht bewusst.
Unwirklich und unromantisch ist der ganze Tag.

Seit vier Wochen betreiben wir eine Gaststätte. Kein Gedanke daran, uns für dieses besondere Ereignis freizunehmen. So wichtig ist das, was wir da vorhaben, also offenbar nicht.
Unser Tag läuft nebenher. Wichtig ist lediglich, aus steuerlichen Gründen noch im Jahr 1979 zu heiraten. Wichtig ist auch, eine Lücke im „Nichts-mehr-zu-machen“-Kalender des Standesbeamten zu finden.

Voller Unmut über die Hetze, doch schließlich gnädig, sorgt er für diese Lücke. Morgens um neun wäre da noch etwas Zeit … „Allerdings wird es knapp!", fügt er kopfschüttelnd hinzu. Eine Warnung, dass dann nicht Feierlichkeit, sondern der Zeitdruck im Vordergrund stehen wird. Wenn wir es so wollen, müssen wir das schon in Kauf nehmen.
Ja, egal, wir wollen es auch irgendwie einschieben!
An unserem Hochzeitstag arbeiten wir bis drei Uhr morgens – der Rubel muss rollen – und kommen zu spät zum Standesamt! Wie peinlich! So wollten wir es wahrhaftig nicht, sind zeitig genug aufgestanden. Dass es schneien würde, die Straßen spiegelglatt sind, damit haben wir nicht gerechnet. Hochgradig angespannt und nervös, sind wir trotzdem gezwungen, langsam zu fahren, die Straße/Uhr vor Augen. Die verdammte Uhr im Wettlauf mit der nicht enden wollenden Wegstrecke. Der Sekundenzeiger tickt in unseren Köpfen, würgt die Besinnung auf das, was wir heute für unser Leben vorhaben, ab. Nichts deutet auf ein bedeutendes Ereignis hin. Hastig, husch-husch zurechtgemacht, ohne besonderes Outfit, ohne Frühstück, die Haare noch nass, laufen wir durch den Korridor, stehen schließlich total abgehetzt, ergeben vor dem verärgerten Standesbeamten und hoffen auf sein Erbarmen.
Zweimal Ja, das geht schnell. Die Rede davor ist weder feierlich noch lang, allerdings dürfen wir uns trotz der knappen Zeit seine Soldatengeschichte anhören. Er schwadroniert von Fallschirmabsprüngen, Kämpfen, Fliegeralarm, Not und Elend und davon, wie gut er davongekommen ist.
Nach einer halben Stunde ist die „feierliche" Trauung vorüber.
Nein, meine Kinder haben nichts versäumt.

Am Abend öffnen wir ganz normal unsere Gaststätte. Keiner unserer Gäste bekommt mit, dass wir geheiratet haben.

Ich wollte nichts. Keine Feier mit den übrig gebliebenen Freunden, keine Geschenke, keine Blumen, keine Aufmerksamkeit. Ich wollte nichts.
Insgeheim von Zweifeln geplagt, wäre mir eine rauschende Party verlogen vorgekommen. Folgerichtig bestimmte meine innere Haltung den Tag.
„Am Ende einer gut gelungenen Ehe gibt es etwas zu feiern, nicht am Anfang!" Das machte ich voll tiefster Überzeugung meinem neuen Mann klar. Er konnte nichts dagegenhalten.

Die anspruchslose Hochzeit war nur der Anfang. Ich machte so weiter und stellte selbst die Weichen für den Verlauf unserer Ehe. Zunächst hatte ich keinen anderen Anspruch, als wieder gesund und munter zu werden, darauf konzentrierte sich alles. Und irgendwann war ich wieder gesund und munter und glaubte, klar zu sehen, was mir fehlte und was ich zurückhaben wollte.
Die lange Zeit des Stillhaltens zu Ende, vergessen, vorbei, der Kampfgeist erwacht.
Kämpfen für eine gute zweite Ehe!
(Man muss sich das mal vor Augen halten: das Wort „kämpfen" im Zusammenhang mit einer guten Ehe, noch dazu einer gerade erst beginnenden!)
Wird die Ehe gut, profitiere ich auch, davon bin ich überzeugt. Nun gilt es, dass sich mein Mann endlich wohlfühlt. Zwei schwere Jahre mit mir liegen hinter ihm! Nehme ich dies als Probezeit, so hat er genug Klasse gezeigt, eine Menge geschluckt (und verdaut?).
„Jetzt bin ich an der Reihe", setze ich mich selbst unter Druck und nehme meinen Mann aus der Pflicht. Gleichzeitig empfinde ich Enttäuschung, weil er das zulässt, als völlig in Ordnung akzeptiert. Offensichtlich ist auch er der Meinung, dass ich eine Schuld abzutragen habe.

In erster Linie heißt das, wieder die alte, lustige und tüchtige Frau rauszukehren, die er kennenlernte.

Die ganze lange, schwere Zeit stand ich nicht hinter ihm. Betrog, belog und täuschte ihn, weil ich ihn bei unserer Heirat im Grunde gar nicht liebte. Meine innere Einstellung ihm gegenüber, er muss sie gespürt haben. War seine Liebe zu mir wirklich so groß, dass er all dies ertrug, darauf hoffend, dass ich mich besinnen, Liebe erkennen und endlich auch geben würde? Oder was ließ ihn durchhalten? Ich weiß es bis heute nicht.
Nichts hören, nichts sehen, nichts wissen – jedenfalls nicht die reine Wahrheit über unsere Zweisamkeit. Zwei Jahre lang ignorierte oder schluckte er das Verletzende, Kränkende. Das bindet mich an ihn, und er weiß das sehr genau.
Und es gab eine Menge zu schlucken!

„Der setzt sich nur ins gemachte Nest!" Der verbitterte Vorwurf des enttäuschten Ex trifft uns alle drei. Klaus, weil er das Nest hergeben muss, mich, weil ich im Grunde genauso denke (!), und Wolfgang, weil er, der „Neue", zum Nichtsnutz degradiert wird.
Ich war mit, er ohne Mitgift!
Das wurmt. Auch alle drei.
Mein Säckchen Geld wurde nicht für das erträumte Häuschen, sondern für die Einrichtung einer Gaststätte verbraten.
Wolfgang besaß nichts, als er bei mir einzog. Das war im Vergleich zu meiner ansehnlichen Mitgift aus zehn Jahren Ehe sicherlich eine deprimierende Feststellung. Mit schiefem Blick darauf, was jeder von uns bisher geleistet hatte, fiel es mir schwer, Respekt für ihn aufzubringen. Ich, die immer mitgeschuftet und das Geld fest zusammengehalten hatte, damit wir vorankamen, sah bei ihm NICHTS!
Wie macht man das, wie ist es möglich, dass man weder auf ein finanzielles Polster zurückgreifen kann noch zum Ausgleich

wenigstens etwas Schönes besitzt? Und das, obwohl sein Verdienst gut war und auch er Nebenarbeiten annahm?
„Wir hatten viele Freunde, es wurde viel gefeiert, da blieb nichts übrig ..." Lahmer Versuch einer Rechtfertigung.
Er kommt daher mit einem Haufen Plastiktüten, darin seine Habseligkeiten. Unerbittlich und wenig liebevoll, finde ich alles schäbig, werfe es weg.
Er schluckt es.

Ich lasse ihn in diesem armseligen Gefühl schmoren, zeige in meiner kranken Phase kaum Einfühlungsvermögen.
„Wenigstens dein Federbett hättest du mitbringen können!", fauche ich wütend, weil er für meine Begriffe keinerlei Hemmungen zeigt, mein mühsam „rübenzusammengehacktes" Geld für Dinge auszugeben, die ihm fehlen. Wie ein kleiner Schuljunge sieht er aus, als ich ihm das überstülpe, und schleicht als begossener Pudel nach Hause, sein Bett zu holen. Auch ich fühle mich schlecht dabei und kann doch nicht anders.
Hin und her gerissen von meinen Gefühlen, mein Leben im Umbruch, verstehe ich das als mein Angstbeißen, vermischt mit dem unausgesprochenen Vorwurf: Er hat gefeiert, ich habe gespart.
Er schluckt es.
Wie jämmerlich! Das denke ich oft traurig-mitleidig, wenn er mit Hundeblick demütig auf mich zukommt – und merke gar nicht, dass ich selbst jämmerlich bin.
Wie arrogant und überheblich ich mich verhalten habe! Er konnte doch leben, wie er wollte. Wieso glaubte ich, nur meine Lebensweise sei die lebenswerte? Wie es mit uns beiden weitergehen sollte, allein das zählte doch.

„Liebling, wieso legst du so viel Wert auf das alles? Ich will nichts, nur dich! Und wenn wir auf Jaffakisten sitzen, es ist mir egal, Hauptsache, du bist bei mir!“
Mein Gott, all das sagt er mir! Er meint es ehrlich, ich höre, sehe und spüre es: an seiner Stimme, seinen Augen, seinem Wesen.
Nach meinem Klinikaufenthalt kann ich ihn endlich hören. Alles, was mir guttut und mich stark macht, filtere ich mir raus.
„Liebling, meine Ehe ließ mich lustlos werden, deshalb die viele Feierei zum Ablenken. Seit ich dich kenne, bin ich voller Elan, du bist mein Antrieb.“
Ich glaube ihm, denn gesund bin ich das wohl tatsächlich: sehr lebendig, intensiv lebend und erlebend, peppe ich ihn, den entschieden Ruhigeren, doch gehörig auf.
Dass es sich mit mir lohnt, diese Überzeugung bringt neue Kraft. Lob und Bewunderung stärken mir den Rücken. Schließlich bin ich ja schon vorher sicher gewesen, dass ich weitaus tüchtiger, sportlicher, kreativer, lustiger, sparsamer – quasi in allem besser – bin als seine Frau.
Beide starren wir nun in unser Spieglein, Spieglein an der Wand, müssen es den Vorgängern beweisen.

Die tüchtige Frau, sie ist wieder da! Ich bin über den Berg!
Schwermut, Trauer, Verlustängste – ich war darin begraben, habe mich mühselig rausgebuddelt. Die so schwer zu ertragende Zeit, sie ist bewältigt, verarbeitet. (?) Sie soll Vergangenheit sein und auch bleiben.
Endlich wende ich mich Wolfgang und unserer gemeinsamen Zukunft zu, sehe nicht mehr zurück, sondern (meist) nach vorn. Ja, mit mir soll es sich lohnen. Ich werde nun in der Tat beweisen, was mit mir zu schaffen ist.
Das ist wechselseitig, geht es ihm doch nicht anders.
Auch er kann Geld machen, zusammenhalten und etwas erreichen.

Ich gebe meinen gut bezahlten Job auf, riskiere nicht nur das Säckchen Geld, sondern auch einen beträchtlichen Kredit für den Sprung ins kalte Wasser – eine Gaststätte, die wir gemütlich und teuer einrichten.
Wie stolz waren wir, als wir sie eröffneten! Mein Gott, daraus sollte etwas werden! Das versprachen wir innerlich all unseren Neidern, Widersachern und den Besserwissern. *Ihr werdet alle sehen, ihr Schlaumeier. Und verdammt noch mal, wir werden glücklich. Auch das beweisen wir euch.*
Wir waren grenzenlos stolz und voller Hoffnung. Und ich hatte aufgehört, Wodka-Feige zu trinken.

Umsorgt und verhätschelt werden, schwache, zarte Frau sein, die beschützt werden will – wie ist das? Wolfgangs Versuche, so mit mir umzugehen, ließ ich nicht zu. Zielstrebig und sichtlich stark, so präsentierte ich mich meinem Mann und den Kindern.
Gut, das war an sich vielleicht ja auch richtig. Ich will gar nicht verhätschelt werden, kann mich sehr gut auf mich selbst und meine Kraft verlassen. Aber ich machte es insofern falsch, als dass ich mir kaum etwas abnehmen ließ. Da war zum einen die Angst, dass ich, je höher gehoben, desto tiefer fallen würde. Ich wollte mich nicht an Fürsorge gewöhnen, aus Angst vor Schmerz und Enttäuschung, wenn sie im sich verschleißenden, damit gewöhnlichen Ehealltag doch wieder ausbliebe.
„Ich kann das selber, lass das!“ Das war mein Schutzschild.
Trotzdem, im Lauf der Jahre schaffte er es und lullte (oder nebelte?) mich ein, obwohl die Pflichten meine blieben. Liebevolle Anrufe von der Arbeit, Blumen, fürsorgliche Gesten – dauernd angewandt, sickern sie ein, verdichten sich zu dem Gefühl, dass man verwöhnt, umsorgt wird. Alles andere wird davon verdeckt. Es geht völlig unter, dass mir nicht eine echte Last abgenommen wird.

Doch weit intensiver, eindringlicher zwang mich meine übergroße Dankbarkeit, keine Schwäche mehr zu zeigen.
Ich fand es schier unglaublich, wie geduldig Wolfgang während meiner kranken Zeit mit mir war. Wie regelrecht heroisch er in einer milden, nachsichtigen Position verharrte, trotz aller fetten, schwer verdaulichen Brocken, die ich ihm vorwarf.
Nie kam mir der Gedanke, dass es unter Umständen gar keine Brocken waren, sondern absehbare Probleme, die allein dadurch entstanden waren, dass er in mein Leben getreten war und einfach nicht mehr gehen wollte. Es deshalb also wohl selbstverständlich sein müsste, all das mit mir durchzustehen. Ich sah es einfach nicht, und er erst recht nicht.
Gütig erschien er mir. Immer da, um zu trösten. Ich musste an meinen Vater denken. (Hatte ich als Kind doch niemand anderen heiraten wollen als Papa! Oder wenigstens einen *wie* Papa.)
Ja wirklich, alles schien er zu verstehen.
Ich stand in seiner Schuld und musste es dringend wiedergutmachen. Meine Zärtlichkeit und mein Einsatz sollten ihn für alles Erlittene entschädigen. Ich legte ihn also in dieses neue, von mir gemachte Bett, wickelte ihn darin ein, versicherte mir und besonders ihm, dass es nur so richtig war.
Er ließ sich einwickeln – doch nur dann, wenn er auch bequem lag, ihn nichts drückte. Gab es da eine Erbse in seinem weichen Lager, war er plötzlich von Begriffsstutzigkeit geplagt.
Verstand er wirklich alles?
Während Wolfgang in seiner ersten Ehe noch den Standpunkt vertreten hatte, die Frau verkörpere das Herz der Familie, indem sie für die Kinder und den Haushalt sorge, während der Mann den Verstand repräsentiere, nämlich gegen „ernst zu nehmende, weil satt machende Münze“ arbeiten gehe, ließ er sich von mir schnell und bereitwillig klarmachen, dass das bei mir nicht nötig ist. Nicht nur das: Er begriff ebenso schnell, dass ich allem Anschein nach fähig war, ihm erhebliche Lasten abzunehmen.

Letztendlich blieb mir, nachdem ich den sicheren Hafen meiner ersten Ehe verlassen hatte, auch keine Wahl. Mein eheähnliches Verhältnis mit einem Mann, der nun für die eine Frau sorgen wollte und für die andere sorgen musste, hatte einen hohen Preis. *Gehe ich arbeiten oder erhole und besinne ich mich?* Die Frage stellte sich nicht mehr, ich *musste*!
„Das Herz der Familie" – wir konnten es uns einfach nicht leisten.

Mit der Gaststätte kamen wir auf den Hund. Wie bin ich bloß auf die Idee verfallen, sie zu wollen? Es schien die einzige Möglichkeit zu sein, schnell viel Geld zu verdienen, lautet die Antwort. Das wollten wir ja nun beide. Unterhaltsansprüche würden uns doch wohl nicht aufhalten, oder? Im Gegenteil, wir würden es trotzdem allen zeigen.
Karriere ohne die Ex, ein Haus ohne die Ex, Wohlstand ohne die beiden Expartner. Und obendrauf das Sahnehäubchen. Denn wir werden das Vorzeigepaar!
Sichtlich lieb und zärtlich wollten wir miteinander umgehen, vorsichtig. Unser neues Glück nicht unnötig belasten. Einander auf keinen Fall kränken, alles miteinander besprechen, das war die Ehedevise.
Die besten Vorsätze, alle wollten wir einhalten mit Blick auf unsere Zuschauer.

Diese Ehe zerbrach nach 13 Jahren.

Durch unsere Gaststätte.
Wolfgang trank sehr viel, und dadurch entstanden Konflikte, die immer schlimmer wurden. Ich machte mir Sorgen um ihn, weil er auch noch bei der Bundesbahn beschäftigt war. Ich wollte, dass er genug schläft und nicht immer so übernächtigt zur Arbeit geht. Obwohl er rechtzeitig von der Gaststätte hätte

nach Hause gehen können, zechte er oft die Nächte durch. Bei dem Versuch, auf ihn aufzupassen, mobilisierte ich meine Kräfte meist umsonst. Später trank ich erst mäßig, dann immer stärker mit.

Weil mein Mann meine Kinder nicht mochte.
Er war ungerecht und eifersüchtig und ließ keine Gelegenheit aus, ihnen das auch deutlich zu zeigen. Das tat mir sehr weh, zumal seine Tochter mit 13 Jahren zu uns kam und ich mir mit ihr viel Mühe gab. Mein Mann gönnte meinen Söhnen nichts, aber bei seinen Kindern sah das anders aus.

Weil mein Mann an Sex nicht interessiert war.
Wir redeten darüber, dass es bei ihm auch am Alkohol und Stress lag. Er versprach immer, Abhilfe zu schaffen. Daraus wurde zehn Jahre lang nichts. Ich war ausgehungert und komplexbeladen, benutzte dann leider andere Männer. Auch hier gab ich meinen Bedürfnissen nur unter Alkoholeinfluss nach. Ich hatte bis zum Schluss keine körperliche Beziehung zu meinem Mann, teilweise ekelte ich mich sogar vor ihm.

Da sind sie wieder, meine Fragen.
Was hat unsere Ehe zerstört?
Dass wir keinen erwähnenswerten Sex hatten?
Freund Alkohol?
Dass Wolfgang gegen meine Kinder war?

Nicht *will* ich, sondern *kann* ich überhaupt mit diesem Mann alt werden, der ohne Unterlass eifersüchtig, hasserfüllt auf meine Kinder schielt? Will ich eine solche Ehe fortführen – ohne Sex? Was für eine entmutigende, trostlose Vorstellung! Ich rede mir ein, es wird schon, es kann nur besser werden – es wird immer schwieriger und zweifelhafter.

Harmonie, familiären Zusammenhalt, ich habe mir beides so sehr gewünscht. Nichts davon ist wahr geworden. Viel schlimmer noch: Ich lebe in einer spannungsgeladenen Atmosphäre, bin zum Puffer und Blitzableiter geworden.
Liebe für die beiden Jungen aufzubringen, das mute ich Wolfgang gar nicht zu. Verständnis erhoffe ich mir, Fairness und Kameradschaft, das wird er sich doch wohl abringen können!?

„Können sie nicht beim Vater bleiben?"
Wolfgang meint tatsächlich meine Kinder! Verwundert höre ich den Vorschlag. *Was? Wie bitte?* Ich kann's kaum glauben. Diese Frage kam nie wieder, zu klar fiel die Antwort aus: „Ohne sie läuft gar nichts. Niemals!"
Er erkennt schnell, dass er über die Jungs glücklich mit mir werden kann, versucht zunächst also ernsthaft, gut mit ihnen auszukommen. So lange sie klein sind, sich alles sagen lassen, Anweisungen brav befolgen, ist das nicht allzu schwierig. Nichts Böses ahnend, machen sie es ihm sogar ausgesprochen leicht, denn nachdem der erste Schock vorbei ist, akzeptieren sie den neuen Mann im Haus nicht nur, sondern bringen ihm obendrein Vertrauen und Zuneigung entgegen.
Er wusste das nie zu schätzen.
Zuversichtlich hoffe ich darauf, dass es gerecht zugehen wird, er als Stiefvater das hält, was er als Trainer versprochen hat. Im Glauben, dass meine Entscheidung unter dem Strich richtig war, sehe ich uns nun so, wie ich mir eine Familie vorstelle: Mann, Mutter, Kinder = eine Einheit. Ja, schön wär's gewesen.

In dem Maße, in dem ich mich erhole und mich Wolfgang als meinem neuen Mann zuwende, lassen seine väterlichen Gefühle für meine Söhne nach. Erst recht, als diese dummerweise auch noch eine eigene Meinung entwickeln.

Mit der Zeit muss ich enttäuscht feststellen, dass er tatsächlich nur mit *kleinen* Kindern umgehen kann, die mit Bounty und Traubenzucker leicht zu bestechen sind.
Oft plagt mich das schlechte Gewissen – *meine Jungs kommen zu kurz, sie brauchen mich*. Ich habe ständig das Gefühl (zu Recht?), auch ihnen gegenüber etwas wiedergutmachen zu müssen.
10 und 11 Jahre alt, machen sie voll hilfloser Wut allein mich dafür verantwortlich, dass ihr Vater ausgezogen ist. Da sitzen sie, rechts und links auf seinen Knien, die kleinen Arme tröstend um seinen Hals gelegt.
„Du gehst nicht weg, Papa!?" Ihr kindlicher Versuch, ihn festzuhalten, zu beschützen. Alle drei weinen bitterlich, und als wäre das noch nicht genug, kommt von ihm: „Mutti will mich ja nicht mehr haben!"
Verständnislos starren meine Söhne mich an, als sei ich ihnen plötzlich fremd. Das Bild ist in mir.
Ihren Kinderherzen habe ich sicher etwas Schlimmes angetan. Ganz egal, auf welche Weise ich sie ihnen erklärte und wie richtig sie letzten Endes vielleicht auch war – wie sollten sie diese Trennung verstehen können?

Ja, in dem Maße, in dem ich mich erhole und augenscheinlich etwas einstecken kann, in dem Augenblick, in dem Wolfgang erkennt, dass ich eingelullt und eingenebelt an ihn gebunden bin, verschwindet der liebe, fürsorgliche Fußballtrainer auf Nimmerwiedersehen. Das, was sich dann ersatzweise präsentiert, hätte ich niemals geheiratet.
Er hat plötzlich den „klaren Blick". Danach ist bei meinen Jungen Hopfen und Malz verloren. Seiner Meinung nach brauchen sie nichts anderes als nur noch Strenge. Allein die Liebe zu mir treibt ihn, sich so zu verhalten, behauptet er. Ich selbst könne mich offensichtlich nicht schützen, also müsse er das tun.

Er will mich vor dem Mittelpunkt, dem Herzstück meines Lebens schützen?

Ich soll mehr schlagen als reden, darin sind sich Klaus und Wolfgang, selbst so rechte Mamasöhne, die von ihren Müttern nie geschlagen wurden, einig. Das sei fruchtbarer!
Fruchtbarer? Für wen?
Mir bleibt unklar, warum ich meine Söhne schlagen soll. Schlage ich auf etwas, mache ich es womöglich kaputt. Warum soll ich meine Kinder kaputtschlagen?
Mag sein, dass sie dann besser gehorcht hätten – ich habe wirklich viel erklärt –, aber ich war der Überzeugung, dass das eine Dressur wäre, ich damit ihre Persönlichkeit unterdrücken würde. Sie sollten mir nicht nach dem Mund reden, sondern das sagen, was ihnen durch den Kopf geht. Denn es ist *ihr* Kopf, nicht meiner, also wird etwas anderes darin sein. Ohne Angst wünschte ich mir ihre Kindheit, ganz besonders im Elternhaus. Ich bin mit Angst groß geworden, gedrillt zum Gehorsam – und wo ist heute mein Selbstbewusstsein?
Im Umgang mit meinen Kindern stelle ich mir oft die Frage: „Bin ich jetzt überhaupt gerecht?“ Habe ich überreizt reagiert, entschuldige ich mich. Warum auch nicht? Ich erwarte von ihnen ja auch Einsicht.
Und überhaupt, wofür sollte ich sie schlagen? Vor mir stehen stinknormale Lausbuben, auf gesunde Weise frech. Kleine Persönlichkeiten, die ihren Kopf durchsetzen wollen. Höre ich sie nicht, müssen sie krank sein. Ich bin ja froh, dass sie einen eigenen Willen haben. Das soll ich niederschlagen? Ich denke gar nicht daran!
Wer schlägt, weiß wirklich kein anderes Mittel mehr einzusetzen, stelle ich in meinen schwachen, allzu menschlichen Ausnahmemomenten fest, die sich leider nicht verhindern ließen.

Meine Söhne sind nicht verwöhnt, das Wort „Strafe" ist für sie gewiss kein Fremdwort. Natürlich läuft nicht alles mustergültig ab. Natürlich gibt es Ärger, Probleme, Auseinandersetzungen. Reichlich sogar. Bis heute übrigens, und überhaupt – wo nicht? Ist das nicht normal? Es ist wahrhaft anstrengend mit ihnen. Auch ich schreie, allerdings vergeblich, schon mal meine Wut hinaus, statt zu tätscheln. Gebe ihnen beileibe nicht alles, was sie haben wollen.
Beide verlassen das Haus, weil sie sich mir gegenüber nicht mit etwas durchsetzen können, das ich für *mein* Leben einfach nicht mehr zulassen will. Für meine Begriffe setze ich damit doch Grenzen! Bin eben nicht, wie Wolfgang mir böse und verbittert vorwirft, die ewige Jasagerin.
Doch selbst wenn ich mich meinen Kindern gegenüber zur Wehr setze, geschieht auch das spürbar in Liebe. Und genau das wurmt Wolfgang. Ich liebe sie, diese Blagen, daran gibt es nichts, aber auch gar nichts zu rütteln.
Das macht ihn zum Stier, sie zu seinem roten Tuch.
Sie sind zu präsent, ein Hindernis, das augenscheinlich zwischen uns beiden steht. Schon dadurch wird seine Wut entfacht, und er strahlt sie wieder ab.
Diese „kleinen Arschlöcher" sollen erst einmal beweisen, dass sie überhaupt „wer sind", so wie er es bereits getan hat. (Ach ja?)
Je älter die Kinder und unsere Ehe werden, desto unverblümter knallt er ihnen, und damit auch mir, das vor.
„Von den Blagen ist sowieso nichts zu holen. Liebe? Achtung? Respekt? Von diesen Pupern?" Darauf ist er nicht angewiesen. Jeder Fremde, erst recht der mit klingender Münze zahlende Gast, ist mehr wert.
Wie und was sollen sie von diesem schimpfenden, durch nichts zufriedenzustellenden, intoleranten Vorbild lernen? Kinder haben ein sicheres Gespür (und hören darauf). Wolfgang meint

es nicht gut mit ihnen und zeigt das allzu oft, also werden sie stumm und wenden sich ab.
Wir wollten ihn nicht ausschließen, er blieb selbst draußen.

Die Eifersucht lässt ihn böse und hämisch werden. Er will die Rolle einnehmen, die meine Söhne in meinem Leben spielen. Das ist aber ganz unmöglich und meiner Meinung nach auch gar nicht erstrebenswert. Ihn will ich ganz anders lieben als sie, mit ihm, nicht mit den Kindern, hatte ich vor, alt zu werden.
Mit der Zeit legt er eine Ungerechtigkeit und Herzlosigkeit an den Tag, die mir ins Herz schneiden.
Wie ist es nur möglich, dass er es nicht begreift?
Ich habe sie geboren, sie sind ein Teil von mir, das Band zwischen ihnen und mir ist unlösbar. Ihr bloßes Dasein wird für mich immer eine Freude sein, ich bin dankbar, sie zu haben. Er versteht nicht – oder will es nicht verstehen –, dass er mit seinen Attacken gegen meine Kinder *mich* weit mehr trifft.
Dabei wagt er es nie, sie zu schlagen. Muss er auch nicht. Seine hinterhältigen Methoden sind effizienter, gehen auf die Psyche. Es reichen gemeine Gehässigkeiten, spitze, anzügliche Bemerkungen, Verurteilungen, Annahmen, Unterstellungen. Alles verbunden mit einem süffisanten Grinsen, das das Böse in den Worten abschwächen soll. „So habe ich das doch nicht gemeint!" folgt der Bösartigkeit auf dem Fuß.
Mit sanften Worten bringt er mir bei, was für eine miese Brut ich da eigentlich im Hause habe. Sage ich ihm das auf den Kopf zu, bilde ich mir alles nur ein. Ein Kreuz, immer diese Einbildungen ... Ich spinne! („Dafür habe ich nun zehn Jahre lang ihre Blagen ausgehalten!", beklagt er sich nach unserer Trennung. Wer spinnt also?)
Ich werde zum Prellbock, muss ständig vermitteln.

Unbeschwert liebevoll und nachsichtig sein, sie auch mal von Herzen verwöhnen – einfach, weil mir danach ist –, ist in sei-

ner Anwesenheit nie mehr möglich. Ein unbestimmtes Schuldgefühl sorgt für innere Unruhe.
Allmählich entstehen Heimlichkeiten, weil es uns allen damit besser geht. Kaufe ich ein Paar Kinderschuhe, nenne ich ihm einen niedrigeren Preis, als er tatsächlich war. Notfalls hat Oma sie gekauft. Ich trickse mit meinem eigenen Geld, damit er sich nicht darüber aufregen muss, was ich wieder „rausgeschmissen" habe. Bitter kommt es mir dabei hoch. Wenn ich etwas anschaffen möchte, einfach weil ich es hübsch finde, heißt das gleichzeitig, dass ich gute Gründe, Entschuldigungen parat haben muss. Und sobald er dann sagt: „War das nun nötig? Ja?", kann ich mich nicht mehr freuen.
Was ich von innen heraus tun muss, tue ich weiterhin. Von dieser Haltung bin ich nicht abzubringen. Aber ich fühle mich dabei zerrissen.

Endlose Liste von Wolfgangs Herzlosigkeiten, ein Beispiel: Für *mich* soll der mitgebrachte Kuchen, die Delikatesse sein, nicht für die Zuschauer, den Anhang. Da er so lieblos ist, stehe ich hinter meinen Kindern. Das wiederum erbost ihn maßlos. Eifersüchtiger Zank ist die Folge. Sie sollen etwas ausbaden, das allein wir beide klären müssten. Die Lage spitzt sich dermaßen zu, dass ich von ihm überhaupt nichts Gutes mehr erwarte.
Und die kleinen Jungs werden groß, entwickeln ihre eigenen Ansichten, wollen diese natürlich auch äußern dürfen. Das bedeutet, ich verlasse nur noch selten die Wohnung, wenn alle drei zusammen sind, weil ich dann das Schlimmste befürchte.
Mit den Jahren ist es eher Sorge als Freude, die sich in mir breitmacht, dreht sich mittags sein Schlüssel im Türschloss. Wie ist er drauf, worauf muss ich mich heute einstellen? Ein Blick, ein paar gewechselte Worte, und ich weiß, welche Strategie anzuwenden ist.
Es ist ja nicht schwer zu begreifen, dass er nach einer anstrengenden Frühschicht nicht mit Turbulenzen überschüttet wer-

den darf, dass im Gegenteil die übrigen Familienmitglieder gefälligst Rücksicht zu nehmen haben. Allerdings kommen die Kinder auch gerade erst aus der Schule, haben etwas zu erzählen, und ich koche und hantiere in der Wohnung. Es ist helllichter Tag und dementsprechend Leben in der Bude. Das alles kann nicht geräuschlos vor sich gehen, also bitte ich meinen Mann: „Leg dich doch ein wenig hin, erhol dich erst einmal".
Gelingt es mir, ihn zu überzeugen, haben wir einen ruhigen Nachmittag. Schlafend ist er weg vom Fenster des Geschehens und von meinen Kindern. Schläft er nicht, lösen sich diese besser in Luft auf.
Selbstverständlich denken sie gar nicht daran. Zu seinem Ärger bewegen sie sich zwar wachsam, doch trotzig locker und damit frech in ihrem Zuhause und vor seinen Augen. Sie können anstellen, was sie wollen – er fühlt sich in jedem Fall schon allein dadurch gestört, dass es sie gibt. Das verstärkt sich, sobald sie mich beanspruchen.
Eine Atmosphäre der Unruhe breitet sich spürbar aus, erstickt jegliche Unbeschwertheit im Keim. Ich entwickle einen siebten Sinn für aufkommenden Ärger. Nervös und hochsensibel reagiere ich auf den Klang seiner Stimme, der gereizte Tonfall, die Augen sagen mir genug. In ständiger Alarmbereitschaft praktiziere ich in beide Richtungen Besänftigungstaktik.
„Er ist gerade erst von der Arbeit gekommen, versteht das doch!"
„Junge Menschen sind nun mal vital, versteh das doch!"

Was ich nie begriffen habe, ist, wie sich seine Laune innerhalb kürzester Zeit verändern konnte. Telefonierten wir während seiner Arbeitszeit oder besuchte ich ihn an seinem Arbeitsplatz, war er in Gegenwart seiner Kollegen immer überaus freundlich, aufmerksam und liebenswert charmant. Wirkte ausgeruht, keineswegs gestresst, zufrieden. Ein Turtelpaar gaben wir dann ab, und ich hoffte auf einen entspannten Nachmittag. Weit gefehlt! Sich nicht nur auf die Kollegen, Nachbarn etc., sondern auch auf die Kinder und mich einzustellen, dieser Aufwand schien sich nicht zu lohnen. Offensichtlich sprang für ihn nichts dabei heraus.

An der Fußmatte wurden sie abgestreift, seine guten Seiten. Rücksicht, Verständnis und Nachsicht walten zu lassen, das galt nur für uns.

Gott sei Dank gab es Ruhepausen: die Spätschichten.

Was für ein Unterschied!

Keine innere Habachtstellung, die Türen klappen, Freunde gehen ein und aus, die Gespräche sind zwanglos, nicht mehr vorsichtig, Auseinandersetzungen – auch laut – sind möglich.

Und meine sensiblen Stimmungsfühler können sich erholen.

„Du hast doch morgen Spätschicht?“, frage ich freudig, hoffnungsvoll. Wir richten uns regelrecht auf einen „freien Tag“ ein. Ist er nicht im Haus, fühlen wir uns wohl, einschließlich seiner leiblichen Tochter.

Logisch, dass ihm das nicht gefallen kann, er noch verbitterter wird.

Es wäre so einfach, mit Herz dabei zu sein. Er sieht es nicht.

Eben ohne Herz und jegliches Gespür praktiziert er Mischmasch, ein laberndes und waberndes Verhalten, an dem niemand etwas festmachen kann. Kriselt es zwischen uns beiden, bücklingt er vor meinen Söhnen, gibt sich jovial, verständnisvoll, will sie so wieder für sich einnehmen. „Ich mag euch doch!“ Nun sollen sie bei mir ein gutes Wort für ihn einlegen, wenn er mich mit seiner Boshaftigkeit allzu schwer getroffen hat.

Das tun sie auch prompt. Wie oft haben sie sich – und ich mich ebenfalls – belatschern lassen, glaubten sie an seinen guten Willen. Es war nicht weit her damit. So schnell, wie er Verständnis zeigte, war es auch wieder weg.

Sein Verhalten ändert sich nicht. Er schnauzt, wo es nichts zu schnauzen gibt, verbietet wieder, was doch abgesprochen war.

„So lange ihr eure Füße unter meinen Tisch ... bla bla bla."
Er muffelt und muffelt und muffelt. *Brummpa*, diesen Namen verpasst ihm seine Tochter, die bis heute in seinen Augen gar nichts taugt, weil sie nicht den „geraden Weg" geht. Der gerade Weg heißt: möglichst viele Jahre lang die gleiche Arbeitsstelle, morgens um acht aus dem Haus und um 17 Uhr Feierabend. Drei, vielleicht auch vier Wochen Urlaub, den man auf anständige Weise verbringt.
Unanständig ist alles, was mit Suchen und Versuchen, mit Experimentieren zu tun hat – also generell das, was er selbst nicht konnte, nicht wollte, nicht durfte und nicht begreift: einfach neugierig auf das Leben sein.
Arbeit, Freizeit, kleiden, wohnen, lieben – ist das nicht gleichbleibend übersichtlich, so, wie es schließlich auch alle anderen machen, nennt er dies ein schlampiges Leben. Und schämt sich. Nein, „schämen" ist nicht der richtige Ausdruck – er fordert Ruhe. Wir sollen nicht auffallen, nicht von der Norm abweichen. Wir spinnen, wenn wir etwas tun, das er sich nicht vorstellen kann, das für ihn unverständlich ist. Wie soll er vor Gästen oder Freunden ein Verhalten verteidigen, das er selbst nicht begreift und akzeptiert? Soll er sich etwa vor einen Haufen Verrückte stellen? Er denkt nicht daran. „Passt euch gefälligst an!" ist seine Devise.
Ihm zufolge können Bedürfnisse, die zu stark werden, ganz leicht heimlich befriedigt werden. Macht er schließlich auch so! Das ist halb so schlimm und auch legitim. Es dringt ja nichts nach außen. Dass genau das verlogen, zum Schämen ist, der Gedanke kommt ihm nie.
Irgendwann *wollen* wir ihm seine Ansichten nicht mehr nehmen, er soll selig werden damit – und einsam, nicht nur in der Familie.

An Mutti
Ich weiß, dass das auch nicht der richtige Weg ist mich zu entschuldigen, aber wenn ich es Euch so sagen würde, könnte ich mich nicht richtig aussprechen.
Ob Ihr's glaubt oder nicht, ich sehe es ein wenn Ihr nur noch sauer mit mir seit, denn ich glaube auch von mir aus ein schwieriger Fall zu sein. Ich versuche mich ja auch zu ändern, aber das ist nicht so einfach wie es sich schreiben lässt. Es kommt immer was dazwischen. Alles Scheiße. Wenn ich mal was gutes mache, kommt immer 2–10 min danach wieder was, dass ich vergessen oder nicht gemacht habe und dann geht alles wieder von forne los.
Ich schreibe diesen Brief, weil ich mich für die Scheiße die ich baue entschuldigen will, Du kannst mir glauben, dass ich im Grunde genommen garnicht so bin wie ich bin, auch wenn es äußerlich so aussieht. Das innere habe ich von Dir. Denn nicht nur Dir tut es weh mich anzuschreien, sondern mir auch, dass es überhaupt dazu gekommen ist.
Dieser Brief soll kein Schmuß oder sowas sein, denn es ist alles war, was ich geschrieben habe.

Daniel + Bingo
P.S. Zück nicht gleich einen Bleistift um die Fehler zu verbessern.

(Anm.: Daniel ist zu diesem Zeitpunkt 12 Jahre, Bingo ist sein Hund.)

Wolfgang kann (wie sein Vorgänger) weder mit seinen eigenen noch mit meinen Kindern umgehen, weil er sie überhaupt nicht kennt. Schon durch die Wechselschichten bleibt ihm kaum Zeit, auch nur einen Einblick zu gewinnen, und als noch die Gaststättenarbeit dazukommt, wird es so gut wie unmöglich. Wenn ich ihm sage: „Halt dich doch raus, sei einfach nur Freund. Bitte, Schatz, lass mich das regeln, du verstehst sie

nicht“, ist das also keineswegs böse gemeint, es beruht allein auf dieser Tatsache.
Und wenn er mir vertraut, mich lässt, muss doch niemandem etwas fehlen. Erst recht, da es sich um meine Kinder handelt. Ich weiß um ihre Gefühle, Gedanken und auch um ihre Schwächen. Ich kenne nicht nur meine Söhne, sondern auch seine Tochter, und weiß: Wenn sie nach einer Zurechtweisung, womöglich noch vor Fremden, ein blödes Grinsen aufsetzen, sind sie verlegen und wollen eine peinliche Situation überbrücken. Wolfgang hält sie für unverschämt, glaubt, sie wollten sich lustig machen. Über ihn natürlich!
Ständig meint er, mir die Augen öffnen zu müssen. Das ist nicht nötig, sie sind offen und sehen sehr gut.
Ich bestreite gar nicht, dass die Kinder schlampig sind und kein Verhältnis zum Geld haben. Mit ihnen Termine zu verabreden ist sinnlos, es passiert doch etwas anderes. Und alle drei wollen nicht den kleinen Finger, sondern gleich die ganze Hand. Sie versuchen, sich auf bequeme Weise durchs Leben zu schlängeln. Was ist daran so verkehrt? Solange sie damit durchkommen, nur zu. Sie werden schon begreifen müssen. Nicht nur ich setze Grenzen.
Aber sie sind auch gutmütig, weichherzig, hilfsbereit, tolerant, bemühen sich um Verständnis für andere Menschen, und zwar in einem Maße, dass sie sich damit fast selbst schaden. Fair sind sie, bis zur Dämlichkeit. (Diese Eigenschaften entdecke ich in unserer Gaststätte übrigens fast nur bei jungen Menschen. Die Alten sind verbohrt und verhärtet, bissig, von Toleranz keine Spur.)
Es tut weh, zu sehen, wie sie sich Wolfgang immer wieder aufs Neue voller Vertrauen nähern, die vielen giftigen Spritzen vergessen. Es tut weh, zu sehen, dass sie in seinen Augen Arschlöcher sind und immer bleiben werden – und sich trotz alledem über Jahre um ihn bemühen. Es tut einfach unglaublich weh, dass ihm scheißegal ist, was mit ihren Kinderseelen passiert.

Und ich? Was mache ich?
Ich bitte sie inständig, für den Frieden in der Familie den Mund zu halten. Was für ein Fehler! Nicht nur im Hinblick auf Wolfgang, sondern auch auf ihre Entwicklung.
Mundhalten wird vertraut. Wie schrecklich!
Jahrelang tun sie das für mich. Bis zu dem Moment, in dem ich nicht mehr glätten will. Das ganze mühselig herbeigeredete, unehrliche Gerüst bricht zusammen, als ich es nach Jahren Ducken zulasse, dass sie sich wehren.
Wolfgang wird bei ihren Antworten stumm, treffen sie doch genau die Tatsachen. Verachtung für ihn breitet sich bei den Jungen aus.

„Mehr schlagen als reden" – das wäre in seinen Augen richtig gewesen. Verständnis für ihn, Strenge für den Rest der Familie. Er war so erzkonservativ, so wenig jung und fröhlich im Kopf, dass es besser gewesen wäre, ich hätte mich postwendend scheiden lassen, als mir den Mund fusselig zu reden bei dem Versuch, uns alle einander nahezubringen. Das ist die andere Wahrheit.

Den Rest gab uns – in vielerlei Hinsicht – die verdammte Gaststätte. Ohne die geringste Vorstellung davon, wie nachhaltig sich so ein Leben auf die Familie auswirken würde, standen wir beide anfangs mit stolzgeschwellter Brust hinter unserer Theke im eigenen, gelungen eingerichteten Laden. Sehr schnell jedoch wurde das berauschende Gefühl, Geschäftsinhaber zu sein, stark getrübt, weil ich nicht damit zurechtkam, dass meine Kinder nun Abend für Abend ein paar Kilometer von mir entfernt allein in der Wohnung saßen. Am Wochenende, wenn die einzigen Mitmieter des Hauses wegfuhren, waren sie sogar allein im ganzen Haus. Sie mussten allein abendessen, fernse-

hen, ins Bett gehen, waren also gänzlich auf sich selbst angewiesen.
Ständig hastete ich hin und her, war traurig beim Anblick der beiden vor dem Fernseher. Sie wirkten so einsam, so zurückgelassen. Das quälte mich, und ich suchte nach einer Lösung. Was dabei herauskam, sah eher kläglich aus. In der ohnehin winzigen Geschäftsküche teilte ich einen noch winzigeren Teil für die beiden ab. Eine Matratze, der Fernseher, reingequetscht in eine kaum drei Quadratmeter große Ecke – das sollte ausreichen, sie und mich wieder zufrieden zu machen. Das gelang natürlich nicht. Eher wurde es noch trauriger. Hielten sich die beiden zusammengepfercht dort auf, sprang es mir direkt ins Auge, wie viel/wenig Platz und Zeit für sie übrig waren.
Auch mir selbst tat ich überhaupt keinen Gefallen damit, weil ich mich nun gar nicht mehr bewegen konnte, alles auf engstem Raum drunter und drüber ging. Meine Söhne wollten/sollten zwar bei mir sein, doch ich musste einsehen, dass das nicht die Lösung sein konnte. Die Küche wurde in den alten Zustand zurückversetzt, die Kinder blieben zu Hause.
Mir blieb das Schuldgefühl.
Wolfgang, der sich einst doch so gut in Kinderherzen hineinversetzen konnte, berührte nichts davon, das „ganze Theater" ging ihm lediglich auf die Nerven. Ich sollte mich gefälligst auf den Laden konzentrieren.
Er hatte ja recht, ich weiß es, beides zusammen ging nicht. Die Kinder waren keine Babys mehr. Selbst die Lehrer sagten, dies würde eher ihre Selbstständigkeit fördern. Ja, ja, ja. Trotzdem war ich innerlich davon überzeugt: *Ich mache jetzt etwas falsch, habe nicht die richtigen Werte, bin zu wenig für sie da.*
Ich hoffte bei Wolfgang auf Verständnis, wenigstens für meine Traurigkeit. Stattdessen gab es Kräche wegen seiner allzu harten Bedingungen, die ich nie zu akzeptieren bereit war. Obwohl wir das Lokal in der Anfangsphase bereits um 16 Uhr

öffneten, es im Grunde unsere Stube darstellte, sollten sich meine Söhne dort gar nicht mehr blicken lassen.
Man muss sich das einmal vorstellen: Da kommen die Kinder vielleicht um 14 Uhr aus der Schule, müssen aber schon ab 16 Uhr auf die Eltern verzichten. Das bedeutet zwei Stunden Sprechzeit täglich! NEIN!
Also stand ich wieder hinter den Kindern und war gegen ihn.
Mehr als einmal erklärte ich ihnen, dass ich für sie da sei, wenn sie Sorgen hätten. Dass sie mir weitaus wichtiger seien als die Gäste, das Geld, möglicher Reichtum – und das war die Wahrheit.
Sie kamen unterschiedlich mit den neuen Verhältnissen klar. Dem Älteren schien es ganz recht zu sein, er brauchte von Anfang an nicht unbedingt meine Nähe (so glaubte ich). Ganz anders da der Jüngere. Er war ein Schmusekater, kuschelte gern, musste alles erzählen, war mir ganz nah. Und nun das! Welch ein Entzug für ein Kind … Ich sehe ihn noch heute draußen im Dunkeln, wie er weinend ans Fenster klopft. Er war allein zu Hause, fühlte sich einsam. Also stiefelte er los und wollte zu Mama, die ja gesagt hatte: „Wenn ihr Kummer habt, könnt ihr kommen". Allerdings wusste er genau um Wolfgangs Gesinnung, wusste, dass dieser wütend und barsch reagieren würde. Folglich wagte er es nicht, quer durch das Lokal zu gehen, sondern wählte den Weg zum hinteren Küchenfenster, um auf sich aufmerksam zu machen.
Ein zaghaftes Klopfen an der Scheibe, da steht mein kleiner Junge und hat ein großes Problem – nämlich Angst und Einsamkeit, und nur Mama kann helfen.
Das passierte kurz nach der Eröffnung, der Laden war voller neugieriger Gäste. Diese Aufbauphase war sehr wichtig für uns, auch ich war mir dessen klar bewusst. Mein Sohn aber war mir eben noch weit wichtiger. Also holte ich mir einen Stuhl aus dem Gastraum, setzte mich mit ihm in die kleine Küche,

nahm ihn auf den Schoß, streichelte ihn, gab ihm Küsschen, tröstete ihn.
Die zahlenden Kunden? Sie konnten warten.
Wolfgang, Nichtvater dieses Kindes, war stocksauer, dass mein Sohn es gewagt hatte, unsere Arbeitszeit und das Wohlbefinden fremder Leute zu stören. Menschlichkeit sei den Gästen nicht zuzumuten. Deutlich bekommen Mutter und Sohn das zu hören.
Dies alles tat verdammt weh. Oh, aber jetzt hatte ich einen Riesenvorteil: Ich befand mich ja im Schlaraffenland; war doch die Theke ganz nah, bestückt mit den verheißungsvollen Prozenten, die Druckausgleich versprachen.

Unseren Sex erlebte ich von Anfang an als frustrierend, ging aber selbstverständlich davon aus, dass wir diesen kleinen Schaden ja wohl locker beheben könnten. Das war ein großer Irrtum.
Alkohol, Sex, Frust – eins kam zum anderen, führte mit der Eröffnung der Gaststätte auf direktem Weg in die Katastrophe.
Mein Abstieg begann – körperlich, moralisch und seelisch.
Heute blicke ich mit Grauen und Ungläubigkeit auf jene Zeit zurück, spüre dabei körperlich das Unbehagen, das in mir hochkriecht, den Kloß, der in meinem Hals wächst. Ich bemühe mich, die aufkommende Übelkeit abzuschütteln, und frage mich immer wieder, wie ich das so lange aushalten konnte. Erst diese endlosen Jahre der Enthaltsamkeit, und dann die entwürdigenden Versuche, Entbehrtes im Suff aufzuholen, mit wem auch immer.
Wie war das nur möglich?
Meine Ratlosigkeit ist durchsetzt mit purer Wut.
Heute glaube ich, mit dem Kapitel (kein) Sex begann meine Gestört-heit. Meine Persönlichkeit, mein Ich war ver-stört, gestört, ver-wirrt, ver-rückt.

Ich muss es, zurückblätternd, wiederholen: Klaus ließ keinen Zweifel daran, dass er Vergnügen an meinem Körper hatte. Experimentierfreudig wurde aufkommender Scham Natürlichkeit vor die Nase gehalten. Seine offene Art, mit Lust und seinem Körper umzugehen, brachte mich näher an meinen eigenen.
Näher, nicht ganz nah. Eine nicht zu überwindende Sperre blieb, diese Macke konnte er nicht ausmerzen. Aber immerhin entwickelte sich auch bei mir langsam die Freude am lustvollen Sex, zeigte ich Fantasie, sodass es nicht beim Eintopf blieb. Niemals spürte ich auch nur im Ansatz, dass ihn etwas befremdete, ekelte, oder ein Tabu, was unsere Neugier anging. „Erlaubt ist, was gefällt", das hatte Gültigkeit in unserem Schlafzimmer.
Sex war in unserer Ehe so selbstverständlich wie essen und trinken. Das bewirkte, dass ich sexuell sehr frei und offen und überhaupt mit mir einverstanden war. Ich wurde oft begehrt von meinem Mann, daraus schloss ich, dass ich und mein Körper reizvoll waren. Es gab absolut keinen Grund, mich infrage zu stellen.

Dieses Gefühl von Sicherheit wurde mir in den zehn Jahren meiner zweiten Ehe gründlich ausgetrieben. Was im Elternhaus durch unnatürliche Hemmungen begann, lebte intensiv wieder auf, wurde gefestigt: Alles Nackte ist nicht gerade appetitlich, besser, es zu umhüllen. Zwei Brüste, der Bauch, ein persönlicher Duft, Weiche, Wärme ... was ist das schon? In seinem Fall nur eheliche Pflicht. Und darauf hat er keine Lust.

„Gucken Sie doch mal genau hin. Warum haben Sie das mitgemacht? Wo waren *Sie* dabei?"
Diese Sätze hörte ich während meiner Therapie so oft, dass ich sie mir regelrecht einverleibt habe. Sie sind Schlüssel für mich geworden: Ich schließe auf und gucke nach.

Frage: Gegen wen richtet sich meine Wut? Gegen mich? Wieso denn? Ich wollte doch schließlich schönen Sex, war nicht (mehr) verklemmt. Also hat nur mein Partner die Schuld! Richtig?
Nein, die Wut rührt daher, dass ich es so lange ausgehalten, es so lange mit mir habe machen lassen. Meine Ausdauer im „vor-sich-Hinleiden" kotzt mich an. Ich wurde hingehalten und habe mich hinhalten lassen. Ich bin wütend über meine Blind- und Blödheit!

Zärtlichkeit, Einfühlsamkeit, Verständnis – ich wähnte eine ganze Palette guter Eigenschaften in ihm, als ich meinen Mann kennenlernte. Er gab mir keinen Grund, daran zu zweifeln. In unseren vielen Gesprächen lag Sehnsucht, Harmonie, und ich ging selbstverständlich davon aus, dass das in der Ehe, beim Sex nicht aufhören würde.
Nicht nur, dass diese Annahme ein Fehler war, obendrein lief es von Jahr zu Jahr deprimierender bei uns ab. Da ich glücklich sein wollte – als könnte man das erzwingen! –, übersah ich eindeutige Signale, die mich mindestens nachdenklich hätten machen sollen.
Alkohol + kein Sex = Frust gingen Hand in Hand spazieren.
Verächtlich äußerte sich Wolfgang mehrere Male darüber, dass für mich der Sex ja wohl das Wichtigste in unserer Ehe wäre. Unklar bekam ich das Gefühl, eine anstößige Sache zu sehr zu wünschen. Ausdrücke wie „pervers" und „unersättlich" wurden verwendet und hinterließen einen faden Nachgeschmack. Mir wurde buchstäblich eingeredet, dass ich wohl den Hals nicht voll kriegen könne. „Igitt" und „schlecht" standen in engem Zusammenhang mit Sex. Meine Vorstellungen galten als geradezu verwerflich.
Ich wollte eine gute Köchin sein: Liebe geht durch den Magen! Eine Frau, die sich in Gesellschaft zu benehmen weiß – er sollte stolz auf seine Frau sein können! Und ganz wichtig: eine

Nutte im Bett! Ja, genau das fand ich mal goldrichtig. Immer wieder erklärte ich meinem Mann ohne jeden Erfolg, dass Sex wohl das einzige Erquickliche im Leben ist, wofür wir nicht zu bezahlen brauchen, vorausgesetzt, er findet in einer guten Beziehung freiwillig statt. Er hörte das nicht, war und blieb taub. Wenn er mir an den Kopf warf, dass Sex für mich ausschlaggebend sei, lag er natürlich falsch. Für mich war ausschlaggebend, dass und auf welche Weise er *nicht stattfand.* Es ist ein Unterschied, ob der Partner nicht kann oder nicht will. Ersteres erfordert Verständnis, Gespräche, Hilfe. Letzteres ist, dauernd praktiziert, verletzende Gleichgültigkeit.

Guter Sex in der Ehe steigert das Zusammengehörigkeitsgefühl. Die Vertrautheit mit dem Mann, der mich gerade mit Zärtlichkeiten und Berührungen glücklich gemacht hat, scheint ins Unermessliche zu wachsen. Ich möchte mich hineinkuscheln in die warmen Arme, zwischen die Beine, immerzu alles streicheln vor lauter Dankbarkeit und Erfüllung. Es ist so schön, jeden Winkel des anderen zu kennen. Die behaarte, kuschelige Brust spüren, die Haut riechen, schnuppern überall. Arbeit riechen, Faulheit riechen, Schlaf riechen, schmecken, sehen, fühlen ... wunderbar vertraut. Geborgenheit! Er wird meine zweite Hälfte, unmöglich, sich davor zu ekeln, Fremdheit zu empfinden. Und wie schön, wenn ich weiß, dass es ihm genauso geht. Ich werde immer freier, öffne mich ohne jede Scham, biete mich im Gegenteil ganz klar an.

Erst verschämte Ziererei, verlegenes Kichern beim Forschen und Suchen, dann irgendwann unkomplizierter, freier Sex, der matt werden lässt vor erfüllter Befriedigung – so weit war ich zuvor schon einmal gekommen. Nun jedoch befand ich mich wieder auf dem Nullpunkt und blieb auch dort. Das Vertraute, sich ganz und gar zu kennen, hat sich in meiner zweiten Ehe nie entwickelt. Dadurch blieb mir Wolfgang fremd, schlimmer noch, oft ekelte ich mich sogar vor ihm.

An einige, wahrscheinlich nur für mich unangenehme Dinge konnte ich mich nicht gewöhnen. Die kleinste Kleinigkeit stieß mich ab. Die wenigen Haare auf seinem Kopf, die runde kahle Platte, die ich einfach nicht anfassen mochte. Hatte er fettige Haut vom Trinken oder einen gelben Eiterpickel, konnte ich mich gegen Abscheu nicht wehren. So lange ich mit ihm zusammenlebte, zog ich mir allmorgendlich schaudernd die Decke über den Kopf, während er sich seinem Ritual, sich auszuhusten (ich denke *kotzen*), widmete. Es ging mir durch Mark und Bein und verursachte Widerwillen pur.

Gehet hin und sündigt nicht, muss ich bei Wolfgang denken. Er konnte und wollte (nur bei mir?) nicht aus seiner Haut. Was war der Grund dafür? Wie konnte ich es ändern? Natürlich machte ich mir über ihn Gedanken. Und ohne dass ich lange forschen musste, fiel mir direkt ins Auge, wo der Hase im Pfeffer lag.
Seine Mutter, eine praktizierende, strenggläubige Katholikin, war eine einfache, überaus liebe, von Herzen gute Frau, die bedingungslos für sich annahm, was ihre Kirche vorgab. Da mir die Ansichten der katholischen Kirche bekannt sind, vermute ich einfach, dass der Sex wenig Chance bekam, ihr Leben zu verschönern. Ihre demütige Lebensart wurde durch ihren Glauben und die Kinder bestimmt. Das prägte auch ihren Sohn.
Wolfgang war ein unerwarteter Nachzügler. Vielleicht erhielt er deshalb mehr Zuwendung als seine älteren Geschwister. Nach dem frühen Tod seines Vaters – Bruder und Schwester waren längst ausgezogen – rückten seine Mutter und er noch näher zusammen. Ihre gut gemeinte Erziehung zielte auf einen keuschen, immer pflichtbewussten, arbeitsamen Mann ab. Sie lebte ihm dies vor und war stolz, dass ihr Junge als Messdiener in christlicher Hinsicht ihrem Vorbild folgte. Das bedeutet nicht zwingend, dass man ein Leben lang prüde und verklemmt ist,

doch bei ihm war es der Fall. Später habe ich mich oft gefragt, wie um Himmels willen er seine Kinder gemacht hat. Nach meinem Erleben blieb das Licht aus, das lange Nachthemd wurde ausschließlich zum Zweck der Fortpflanzung gelüftet – und zwar nur bis zur betreffenden Region –, dann wurde pflichtschuldig, ohne großes Drumherum, der nötige Akt „erledigt".

Wolfgangs Vorstellungen von der Frau schlechthin, dem Vorspiel, dem Verkehr, brachten mich so manches Mal zur Verzweiflung. Überaus vorsichtig und behutsam versuchte ich ihm beizubringen, wie wir beide dabei selig werden könnten, wohl wissend, welch ein heikles Thema dies bei einem Mann ist.

Bis heute begreife ich nicht, wie jemand so starr sein kann, so ganz und gar ohne Gefühl.

„Fass mich da nicht an, das tut mir weh" – meine Güte, wie oft habe ich diesen Satz gesagt! Er wurde heute begriffen und morgen schon vergessen. Das ist nur mit totalem Desinteresse zu erklären. Bei einem Schnitzel passe ich doch auch auf, es nicht anbrennen zu lassen, wenn ich Hunger darauf habe und es gern genießen möchte. Einmal misslingt es mir vielleicht, aber daraus werde ich doch hoffentlich klug. Soll es mir schmecken, dann lerne ich aus meinen verkehrten Handgriffen, oder?

Als Schnitzel bin ich entweder verbrannt, kohlrabenschwarz oder überhaupt nicht angebraten.

Ihm fehlten einfach jedwede Fantasie und buchstäblich das erforderliche Fingerspitzengefühl. Dabei war es für ihn selbstverständlich, meine Fertigkeiten auf diesem Gebiet zu genießen, ohne auch nur im Geringsten daraus zu schließen, dass eben genau das mir auch gefallen könnte und ich in dieser Hinsicht mit ihm ziemlich arm dran war.

Heute lehne ich es rigoros ab, weiterhin verständnisvoll nach Erklärungen zu suchen. Das habe ich bis zum Erbrechen getan. Ich habe keine Lust mehr, sein prüdes, wahrhaft rück-

sichts- und gefühlloses Verhalten zu entschuldigen, weil er schließlich einen Kopf zum Denken hatte. Für eine Weile kann ja alles auf die Erziehung geschoben werden, doch wenn Frauen an sich arbeiten und lernen, kann das ein Mann gefälligst auch tun.
Im Prinzip muss man doch lediglich nachmachen, was einem selbst gefällt! Wenn ich weiß, was mir Genuss bereitet, ist es nur recht und billig, zu versuchen, wenigstens etwas von meinem Wohlbefinden zurückzugeben. Täte ich das nicht, dächte ich egoistisch nur an mich.

Es wird behauptet, für Männer sei das sensibelste Thema die Größe ihres Penis' und der Sex. Jeder von ihnen brauche das Gefühl, der Größte zu sein. Frauen wird Feingefühl abverlangt in dieser heiklen Sache – na klar! Und wie sieht es umgekehrt aus? Ist es etwa nicht verletzend, einfach liegen gelassen zu werden?
Das Schlimmste bei dieser ganzen „Sexarbeit" war Wolfgangs Gesichtsausdruck. Ich wurde nie das Gefühl los, dass er sich einen Ruck geben musste, um überhaupt damit anzufangen. Seine Lippen kräuselten sich angewidert, wenn er sich – selten genug – nach längerer Anlaufzeit bereit machte, seine Pflicht zu erfüllen und etwas sehr Intimes, was er selbst gerade genossen hatte, zurückzugeben.
All das wurde unterstrichen davon, dass *er* schlapp wurde!
Wieder setzte mein Verstand ein, der im Bett ohnehin nichts zu suchen hat, und fragte: Wie ist das möglich? Er soll geil werden und wird beim bloßen Anfassen, (mich) Angucken schlapp!
Egal, was nach der Ansicht von Psychologen davon zu halten ist, für mich war das deprimierend, und in mir verfestigte sich mehr und mehr die Auffassung, dass er halt nicht wollte, jedenfalls nicht mit mir. Da nutzten auch seine Beteuerungen nichts, sie klangen ohnehin gezwungen, unehrlich und – schlapp ist schlapp!

Die Zeit, die Wolfgang auf mich verwendete, war die Krönung dieses Vergnügens. Über eine bis fünf Minuten kamen wir beim bloßen Akt nicht hinaus. Der Sex mit ihm war lust- und ideenlos, spießig-verklemmt, trostlos, unbefriedigend und zutiefst frustrierend.

Dermaßen verunsichert, was meine körperlichen Reize angeht, achte ich auf jede Kleinigkeit, reagiere immer empfindlicher auf vermeintliche Zeichen seines Unbehagens. Da stehe ich nackt vor ihm, bitte ihn, mich abzutrocknen. Seit Wochen hatten wir keinerlei Sex, und bei ihm rührt sich trotzdem nichts!

Lange Zeit weigere ich mich, die nackten, schlappen Tatsachen zu akzeptieren, tröste mich und ihn mit den Worten „Übung macht den Meister, Schätzchen".

Schätzchen bleibt stur auf seiner Schiene, will nie. Gespräche, Vorschläge, Versuche, nichts fruchtet.

„Bitte, Schatz", sage ich ihm, „geh doch zum Arzt. Weißt du, Sex ist nicht ganz unwichtig, ich brauche ihn!"

Taube Ohren hat dieser Mann.

Statt einfühlsam mit ihm zu reden, habe ich das Bedürfnis, ihn an- und damit hoffentlich wach zu schreien, doch die Befürchtung, dass ich den Schaden noch größer machen könnte, hindert mich daran.

Ich lese irgendwo, dass sexuelle Erfüllung für den Körper gesund und nötig ist, die Spannung entladen wird, es sich also um ganz natürliche Bedürfnisse handelt, die befriedigt werden *müssen*. Es stört tatsächlich das körperliche Wohlbefinden, keinen Sex zu bekommen. Ich gebe das an ihn weiter, zeige ihm entsprechende Literatur. Sex ist kein geheimes Thema, unter dem Tisch zu handeln! Die Diskussionen darüber sind schier endlos. Im Fernsehen ausgetragen, jagen sie die Einschaltquoten hoch. Sprich' das Thema Sex an und die Leute werden wach. Warum wohl? Ganz offensichtlich liegt doch etwas im Argen, gibt es verborgene Wünsche.

Darüber reden, es dann praktizieren – einem Paar, das vorgibt, sich zu lieben, müsste das doch gelingen.
„Komm doch, Schatz!“, bitte ich ihn immer wieder. Er bleibt taub. Ersatzweise laufe ich endlose Kilometer.

Was ich in den Büchern lese, kann ich nur bestätigen. Nach einer gewissen Zeit beobachte ich an mir eine Gereiztheit, spüre innere Unruhe, als müsste ich etwas erledigen, stehe ganz und gar unter Spannung. Irgendwann stelle ich fest, dass all dies nach einem Orgasmus (den ich mir selbst verschaffen muss) wie weggeblasen ist.
Ein paar Jahre (!) später kündige ich offen an, dass ich fremdgehen werde, wenn sich nichts tut. „Wenn du dich dann bei deinen Freunden über deine schlechte Frau beklagst, sag ihnen auch gleich, dass du nicht wolltest, dann bedauert dich keiner mehr.“ Auch das nutzt nichts. Anstatt mit mir zu schlafen, will er das Essen kochen!
Was soll eine Frau davon halten?
Bei mir sorgt das erst für Tränen, dann beginnen Frust und Verbitterung an meinem ohnehin schon angegriffenen Gemüt zu nagen. Meine Selbstsicherheit liegt am Boden, Minderwertigkeitsgefühle gewinnen die Oberhand.
Seine Ablehnung – ich habe sie voll geschluckt, lehne mich nun selbst ab, bin mir fremd wie nur irgendwas, empfinde Ekel. Blut, offene Wunden, Falten, zu viele Haare – alles stört mich an mir, ich betrachte es widerwillig, besser gar nicht. Wahrscheinlich weiß mein Körper von dieser Ablehnung, denn sehr lange rieche ich auch krank und unangenehm, was meinen Ekel noch verstärkt.

Ich frage mich: Wenn das alles so klar zu erkennen war, warum in aller Welt habe ich da mitgemacht? Die Erklärung ist ganz einfach: So klar konnte/wollte ich es nicht sehen, denn ich ließ mich buchstäblich einlullen.

Da gab es regelmäßig Rosen, Frühstück ans Bett, scheinbare Beflissenheit in alltäglichen Dingen – das würgte unzufriedenes Gemotze ab. „Kleines, lass mich das machen, das ist zu schwer für dich.“ „Kleines, du brauchst Ruhe.“ „Kleines“ hier und „Kleines“ da.
Die Rosen, die er mir jeden Samstag brachte, so wie andere Männer einmal in der Woche ihren Lottoschein abgeben, machten mich allmählich sauer. Anfangs erfreut und gerührt, registrierte ich sie später nur noch. Mit Verbitterung nahm ich wahr, dass es nicht mehr drei „Ich liebe Dich“-Rosen waren, sondern fünf oder sieben.
Über meine Wünsche, die nichts kosten – gutes Verhältnis zu den Kindern, bitte nicht so viel Alkohol, bitte mehr Eheleben –, wird dieser Mantel aus Geschenken und Aufmerksamkeiten gebreitet und mir damit das Maul gestopft. Wie kann ich da lautstark meckern?
Mit jedem Jahr in der Gaststätte geht es mit uns weiter bergab, alles verwischt sich zu einem unheilvollen Chaos, das für mich in der Entgiftungsstation endet.

Ich werde nicht schlau daraus, was für einen Charakter nun eigentlich dieser Mann hat.
Er ist gut *und* schlecht, anders geht es nicht. Für mich kommt das wie eine Erleuchtung.
Ein paar Monate später lese ich es schwarz auf weiß in einem Buch: Jeder Mensch ist gut *und* böse, hat seinen Schatten, sein Unterbewusstsein. So wie es plus und minus gibt, hell und dunkel, hoch und tief, alles zusammen unter dem Begriff „Polarität“ zu finden ist, so haben wir auch Gutes *und* Böses in uns.
Ich bin hin und her gerissen zwischen Mitleid, dem Bedürfnis, ihn in den Arm zu nehmen, und einer Wahnsinnswut. Ich traue

mich nicht, ihm zu trauen, habe Angst vor weiteren Enttäuschungen.
Ich liebe ihn, solange er gut zu mir ist.

Gaststättenleben

Gaststättenleben ist ein leeres Leben
Du erlebst nichts mehr selbst
Es wird nur voller
Durch das Betrachten und Miterleben
Durch das lebendige
Leben der zu Bedienenden

Aufstehen, arbeiten, schlafen ... aufstehen, arbeiten, schlafen. Und etwas später ein Wörtchen mehr: aufstehen, arbeiten, trinken, schlafen, aufstehen, arbeiten, trinken (es darf gern etwas mehr sein), schlafen ...

Nach dem Motto „Der Zufriedene ist schon dann glücklich, wenn er nicht gerade unglücklich ist", sind wir beim Aufbau der Gaststätte fast wieder happy, nehmen erste Unstimmigkeiten nicht ernst. Wollen uns den neu gewonnenen, unseren Mut stärkenden Optimismus bewahren. Es wird schon. Es kann ja nicht alles auf einmal 100-prozentig klappen. Geduld.
Tatsächlich herrschte anfangs eine gewisse Harmonie zwischen uns. Sex-, Kinder- und Alkoholprobleme lagen in (gar nicht) weiter Ferne. Was sich am Horizont zusammenbraute, wurde verdrängt.
Mit der verlockenden Aussicht, viel Geld zu verdienen, wollten wir erst einmal gute Arbeit leisten. Die Binsenweisheit, dass Ehen unter Wirtsleuten selten solch einem Stress standhalten, galt natürlich nicht für uns. Wir würden die rühmliche Ausnahme sein, die alles ganz wunderbar unter einen Hut bekommt!

Da standen wir nun, absolute Neulinge in der Branche. Ich hatte noch nie ein Bier eingeschenkt, und Wolfgang kannte sich zwar vor der Theke gut aus, aber nicht dahinter.
Jetzt hieß es: „Der Wirt kommt", „Die Chefin sagt ..." Das hörte sich verdammt gut an. Aus dem Nichts heraus waren wir plötzlich selbstständig.
Wir waren wer!
Und „der Wirt" wollte es mir zeigen: Auch er kann mit Geld umgehen. Langsam, sodass ich es kaum bemerkte, übernahm er die Finanzen, und irgendwie war mir das ganz recht.
Sämtliche Prognosen darüber, ob der Laden am Stadtrand, überdies in einem teuren Neubaugebiet, laufen würde, waren einhellig schlecht. Niemand gab uns auch nur ein Jahr.
Es wurden zehn Jahre daraus!
In erster Linie verstanden wir es bestens, Leute miteinander ins Gespräch zu bringen. Kein Gast saß beim zweiten Besuch isoliert herum. Schnell kannte jeder jeden, so konnte locker geschwoft werden. Die gemütliche Einrichtung, (fast) glückliche Wirtsleute, die Atmosphäre, Jung und Alt zusammen – es war stimmig, daher sah unsere Zukunft beruflich rosig aus.
Klar, wir hatten viel zu tun, doch es machte Spaß. Lag es an der Anfangszeit, an einer gewissen Euphorie? Mag sein. Sicher ist, dass unsere Begeisterung auch nach einem Jahr (nur getrübt durch das Kinderproblem) anhielt – so sehr, dass wir all unsere Stammgäste zu einem Riesenfest einluden. Als Dankeschön für ihre Treue.
Trotzdem stand am Ende die Pleite. Warum? Was haben wir verkehrt gemacht? Schwer zu sagen.
Unsere Gaststätte entwickelte sich zu der besungenen „kleinen Kneipe in unserer Straße", in der sich Abend für Abend dieselben Leute trafen wie eine große Familie – und genau da lag das Problem!
Es war unser Fehler, wir hatten einfach keine Ahnung, was gute Wirtsleute ausmacht. Wir setzten keine Grenzen, weder

finanziell noch menschlich, und beherzigten treffsicher die falschen Ratschläge. Zu privat, zu persönlich gestalteten wir den Kontakt zu unseren Gästen – sie waren doch alle unsere Freunde!

Wie naiv! Bei Licht besehen war dies unser schwerster Fehler. Unsere „Freunde" konnten damit nicht umgehen, wollten wie Kinder nicht nur den kleinen Finger, sondern die ganze Hand, am besten gleich beide Hände.

Vor allem ich schenkte jedem die totale Aufmerksamkeit, nahm alles für bare Münze, was mir erzählt wurde. Selbstverständlich erfindet niemand etwas, lügt keiner! Fehler Nr. … wie viel? Mit jedem Einzelnen meinte ich es gut, ich wollte helfen, machte fremde Wehwehchen, Tragödien zu meinen.

Während Wolfgang zwei Ohren hatte – eines zum Rein- und eines zum Rauslassen –, bewegte mich alles. So lange ich nur zuhörte, war das für mein Gegenüber ja auch in Ordnung. Zum groben, einfach unverzeihlichen Fehler wurde es jedoch, wenn ich eine Antwort gab, eine eigene Meinung hatte. Auch noch so vorsichtig geäußert, war sie unerwünscht, trug nicht zum Wohlbefinden bei, hatte sogar verheerende Folgen. Daher befand ich mich ununterbrochen auf einer Gratwanderung, die ich nicht beherrschte.

Ich kann es einfach nicht begreifen – warum bitte erzählten mir die Gäste dann den ganzen Sumpf? Und warum kamen sie mit ihren Problemen weiterhin durchweg zu *mir*? Warum suchten sie das Gespräch, wenn sie keine Antwort wollten? War es dann überhaupt ein Gespräch?

Sie suchten mich geradezu – auch in meiner Freizeit, um ihre Probleme loszuwerden. Ich machte mir Gedanken, quälte mich rum nach einem guten Ratschlag, den aber niemand hören wollte.

Was wollten sie denn von mir?

Schlau wäre es gewesen, mich zurückzunehmen, doch damit hatte ich größte Schwierigkeiten. Trotz ernsthafter Bemühungen wollte es mir nicht gelingen.
Gutmütig, naiv, ehrlich stand ich dem ungläubig, ratlos gegenüber. Begriff das einfach nicht. Erst recht nicht, wenn mir dann diese „Freunde" ihrerseits allerhand „mit auf den Weg" gaben, denn auch ich offenbarte (Fehler Nr. ?) allzu Privates in diesen Gesprächen.
Ja, ich weiß, wir haben es zugelassen, aber damals wusste zumindest ich nicht, was falsch oder richtig war. Ich baute auf Menschlichkeit.

Zu viel Alkohol, der ständige Ärger wegen meiner Kinder, der unbefriedigende Sex – all dies machte sich schleichend breit. Doch vor allem die von mir wahrgenommene (eingebildete?) Be- und Verurteilung meiner Person durch eben diese Leute wurde mir eine Bürde, eine kaum zu tragende Last. Ich fühlte mich wie in einer Zwangsjacke, fest eingeschnürt im erwünschten Verhaltensmuster.
Ich machte zwar noch mühsam den Versuch, möglichst neutral zur Unterhaltung beizutragen, obwohl derselbe Satz oft zwei verschiedene (Frau-/Mann-) Bedeutungen bekam, mochte aber die ungefragte Einmischung in mein ureigenes Privatleben (Ich dachte, ich hätte eins!) nicht mehr aushalten.
Von Jahr zu Jahr wurde meine Wut größer.
Insbesondere, wenn die lieben Leute ohne Hintergrundwissen, einfach nur vom „Mitkriegen", etwas beurteilten, Partei ergriffen, ja sogar meinem Mann den Rücken stärkten, ihm Hilfe anboten. Gegen mich!
Da war nämlich der Wirt ein ganzer Mann und die Wirtin nur die Frau. Von Anfang an war mein ach so tüchtiger Mann im Vorteil. Nachdrücklich beharrten die Gäste auf der Rollenverteilung, die in ihr Weltbild passte. Das war richtig ... und für mich sah es schlecht aus.

Ich reagierte allergisch und übertrieben auf die ständigen Vorhaltungen, wie sehr „der Arme" belastet sei. Erst sein Dienst als Bundesbahner, dann die Gaststätte! O mein Gott, wie schafft der das? (Wir wussten, was wir taten. Die Arbeitsteilung war abgesprochen.)
Saß ich vor der Theke, wurde mir das übel genommen. Offensichtlich nutzte ich vor ihren höchst wachsamen Augen dreist und dickfellig seine Gutmütigkeit aus.
Ich kam ja „nur" von der Hausarbeit, der Mann aber vom Dienst, er verdiente sein Bier und Ruhe. Es war völlig in Ordnung, dass ich arbeitete, während der Wirt mit ihnen Karten spielte, knobelte und trank.
Allmählich machte sich bei mir Verbitterung breit, verstärkt dadurch, dass Wolfgang sie nicht korrigierte, sondern in ihrem Eindruck noch bestätigte. Ein resigniertes Achselzucken, ein aufopferungsvolles und zugleich mitleidheischendes Lächeln … „Was bleibt mir schon übrig? Ich muss eben!"
Hauptsächlich die Männer wollten gar nicht sehen, was für ein Pensum auch ich neben der Gaststätte zu erledigen hatte.

Natürlich war ich auf Wolfgangs Hilfe angewiesen, Küche und Theke waren schlecht allein zu schaffen, vor allem, so lange wir etwas zu essen anboten. Damit war in der Regel um 23 Uhr Schluss.
Seine Mithilfe konnte nicht unbedingt als Opfer betrachtet werden, denn die Fernsehprogramme boten selten so gute Unterhaltung wie ein Abend in unserer Gaststätte. Sehr zum Vergnügen aller passierte dort über die Jahre eine ganze Menge – auch Erfreuliches. Es wurde getanzt, geflirtet, geklönt, geküsst – die Wirtsleute eingeschlossen.

Wolfgang war tüchtig, ich will und kann es gar nicht leugnen. Aber es gab gravierende Unterschiede zwischen uns, was die

Zuständigkeit für Aufgaben und die daraus resultierenden Möglichkeiten für positive Erlebnisse betraf.

„Grübelmonster" – so kann man mich auch nennen, denn ich machte mir Gedanken über meine wachsende Unzufriedenheit. Es lief doch alles ganz gut, warum also?

Ich fand heraus, dass wir verschiedene Arten von Stress hatten. So, wie ich das sah, hatte Wolfgang nämlich gar keinen. Und warum? Weil ihm alles, was er tat, Spaß machte und Anerkennung einbrachte. Hier wie dort.

Es ist zwar anstrengend und verantwortungsvoll, in einer Führungsposition zu arbeiten, aber eben auch sehr erhebend. Wolfgang mag seinen Beruf und erledigt die Arbeit souverän, sozusagen im Schlaf. Dementsprechend begegnet man ihm mit Respekt.

Nichts anderes beschert ihm unsere Gaststätte.

Sicher, anfangs hilft er mir hin und wieder bei den weniger schönen Arbeiten, aber im Großen und Ganzen hat er den befriedigenderen, überdies unterhaltsamen Part erwischt: Da sind die Männer, mit denen er knobeln und trinken kann. Sie verstehen sich prächtig. Und da sind die Frauen, der Umgang mit ihnen nicht weniger interessant, kommt doch die Anziehung zwischen Mann und Frau hinzu. Flirten, ein Hahn unter Hühnern zu sein, das gefällt ihm.

O ja, er bringt sich gut rüber, kann sich absolut gut verkaufen.

Im Sternzeichen Waage geboren, hat er die Eigenschaften, die Menschen dieses Zeichens nachgesagt werden. Nur kein Ärger, immer schön die Waage halten, keine Unstimmigkeiten, gleichbleibend keine Meinung – er ist ein gutmütiger Schleimer. Für alles hat er Verständnis, er lässt sich auf alles ein, damit der Gast zufrieden ist.

Da leiht er selbst sporadisch auftauchenden Gästen Geld, weil sie doch noch so gern in den Puff gehen wollen, und überlässt mir den Zank, es wieder einzutreiben. Dabei soll ich dann auch

noch möglichst vorsichtig vorgehen, damit ich niemanden vergraule.
Da schließt er hohe Versicherungen für meine Kinder ab, in deren Nutzen sie erst im Jahre 2032 kommen, weil der Versicherungsfritze so ein guter Kunde ist. Zwei Jahre brauche ich, um aus den Verträgen herauszukommen. Bei so etwas bin ich die „Chefin" – und werde zur „Hexe"!
Das macht ihm nichts, weiterhin redet er jedem nach dem Mund und ist beliebt.

Frustrierend, weil keine Resonanz, keine Anerkennung einbringend, sind meine immer gleich bleibenden, selbstverständlich nebensächlichen Tätigkeiten. Mein „Revier" gibt nicht gerade Grund zur heiteren Gelassenheit.
„Geh doch in die Küche und spiel mit dem Mülleimer!" Das wird zum Slogan, scherzhaft an der Theke gesagt, wenn ich mich mal wieder vorne sehen lasse. Anfangs lache ich darüber. Mit der Zeit vergeht es mir.
Abgesehen vom Kochen besteht meine Aufgabe hauptsächlich darin, Dreck zu beseitigen. Ich bin die Müllfrau – beruflich und privat.
Sauberkeit in der Gaststätte, Toiletten, Ascheneimer, Fettwechseln, Wäsche, Küchenarbeit; Müll, Müll, Müll ... ich bin für den Dreck allgemein zuständig.
Gegen 11 Uhr stehe ich auf. Kaffeezeit, d.h. Feierabend bis 13 Uhr. Danach ist endgültig Schluss mit meinen Interessen. Wäsche für fünf Leute (alle machen Sport), die nie ein Ende nimmt, immer habe ich was auf der Leine. Allein das Zusammenlegen und Verteilen in die einzelnen Zimmer, gar nicht zu reden von der Bügelwäsche, kostet enorm viel Zeit. Die 92 qm große Wohnung, wenigstens einigermaßen sauber möchte ich sie haben. (Es kostet schon Überwindung genug, die Dreckställe, sprich Kinder- und Jugendzimmer, auszuhalten.)

Mittagessen zubereiten, Geschirr abwaschen, Fenster putzen, Gardinen waschen ... wer sieht das schon?
Büroarbeiten für die Gaststätte, auch das will getan sein.

Ich bin die alleinige Ansprechpartnerin für meine Kinder und die Stieftochter. Diese bereitet ganz besondere Mühe, erfordert viel Zeit und Verständnis, als sie mit 13 Jahren verwahrlost und als ausgekochtes, mit allen Wassern gewaschenes Luder in unseren Haushalt kommt.
Sie wird meine kleine Freundin und meine größte Hilfe.

Ab 16 Uhr sind die Gedanken auf die Gaststätte gerichtet. Die Tür aufschließen, die Gäste reinlassen und viel, viel Geld verdienen ... Wenn das so wunderbar einfach wäre …
Da es nachts immer sehr spät wird, haben wir – richtiger: habe *ich* keine Lust mehr aufzuräumen und verschiebe das meistens auf den nächsten Tag. Dementsprechend sieht der rund 100 qm große Laden dann regelmäßig aus.
Also von Neuem: Toiletten, Tische, Gastraum, Theke und wieder die Küche. Essensreste, Abwasch, Abwasch, Abwasch … Fett wechseln für die Fritteuse. Scheiße, Pinkel, Erbrochenes, volle Aschenbecher, klebrige Gläser. Nur für einen kurzen Moment ist alles wirklich sauber, dann beginnen die täglichen Vorbereitungen in der Küche. Da nutzt auch die Hilfe einmal in der Woche nicht mehr viel, „never-ending story“ schießt es mir erst scherzhaft durch den Kopf, später dann resigniert.
Da diese Einseitigkeit keinen Spaß bringen kann, habe ich Stress.
Bis 20 Uhr stehe ich hinter der Theke, dann kommt der Boss und ich verschwinde in die Küche, „wo ich hingehöre“. Bis 23 Uhr, danach heißt es, so schnell wie möglich den Mann ablösen (Hübsch und gepflegt, wenn es geht! Es geht nicht.), damit er schlafen kann, denn er hat ja auch noch einen Job. So denke ich jedenfalls. Er nicht, seine Freunde auch nicht. (Sie müssen

ihn am nächsten Tag nicht aushalten!) Sein Platz ist nun mit vollem Glas vor der Theke. Nicht nur die Gäste können es gut dort aushalten. Wir auch! Ich auch!

Allerdings bin ich Wolfgang gegenüber in einer Hinsicht tatsächlich im Vorteil: Ich kann ausschlafen.
Dieser Luxus geht ihm ab. Er muss sich nach der Uhr richten, ob er will oder nicht. Also bitte ich ihn: „Geh ins Bett!"
Nein, tut er nicht. Für ihn ist die Theke amüsanter, sich von ihr zu trennen schwer.
Das Ergebnis: Müde und kaputt, mit Flecken auf der Stirn, die ihn krank und elend aussehen lassen, geht er zum Dienst – und meistert ihn trotzdem. Doch zum Feierabend sind seine Reserven aufgebraucht, für uns hat er nichts außer schlechter Laune.

Erlaubt es sein Dienstplan, bleibt der Wirt zur großen Freude aller, ob männlich oder weiblich, bis zum Feierabend. Egal, wie viel Mühe ich mir gebe, es den Gästen recht zu machen, Wolfgang als Mann ist selbstverständlich besser. Meine Gläser sind natürlich (!) nie richtig voll, obwohl ich peinlich genau darauf achte. Der Wirt achtet nicht darauf. Mit einem dummen Spruch – „Es wächst noch" – ist das in Ordnung.
In all meinen vorherigen Jobs wurde ich bestätigt, fand Anerkennung, kletterte immer die Leiter hoch und konnte äußerst zufrieden und damit selbstbewusst sein. Nie kamen Zweifel an meinen Fähigkeiten auf. Ich erreichte alles, wenn ich es wollte.
Die Gaststätte zeigt mir meine Grenzen!
Nicht nur, dass es mir nicht gelingt, die Gäste zufriedenzustellen, ich bin auch niemand mehr. Bin dazu verdonnert, meine Fähigkeiten am Kochtopf, an Schrubber und Besen auszulassen.
Dazu die ungerechten Vorwürfe, gerichtet allein an mich, dass mein armer Mann so schlecht aussieht. Dabei beschwöre ich ihn ständig eindringlich: „Versteh es doch bitte, trink nicht so

viel! Geh nach Hause, du hast Frühschicht, brauchst den Schlaf. Bitte tue es für deine Gesundheit und für unser Zusammenleben!"
Niemand, am allerwenigsten der übermüdete Mann selbst, will es hören.
Es nutzt auch nichts, ihn darauf hinzuweisen, dass ich ebenfalls krank werde, wenn ich mich ständig um ihn sorgen muss. Negativ, als Bevormundung, nicht als Sorge wird es aufgefasst: „Sie gönnt mir/ihm auch gar nichts!" Die Wand wäre ein besserer Zuhörer gewesen, so ergiebig ist mein Bemühen. Und ich werde nicht nur müde, sondern kleiner und kleiner ...
„Warum überhaupt all die Mühe?", werde ich später in der Klinik gefragt. „Er ist doch ein erwachsener Mensch, der selbst denken kann."
Ich bezweifle das. Und ganz abgesehen davon kann ich diesen Einwand der Therapeuten nicht verstehen. Ich versuchte ja auch zu meinem eigenen und zum Wohl der Familie, auf Wolfgang einzuwirken. Denn war er völlig fertig, hatten wir alle darunter zu leiden. Also *musste* ich doch auf ihn einwirken. Unmöglich für mich, es einfach laufen zu lassen, nichts zu tun, wenn er sich nicht genügend Schlaf gönnte. Unmöglich, schweigend dabei zuzusehen, wie er viel, viel zu viel trank. Sollte ich tatenlos zuschauen, wie er sich zugrunde richtet, dem Herzinfarkt, Herzanfall, Zusammenbruch entgegengeht? Das konnte/wollte/durfte ich nicht.

All das kostet Kraft, meine ganze, so nötige Energie – und fruchtet nichts! Ich ärgere mich darüber, spüle diesen Ärger mit Hochprozentigem runter. Das wirkt – man wird gelassener. Der Raubbau, den Wolfgang mit sich treibt, seine dämliche Unvernunft, alles Negative fällt nicht mehr so auf, ist mir prozentual ziemlich egal.
Er klappt nicht zusammen, bleibt sicher, aufrecht, selbstbewusst.

Ich werde kleiner, unsicher, überempfindlich!

Was man ausstrahlt, bekommt man zurück ...
Ich muss eben diese wachsende Unsicherheit ausstrahlen, denn dementsprechend geraten die Reaktionen auf mich. Die leiseste Kritik – ich reize dazu – geht mir zu Herzen.
Den Boss trifft sie nicht. Es ist ihm schlichtweg scheißegal, was die Gäste zu meckern haben, er überhört es einfach – und das wird akzeptiert. Er verbittet sich Kritik regelrecht. Alles, was er tut, ist gut, fertig! Alles klar?

Eine alltägliche Gaststätteninhaber–Story, gewiss. Doch wie meistern, wie schaffen es die anderen? Oder wie läuft es bei ihnen weiter? War ich zu kleinkariert, habe ich es mit meiner Überempfindlichkeit zerstört?
Unser Riesenanfangskapital, das über einige Jahre Zinsen brachte, unsere Zuversicht, unser Glaube an das Gelingen der gemeinsamen Arbeit und unserer Ehe, wurden verpulvert, verprasst. Achtlos sind wir damit umgegangen.
Einer trage des anderen Last!?
„Auch wenn alle Stricke reißen sollten, wir zwei können uns ohne den geringsten Zweifel in guten und in schlechten Zeiten aufeinander verlassen, werden zueinanderhalten." Das war unsere/meine Kraft.
So lange wir zärtlich miteinander umgingen, übertrugen wir dies durch Freundlichkeit auf unsere Gäste. Erst als es zwischen uns nicht mehr stimmte, zu kriseln begann, kriselte es auch beruflich.
Ab wann es anfing, das Schieflaufen – ich weiß es nicht. Ich weiß nur, wann der erste Riss da war.
Der erste Riss, das war der 20 Jahre jüngere Schock.
O ja, wir konnten ihn kitten, aber wie! Alles blieb sehr brüchig, denn von da an kamen neue hinzu.
„Wir zwei" – von wegen!

„Du gehst mir unter die Haut", Abend für Abend dröhnt das Lied mehrmals aus der Musikbox. Vor der Theke, wie festgenagelt, eine fesche 18-Jährige, dahinter, äußerst schwungvoll und charmant, mein doppelt so alter Mann.
Keine drei Jahre sind vergangen, seit wir geheiratet und das Geschäft eröffnet haben.
Es ist ein ungeheurer Schlag, als ich endlich – nach Wochen – begreife, das Lied *höre*. Selbst als alle Puzzleteile eindeutig zusammenpassen, mag ich es noch nicht glauben.
Er hatte mich so sicher gemacht, dass wir beide es gegen alle Unbill doch noch hinkriegen. Meine Angst, tief zu fallen, wenn ich ihm vertraue, hatte er weggewischt. Was blieb, war: Nur wir beide zählen.
Und dann das! Und ich war blind!
Und ich falle ... – unglaublich tief der Sturz, hart der Aufschlag.
Ich bin nicht einmal sicher, ob ich es nicht sogar in die Wege geleitet habe.

Sie kommt häufig. Erst mit Partner, dann ohne. Erst verlobt, dann entlobt. Dass so ein junges Ding den Ring zurückgibt, das konsequent durchzieht, wohl wissend, was an Trara daran hängt, nötigt mir Respekt und Bewunderung ab. Sie weiß eben, was sie will, korrigiert rechtzeitig ihren offenbar falschen Weg.
Rivalität? Sorge? Eifersucht? Bei ihr purer Blödsinn, komplett unangebracht. Gerade weil sie so jung ist, alarmiert es mich nicht, dass sie sehr bald täglich hereinschneit. Sie ist ein Gast wie jeder andere, fühlt sich einfach nur wohl bei uns, hofft auf eine neue Bekanntschaft, will etwas erleben. Ist doch klar!
Ich komme nicht im Traum auf die Idee, dass sie mir ans Leder will, dass ausgerechnet der bereits leicht ergrauende Wirt der Grund für ihre Entlobung ist. Sogar meine sonst recht misstrauische Antenne hat nichts zu melden. Absolut arglos bin ich, sie tut mir einfach leid, denn niemand kümmert sich besonders

um sie. Weder in kleiner Klönrunde noch im größten Trubel bleibt mal einer neugierig an ihr hängen, zeigt Interesse. Als Mauerblümchen an der Theke wirkt sie verloren, vergessen, während sich rundum die anderen tanzend vergnügen.
Das kann ich nicht mitansehen, wir Frauen müssen schließlich zusammenhalten.
„Tanz doch mal mit ihr", schubse ich schließlich den Wirt an, sie aufzufordern. O ja, es gibt Schrecklicheres, ich muss es ihm nicht zweimal sagen, und später überhaupt nicht mehr.
Gerne, gerne, bei so viel Arbeit muss er auch mal seinen Spaß haben; ich gönne es ihm und ihr. Seelenruhig überlasse ich sie sich selbst, ohne jeden Argwohn. Den habe ich ja auch nicht nötig, denn ... „nur wir beide zählen"!

Sie sieht süß aus mit ihren langen, schwarzen, lockigen Haaren, ja, ich bemerke es wohl. Ihre leicht vorstehenden Zähne (an mir ein Makel, der behoben werden musste), die ich an ihr eigenartigerweise niedlich finde, lassen mich an ein kleines Häschen denken. Klein und schmal wirkt sie, zart, zerbrechlich. Derjenige, der sie liebt, muss den Wunsch verspüren, sie zu beschützen, geht es ja sogar mir so! Jung und naiv ist dieses Mädchen! Sie muss noch viel lernen.
Ja, es wird viel getanzt in diesem Haus, sie muss lange getröstet werden …
Viel lernen, das muss ich! Ich merke nichts.
Bis ich dann eines Tages zu unserer Wohnung laufe, die er gerade tapeziert, um Wechselgeld zu holen. Ich muss zweimal klingeln und lange warten, bis mir aufgemacht wird. Zu lange. Der Grund dafür steht in der Stube. Achtzehn Jahre alt!
Danach staune ich, wer alles davon wusste. Nur ich nicht.
Naiv? Wer war das? Sie, diese kleine Unschuld? Nein. Naiv, das war ich, und zwar in einem solchen Ausmaß, dass es bereits an Blödheit grenzte.

Ungebeten werden mir nun alle Details unter die Nase gerieben – die Dauer, die Geschenke, die Gefälligkeiten und wie weit es schon gediehen ist. Der ebenso junge Entlobte hat nur ein müdes Lächeln à la „Du kleines Dummchen" für mich übrig.
Ich mag es nicht glauben, dass Wolfgang sie nach der Nachtschicht zur Arbeit gebracht hat – doch kam er neuerdings oft so spät, weil der Wagen seines Kumpels nicht ansprang!
Morgens soll er sie zum Bahnhof gebracht haben – nicht möglich, aber er ging plötzlich mit dem Hund Gassi, stand deswegen um 6 Uhr auf!
Seit einiger Zeit war um 23 Uhr wirklich Feierabend für ihn. „Ich muss früh raus, also ins Bett." In welches?
Wieso bin ich nicht stutzig geworden? All diese abgedroschenen Geschichten sind mir doch bestens aus eigenem Erleben bekannt!
Da glänzt ein neues Armband an ihrem Handgelenk (Sein erstes Geschenk an mich – ein Armband!), und ich sehe einfältig zu, wie er sie scheinbar väterlich küsst, belächele noch ihre Hingabe. Seine sehe ich nicht. Dämlich selbstsicher.
Nichts ahnend lasse ich sogar einen Vortrag von dem 18-jährigen Grünschnabel über mich ergehen. Mitleidig-nachsichtig verkündet sie, wie ich mit meinem Mann umgehen müsse – nämlich mit Zartgefühl! Ich wisse es eben nicht zu schätzen, was für ein Juwel an meiner Seite sei. Ich schwärme nicht öffentlich genug von ihm, müsse mit großen, staunenden Augen zu ihm aufblicken, jedem Wort aus seinem Mund bewundernd lauschen. Er hat gesprochen! Oder besser noch: Nur was er sagt, gilt. Genau das brauche er und verdiene es auch. Zugunsten seiner Männlichkeit solle ihm das nie vorenthalten werden. Sie weiß das alles, würde sich nur allzu gern diesem interessanten, einfach wunderbaren Mann unterwerfen, wenn …?! Zwanzig Jahre Unterschied? Na und? Wen interessiert das schon? Am allerwenigsten sie. (Was habe *ich* damals seiner Frau erzählt?!)

Es war der totale Bruch in unserem Zusammenleben. Auch ohne dass ich Genaueres wusste, war diese Affäre von großer Bedeutung für mich.

Wir sind alle nur Menschen, haben Schwächen und Stärken. Ein Ehepakt garantiert nicht nur eitel Sonnenschein.
Aber eine Ehe zerbricht eher an vielen kleinen Dingen, nicht unbedingt an einer großen Verfehlung. Ein Ehebruch ist für mich noch lange kein Grund für eine Scheidung.
Ja sicher, wer gibt schon gern etwas her, das man für sich allein behalten möchte? Ich bin da keine Ausnahme, doch sind meine Gedanken eher toleranter Art. Das Wort „Ehebruch“ hört sich mies an, aber was steckt womöglich alles dahinter? Viel zu viel, als dass ich Wolfgang sofort aburteilen könnte. Vielleicht sorgt der Bruch ja für schmerzliche, aber endlich klärende Gespräche darüber, was in der Ehe fehlt, gebraucht und gesucht wird. Eine Krise, so würde ich es bezeichnen.
Dass ich nicht souverän bleiben konnte, steht nicht im Widerspruch zu dieser Meinung. Es galt nicht nur einen Ehebruch zu verschmerzen, sondern etwas grundsätzlich Bedeutsames.
Abgesehen davon, dass ich die Sache sowieso nicht auf eine einmalige Verfehlung ohne tiefere Gefühle reduzieren konnte, entsetzte mich seine widerliche, hinterhältige, gemeine Art und Weise, die nach nur knapp drei Jahren Zusammensein den Verdacht nährte, dass diese Ehe möglicherweise ein Irrtum gewesen war. Hatte ich für diese kurze Zeit alles aufs Spiel gesetzt, nur um schlechter dazustehen als je zuvor?
Immer und immer wieder hatte ich ihn gefragt, ob er es auch wirklich ernst meint. Und immer und immer wieder hatte er mir versichert, dass wir beide zusammen alt werden, dass er mich anbetet, ich möge doch bedenken, dass auch er alles hinschmeißt. Wie oft hatte ich versucht, unsere Liebschaft zu beenden, aus lauter Angst vor dem Risiko, und wie oft hatte er mich regelrecht um Vertrauen angefleht.

Er hatte doch sehr deutlich gesehen, wie krank ich war, wie schwer ich mich mit der Trennung von Klaus und dem Neubeginn tat.
Was war ich schließlich von diesem Mann überzeugt gewesen! Ich erinnere mich, jedem erzählt zu haben, dass er mein Nonplusultra, mein „Sechser im Lotto" sei. Er war die Ruhe selbst und wollte fast zwanghaft, dass ich mich in seine Ruhe fallen lasse. „Bei mir wird es dir gutgehen, nichts Böses passiert, ich beschütze, liebe dich, nie werde ich damit aufhören!" Das wurde mir täglich suggeriert. Nach langem, misstrauischem Zögern ließ ich mich fallen, geriet geradezu gern in Abhängigkeit von ihm. „Nur wir beide" – mindestens in diesem Punkt glaubte ich schließlich an mein Glück.
Das war doch grade erst gestern!
Jetzt, mittendrin, wir haben es gepackt (?), blicken voller Zuversicht nach vorn, wollen es wissen – und dann das!
Eine gute Portion Argwohn wäre gesünder, nicht so niederschmetternd gewesen. Hochgehoben bis in den Himmel, sicher, lächelnd dort oben gehalten, mit gemeinen Täuschungsmanövern.
Ja, genau das ist mein Schock.
Ohne jede Vorwarnung dieser Abgrund der Angst, der Ohnmacht, der Fassungslosigkeit, der maßlosen Enttäuschung! Warum? Was habe ich getan oder unterlassen?, frage ich mich und habe keinen blassen Schimmer.
Trotz vorhandener Probleme schien mir alles in Ordnung. Wir werden sie bewältigen! Er betuttelt mich doch, schenkt mir Rosen! Immer wieder beteuern wir uns, dass wir nur miteinander reden müssen, dann lässt sich alles klären und richten.
Unser Grundsatz war: Wir wollen nicht mehr leichtfertig sein, haben unsere Lektion gelernt.
Also warum?
Die Frage bleibt unbeantwortet, weil es für ihn keine Frage gibt. Ich bin doof, bilde mir alles nur ein!

Es ist keine harmlose Sache, sie dauert schon länger an. Ich habe den Verdacht, dass er nur noch nicht mit ihr gegangen ist, mit diesen knackigen 18 Jahren, weil es für ihn dann nicht mehr seinen Stolz gäbe – die Gaststätte und damit das Geld.
Ein Pfau, ein geschmeichelter Gockel hockt Abend für Abend an der Theke. Er wird aufs Heftigste umworben, der gereifte Mann – und da sitze ich, abgelegt, mit größten Existenzängsten.
Er beruhigt mich nicht! Er beschränkt sich darauf, mich als blöd hinzustellen. Ich spönne mir eine Geschichte zusammen, sei gänzlich hysterisch geworden.
Unverzeihlich, dass er mich irre machen wollte. Ich habe etwas gesehen und gespürt, ganz klar, doch laut ihm gibt es all das nicht. Also muss ich wohl verrückt sein. Oder bin ich es nicht?
Genau zu diesem Zeitpunkt bemerke ich zum ersten Mal, dass er bewusst meine Wahrnehmungen zerstreut. Ich weine und weine über diese Ent-täuschung, er bleibt kalt.
Wer ist das überhaupt? Wer ist dieser kalte Mann? Ich kenne ihn nicht.
Noch mehr Angst!
Ich weiß nicht, was ich tun soll, verweigere erst einmal die Arbeit. Für *ihre* Armbänder gehe ich nicht arbeiten!
Mein Geheule macht ihn nicht weich, aber dass ich nicht mehr in die Gaststätte gehe – sei es auch nur für 3 Tage –, veranlasst ihn, auf mich einzuwirken. Ich bin unsicher, ohne Kraft. Ich trinke. Lebe mit der Angst: Allein bekomme ich nichts mehr hin.
Natürlich funktioniere ich wieder und gehe an den Herd zurück, das war abzusehen.
Ich bin schwach und er ist feige. Er verlässt „seine Theke" nicht, es wird wieder normal. Aber alles ganz anders.
Nie mehr vertraue ich ihm so recht, sehe ihn nun doch mit anderen (Argus-) Augen. Der Einklang? Verschwindet auf Nim-

merwiedersehen. Es herrscht ein anderer Ton. Meiner ist nun oft bissig.
Ich werde eine Andere.

Erst nach meiner Therapie erfahre ich, dass ich keineswegs unter Halluzinationen litt, sondern dass meine Wahrnehmungen völlig berechtigt, meine Sinne gesund waren, weil sie sich nicht täuschen ließen.
Ich wurde von ihm betrogen!
Ausführlich wird mir im Detail beschrieben, wo, wie, wann sie sich trafen, dass die Zurückhaltung lediglich bis zum Hausflur reichte, auch Mitbewohner keine abschreckende Wirkung hatten. Dass nur darauf gewartet wurde, dass ich endlich ging. Dass Wolfgang nach 23 Uhr zur Tat schritt und nicht seine Bettruhe suchte.
Provozierend schlenderte er mit ihr an gemeinsamen Bekannten vorbei, Arm in Arm, eng umschlungen, risikofreudig, einfach darauf setzend, dass mir sowieso niemand etwas erzählen würde.
Die endgültige Gewissheit tat mir auch nach so vielen Jahren noch weh. Ohne Verständnis für mich oder gar Mitgefühl, stellte er sich als schuldlos dar, ließ mich an mir selbst zweifeln, verpasste mir ein schlechtes Gewissen, denn immerhin erwischte ich ihn nicht in flagranti.
(Doch es war eine verhängnisvolle Affäre für ihn, denn acht Jahre später wurde sie vor dem Oberlandesgericht zu einem Punkt für mich.)

Nichts davon entgeht unseren Gästen, weder die Affäre samt turbulenter Auseinandersetzung noch die Veränderung zwischen uns. Ganz Eifrige warten prallvoll, ungeduldig vor der Kneipe, um die neuesten Beobachtungen als Erstinformanten loszuwerden. Sie schüren das Feuer, hecheln meine Tragödie

gern endlos durch, haben ihre Freude und erst recht Unterhaltung an diesem Schauspiel – so kommt keine Langeweile auf. *Dallas* und *Denver*, das sind wir.
Ich bin zu verletzt, um „cool" zu bleiben; liefere zusätzlichen Gesprächsstoff.
Argwöhnisch lasse ich mich nicht mehr einlullen, betrachte alles sehr genau: das Verhalten der Gäste, meine „Halluzinationen". Bestärkt vom Wirt, sieht meine alleinige Fata Morgana keinen Grund, wegzubleiben.
Da sitzt sie, die fette Spinne vor meiner Theke, spinnt munter weiter an ihrem Netz, umgarnt und will die Beute. Die fette Spinne ist weiterhin zierlich, niedlich, den Geliebten offen anhimmelnd. Und ich?
Ich sitze verzweifelt, ratlos zwischen meinen Soßen, Suppen und Hähnchen. Was kann und will ich überhaupt dagegenhalten? Kleidung, Gepflegtheit? Damit könnte ich vielleicht begeistern, das ist aber nicht zu schaffen. Eventuelle Bemühungen sind aussichtslos, ich versuche es erst gar nicht, verschwindet doch eh alles im Küchendunst, der in meinen Haaren und Klamotten hängen bleibt. Fett und Pommes, das ist meine Aura.
Warum das alles? Für Geld? Und wenn wir es dann haben, ist mein Mann auf und davon, weil wir keine Zeit füreinander hatten. Das Geld ist ihm ja recht, dass ich mitarbeite wird vorausgesetzt, aber er will auch eine schöne, ausgeruhte, liebevolle Frau. Wie soll ich das bewerkstelligen? Ich bin die Arbeit, sie ist der Urlaub.
Wer hat nicht lieber Urlaub?

Am Boden zerstört, eben ein unsicheres Häufchen Elend, ist mir zum Heulen, nicht zum Kochen, Lachen und Tanzen. Aber eine Trauerweide ist kein guter Stimmungsmacher, belebt nicht gerade das Geschäft. Es wird mehr, mein Trinken. Noch

nicht exzessiv, doch es ist nun des Öfteren nötig, damit ich lustig bin.
Mit dieser ersten Affäre meines Mannes verschwindet die Gemütlichkeit, die gute Stimmung aus unserem Laden. Hatten wir zuvor genau damit Gäste angezogen, so geht es nun langsam, aber stetig bergab. Und zwar mit allem.

Während es den Männern imponiert, was für Chancen der Wirt bei so einer Süßen hat, liegt mein ohnehin schon verschwindend geringes Selbstwertgefühl nach diesem Albtraum gänzlich unterm Teppich.
Eine gute Wirtin, den Menschen zugewandt – ich hab's versucht, wollte das wirklich einmal sein.
Und zu Hause? Ganz fest glaubte ich daran, dass wir uns alle zusammenraufen würden. Und wie sah es nach jahrelanger Tätigkeit als Prellbock aus? Genauso scheiße. Und jetzt? Was nun? Wie geht es weiter?
Ich bin nur noch müde.
Begeisterung und Elan – wofür? Fette Fragezeichen, jeden Tag. Ich sehe keinen Sinn mehr in meiner Malocherei. Ich bin diejenige, die draufzahlt, trotz dicker Kasse. Die Harmonie (gab es die je?), die Zeit für die Familie, der Sex – alles ist im Soll. An Verlustängsten, ja, daran bin ich reich, schwerreich!
Unglücklich, unzufrieden an allen Ecken und Enden, kriege ich nun den großen Frust. Was war und bin ich immer noch stolz auf diese urgemütliche Kneipe, unser Wohnzimmer! – Und was hat es eingebracht?
Wie viel Einsatz, Zeit und Energie kostete doch dieser Stolz!
Wieder die Frage: Wofür? Was bekomme ich dafür? Geld? Das soll nun mein Glück sein? Was genieße ich denn noch richtig? Gar nichts!

Ganz zu schweigen von dem leidigen Thema Sex! Was habe ich in dieser Hinsicht alles akzeptieren müssen, in der vagen Hoffnung, es würde besser. Wann denn? Vergeudete Zeit.
Bei mir kann/will er nicht. Wie war er bei ihr? Gut, ja? Ist wohl auch alles ein bisschen – oder sogar viel – knackiger, nicht wahr? Da muss nicht der Mund so komisch verzogen werden, dass der Gedanke an Ekel hochkommt! War sie zufrieden? Minutensex wie bei mir, oder besser?
18, 19 Jahre, ein leckerer Happen … was bin ich?
Ich wollte treu sein, wie bescheuert!
Meine rosarote Brille, Optimismus, Elan – futsch. Allzu drastisch die Kehrseite, meine dumpfe, dunkle Gesinnung. Nicht rosarot ist alles, was ich sehe, sondern tiefschwarz.
So vieles – zu vieles – ist nach dieser Affäre nur mit Mühe/Schnaps auszuhalten, wird geradezu unerträglich.
Wie furchtbar ist der wunderbare Sommer. An mir, einer Sonnenanbeterin, die sämtliche Energie von dieser lieben, ersehnten Sonne bezieht, geht er vorbei. Ich stehe in meiner kühlen, abgedunkelten Kneipe, trete ab und zu vor die Tür, um neiderfüllt zu beobachten, wie auf den Balkonen in froher Runde gegrillt und getrunken wird. Kinder spielen frisch und munter. Es ist noch zu warm, zu hell, zu früh, um in der Kneipe herumzuhocken.
Da sitze lediglich ich vor dem Zapfhahn und habe eine Riesenauswahl an Mitteln, mich in Stimmung zu bringen.
Die Öffnungszeiten verändern sich nicht durch lange Sommertage, Sonne, Fußballspiele, Familienfeiern, Tennismeisterschaften, sie werden selbstverständlich eingehalten. Wir wollen doch die Gäste nicht verärgern! Und natürlich ist das auch wirklich selbstverständlich, eben der Preis für die Selbstständigkeit. Trotzdem, nun ist es für mich schrecklich, auf die ersten Gäste zu warten, die erst bei Einbruch der Dunkelheit eintrudeln. Allzu deutlich wird mir bewusst, was ich verpasse, versäume. Für was alles ich keine Zeit mehr habe.

Ich genieße nichts mehr, sondern hetze durch den Tag, mit Blick auf die Uhr, um dann, allein in meinem Laden, die Zeit sinnlos verrinnen zu lassen.
Die negativen Seiten meines Berufes, sie werden übermächtig. Vieles, was ein guter Wirt übersieht, überspielt oder ganz einfach besser in der Hand hat, wird mir eine Last.

Sie läuft immer noch gut, diese Kneipe, ja, das ist positiv. Doch ich registriere – und zwar nicht mehr gutmütig – meine „sinnvolle“ Arbeit. Es ist ein sauberer Laden, verschwindend gering die Ärgernisse bisher, aber einiges ist zu hart, geht unter die Gürtellinie, ist schwer zu verstehen.
Es muss schwierig sein, die Toilette zu treffen, denn ich wasche die Scheiße von den Wänden in und vor der Toilette, von der Tür, vom Fußboden. Der Nächste schafft es zwar in seine Unterhose, lässt diese aber voll in der Ecke liegen.
Da wird durch die geöffnete Hose gegen die Theke gepinkelt – bei vollem Laden mit speisenden Gästen –, und ich komme munter mit Gummihandschuhen, Schrubber und Eimer daher ...
„Willst oder kannst du deine Zeche heute nicht zahlen, darfst du bei uns einen Deckel machen, den du einlöst, wenn es dir möglich ist. Der Deckel ist dein Versprechen!“
Sie machen Deckel und sind sauer, wenn nach Wochen höflich angefragt wird: „Wann bitte bezahlst du?“
Ich müsse doch verstehen, dass man erst einmal die neue Couchgarnitur, den Fernseher bezahlen wolle, ehe man an den ersoffenen hohen Deckel denken könne! *Muss ich das?*
Hier, in fröhlicher Gemeinschaft, lerne ich, dass ich niemandem trauen kann.
Da tanzen wir als lustige Polonaise durch meine Küche ... und ein dicker Schinken tanzt unter die Jacke eines Stammgastes. Ich werde nie begreifen, dass ich die lieben Leute im Auge behalten musste, sobald ich mich von der Kasse entfernte. Nach

diesen Erfahrungen *musste* ich verkniffen, misstrauisch werden. Ein kurzer Moment der Unaufmerksamkeit genügte, schon startete jemand einen Versuch. Da stand der Ertappte, bisher so Nette dann, die Hand voller Scheine, für die wir die ganze Nacht gearbeitet hatten!

Es waren Einzelfälle, aber ich habe Schwierigkeiten, nicht alle über einen Kamm zu scheren.

„Koch zu werden ist kein Beruf, sondern eine Berufung“, irgendwann höre ich diesen Satz und denke dasselbe vom Beruf Wirt.

Die nötige Begeisterung für diese kräftezehrende und nervenaufreibende Arbeit, ja, am Anfang war sie da.

Verbraucht im täg-/nächtlichen Abrackern, habe ich keine Lust mehr, zu verstehen!

Ich passe da nicht mehr rein – raffgierig nach Geld zu jagen, zu schaffen, schaffen ... wie wichtig war mir das doch?

Ich sehe nur noch die Sanduhr, der Sand darin mein Leben, der durch das Glas rinnt, ohne dass ich irgendetwas getan habe, wovon ich überzeugt bin, weil es sinnvoll ist.

Jetzt bin ich raffgierig nach Leben.

Ich kann diese Gedanken, dieses Gefühl nicht umsetzen, stehe trotz alledem weiter meine Frau, will – was weiß ich, warum – einfach nicht hinschmeißen. Gebe mir immer noch, auch wenn's schwerer fällt, Mühe.

Doch, ich weiß, warum! Nicht nur die angeschaffte Eigentumswohnung, einiges mehr lässt für mich keinen anderen Schluss zu, als weitermachen. Ich will nicht mehr raffen und muss es jetzt doch. Mit Geld ist da wenigstens ein sicheres Gefühl. Was bleibt mir auch übrig? Ich sehe keine andere Möglichkeit, kann keine Lösung erkennen. Unmöglich der Gedanke der beruflichen Veränderung (was für ein Kraftakt). Ich will einen Nutzen, einen Gewinn aus der Gaststätte erzwingen.

Geldmäßig oder menschlich – egal, Hauptsache, es bekommt einen Sinn, dass ich dort stehe.
(Weder das eine noch das andere erreiche ich am Ende. Im Gegenteil! Außer Spesen nichts gewesen, so sieht es unterm Strich nach zehn Jahren aus.)
Nur ein paar Jahre gilt es durchzuhalten, dann sind wir unsere Verbindlichkeiten los, haben ausgesorgt, ziehen nach Bayern und erfreuen uns des Lebens. So planten wir es einst.
Natürlich ändere ich mein Leben nicht, natürlich halte ich durch. Hätte ich die Kraft, mein Leben zu ändern, bräuchte ich zusätzliche Reserven, um das dem Rest der Familie klarzumachen. Zweifel über die Rechtmäßigkeit meiner Ansprüche machen es mir nicht leichter, oder nur insofern, als dass ich es besser beim Alten lassen kann.
Habe ich überhaupt das Recht, das Leben meiner Söhne, meiner Stieftochter, meines Mannes umzukrempeln, quasi auf den Kopf zu stellen, weil ich nicht mehr will?
Wie anmaßend!
Die negativen Seiten der Gaststätte spüre wohl nur ich, so scheint es. Meine Hauptsorge, „aber die Kinder …" finden die Situation eher angenehm. In jungen Jahren kaum Kontrolle und Aufsicht, später ist es auch *ihre* Selbstständigkeit. Stolz präsentieren meine Söhne ihren Freunden, nun junge Männer, *ihre* Kneipe. Sie sehen, dass der Rubel rollt, bei Veränderung eine Menge geopfert werden müsste. Alle müssten kürzertreten. Wer geht schon gern zurück statt vorwärts, weil ich „spinne", egoistisch nur an mein Wohl und Wehe denke? Missmut würde sich breitmachen. Was soll das, mein Verhalten, mein Trinken, mein höchstpersönlicher Miniaufstand? Vorwürfe! – So, denke ich, würde die Familie reagieren. Ich unterstelle es ganz einfach. Nur ansatzweise spreche ich mit Wolfgang über Veränderungen in unserem Leben, stoße auf Unverständnis. Die übrige Familie hat keine Ahnung von meinen aufsässigen Gedanken,

die ohnehin irrelevant sind, habe ich doch nicht ernsthaft vor, etwas zu ändern.
Wie dumm von mir, dass ich ihnen allen so gar nichts zugemutet, zugetraut habe. Wie hätten sie wohl *tatsächlich* reagiert, hätten sie um meine Not gewusst?
Allerdings glaube ich im Innersten weiterhin, dass die Familie auf ihren Vorteil bedacht gewesen wäre. Ohne böse Absicht, sondern lediglich aus dem Grund, weil ihnen die Vorstellungskraft fehlte, was mir solche Schwierigkeiten macht.
Wie sollen sie auch ahnen, dass sie mich aussaugen, wenn *ich* es nicht einmal bemerke und damit zulasse. Ihre Forderungen und Ansprüche sind für mich meistens selbstverständlich, machbar. Wie kann ich also erwarten, dass sie zu ihrem Nachteil an *mich* denken?
Jahre müssen vergehen, furchtbare Dinge müssen geschehen, bis ich auf radikale, schockierende, alles zerstörende Art und Weise klarmache: Ich kann nicht mehr!

Es beruhigt sich also, unser Leben, pendelt sich wieder ein. Eine kurze Anwandlung eben – vorüber! Weitere Gedanken werden ad acta gelegt, denn Geld macht schwach. Auch mich – nicht immer noch, sondern jetzt erst recht.
Aber ich bin angeschlagen! Dies ist unübersehbar. Sogar schwer angeschlagen, das spüre ich. Und schwer werden für mich auch die nächsten Jahre.
Irgendwann stelle ich fest, dass ich anfange zu zittern, wenn ich in den Laden gehe. Ich schiebe das auf meine Unruhe wegen des mir bevorstehenden Abends. Auch habe ich jetzt oft eine scheinbar unbegründete Angst, deren Ursprung ich mir nicht erklären kann. Ein, zwei Korn draufgekippt, das hilft weiter. Ich denke noch nicht an Abhängigkeit, trotzdem, auch für meinen Geschmack trinke ich zu viel Alkohol, registriere, dass ich Schwierigkeiten habe, ihn wegzulassen.

Das gefällt mir nicht, das kann/darf doch nicht sein!
Ich mag einfach nicht glauben, dass ich dieses Problem nicht allein auf die Reihe kriege.
Ich weiß doch, was ich will und nicht will!
Es nutzt mir alles nichts. Während mein Vater stirbt, bin ich dabei, mich zu besaufen.

Es war für alle sichtbar, dass er mit Riesenschritten dem Ende entgegenging. Ganz bewusst nahm mein lieber Vater von uns Abschied, diesmal endgültig. Wie stark und müde er seinen Tod akzeptierte, es beeindruckte mich zutiefst.
TOD ist so ergreifend und einschneidend, mit so vielem gilt es sich auseinanderzusetzen. Und ich? Zum ersten Mal erfuhr ich TOD aus derartiger Nähe.
Im Kümmerlingrausch … ! Unvergessen das Getränk in dieser Nacht.
Ich erlebe schmerzhaft intensiv sein Sterben, betrachte es wie durch ein Vergrößerungsglas. Doch zugleich verzerrt sich die Wirklichkeit, und aus einer Art hilfloser Isolation heraus entsteht das beklemmende Gefühl, trotz Anwesenheit nicht dabei zu sein. Taub.
Wie weit war alles, was ich durchlebte, ganz natürlich? Diktierte mich da schon der Alkohol? Wie erbärmlich schwach war ich selbst (und damit mein Beistand) in seinen letzten Tagen!?
„Mädchen, kann ich dir helfen?“, so war Papa.
War *ich* wirklich für ihn da?
Erst am späten Vormittag bin ich in der Lage, zu meiner Mutter zu fahren. Ihre bitter anklagenden Vorwürfe auf dem Weg zum Beerdigungsinstitut, dass ich es noch nicht einmal schaffe, nüchtern und pünktlich zu sein, wenn ich mal gebraucht werde, verstärken lastende Schuldgefühle.

Ja, ungefähr in dieser Zeit nehme ich den K(r)ampf gegen den Alkohol auf, den ich nur verlieren kann.

Hier fängt mein Laufen von Pontius zu Pilatus an. Erst ist es lediglich ein Warmlaufen, dann wird es zu einem Rennen, das ich am Ende so gern gewinnen möchte.
Es ist nicht zu schaffen ... Niemand soll mir erzählen, es sei eine reine Willenssache, das Saufen zu lassen. Am Ende war mein Trinken nicht mehr freiwillig, sondern ich unterlag einem Zwang – meinem Körper.
Irgendwann kann niemand mehr ohne Hilfe aufhören. Ich habe es immer wieder versucht, Wochen, gar Monate ausgehalten unter den schlimmsten Bedingungen als Wirtin. Ohne Therapie ist es lediglich ein Kraftakt. Ohne Hintergrundwissen (*Warum* trinke ich eigentlich?) ist der Rückfall vorprogrammiert.

Ich habe das am eigenen Leibe erfahren. Wollte und wollte nicht wahrhaben, wie es um mich stand, stemmte mich mit Händen und Füßen dagegen. Ich tat doch alles, um es in den Griff zu bekommen! Schließlich hatte mich niemand gezwungen, in einer Klinik um Hilfe zu bitten. Daran sah man doch meinen Willen, was denn noch?
Oh, eine ganze Menge mehr!
Vage erkläre ich dem Arzt, ein Alkoholproblem zu haben. Bin dabei auch sehr tüchtig, denn ich unterbreite *ihm* ein paar Vorschläge, wie wir es anstellen könnten, meine Sucht (?) loszuwerden. Ohne Interesse an meiner Geschichte, scheint er gar nicht zuzuhören. Stattdessen vernehme ich aus seinem Mund Ungeheuerliches:
Ein halbes Jahr Klinikaufenthalt (Wer macht die Kneipe?), und noch schlimmer, unvorstellbar: Aufgabe der Kneipe!
Was denkt der Mann sich? Seine Forderungen sind überhaupt nicht machbar! Nicht in den Augen meines Mannes und erst recht nicht in meinen! Ich werde gebraucht! Kann nicht rund um mich alles im Stich lassen. Habe ich ihm das nicht nachdrücklich genug klargemacht?
Nicht er hat *mir*, ich habe *ihm* nicht zugehört!

Nüchtern, fast kalt, aber eindringlich erklärt er mir, dass ich es in der Kneipe nicht schaffen kann. „Denken Sie endlich einmal egoistisch an sich, es ist bereits allerhöchste Eisenbahn."
„Aber was wird aus der Gaststätte?"
Der Einwand wird lapidar vom Tisch gefegt. „Die geht, wenn Sie weitermachen, sowieso drauf. Finden Sie sich damit ab und regeln Sie das lieber jetzt. Dann hält sich der Schaden, den Sie sich bereits zugefügt haben, noch in Grenzen."

Nie, das geht *nie*!

Absurd, verrückt erscheint mir diese ... diese was? Maßregelung, Bedingung, Forderung? Fast unverschämt! Was fällt ihm ein? Weiß er, wie einschneidend das wäre? Er muss es ja nicht tun. Sitzt da bequem in seinem Sessel, gesund und munter, verdient gutes bis sehr gutes Geld und äußert locker Ungeheuerliches! Ja, sagen kann man so etwas leicht, aber würde er es selbst fertigbringen?
Weiß er *wirklich*, was er da verlangt?
Ich denke gar nicht daran, das ist doch ganz und gar unmöglich!
Ihm ist so ziemlich egal, was ich mache. Nur: Er ist draußen, macht nicht mit, als ich seine Vorschläge als für mich nicht durchsetzbar ablehne.
„Die Voraussetzungen dafür, es ambulant zu schaffen, obendrein mit Ihrem Beruf als Wirtin, sind so schlecht, das Ganze hat so wenig Aussicht auf Erfolg, dass es sinnlos ist, mit einer Therapie anzufangen. Solange sich am Kern, an dieser Grundlage nichts ändert, kommen Sie mir vor wie ein Fixer in der Apotheke! Zum Scheitern verurteilt."
Dass mein „Kern" die Gaststätte ist, will ich nicht wahrhaben.
Damit kann ich gehen und brauche auch nicht wiederzukommen.

Was übrig bleibt, ist Wut auf ihn. Wie überheblich der ist, was der sich einbildet! *So* schlimm sieht es ja nun auch wieder nicht aus! Dann packe ich es eben alleine! Wir wollen doch mal sehen, wer hier recht behält!

Mein Gott, wenn ich heute darüber nachdenke, kann ich nur müde lächeln. Es musste so kommen; ich *war* der Fixer in der Apotheke. Scherben, Rundumschlag in alle Richtungen – das ist dabei herausgekommen.

Der Trotz, ganz sicher ist es der Trotz, der mir für einige Zeit Kraft gibt. Pah, ich werde es euch allen zeigen, ihr werdet sehen!
Und der Blick in den Spiegel!
Mein Spieglein, Spieglein an der Wand … fast wohlgefällig sah ich einst hinein. Und nun? Eine Abmahnung habe ich schon im Sack.
Ich muss etwas tun, ich weiß es nur zu gut.
„Na, Mama, bist ein bisschen träge geworden, was?“ Schmerzlich zu hören für eine ehemals flinke Person. Deprimierend die Feststellung, dass beim Gehen schon die Oberschenkel aneinanderreiben. O-Beine, ja, aber gertenschlank, das waren sie einmal. Ich wollte mich doch nie gehen lassen, wie es so viele Frauen tun, wenn sie älter werden. Ich doch nicht!
Ja, Tatsache, es ist allerhöchste Eisenbahn. Auch für meine Ehe.
Also nehme ich gravierende Änderungen in unserem Leben vor. Fortan gehen wir regelmäßig in die Sauna, ich schaufele uns Freiräume, wir nutzen nun bewusst die freien Tage, um uns schöne Dinge zu gönnen, ich bestehe auf zusätzlichen Urlaub im Winter. Ich bestehe auf eine neue Regelung, wie wir uns am besten gegenseitig ablösen und damit Zeit zum Ausspannen gewähren.

Und ich fange an zu laufen. Schier endlos.
So, wie ich irgendwann feststellte, dass ich ein Problem mit dem Freund Alkohol habe, so stelle ich eines Tages fest, dass Laufen Balsam für mich ist. Kilometer um Kilometer, jede freie Minute nutze ich, um mir Erleichterung zu verschaffen.
Wie kann ich mir ausgerechnet mit körperlicher Anstrengung Erleichterung verschaffen? Ärzte können es erklären – ich habe es gespürt. Das Laufen hatte eine unendlich befreiende Wirkung auf mich. Frust wegen der Gaststätte, Unzufriedenheit wegen unseres weiterhin katastrophalen Nichtsexlebens, Sorgen wegen der Kinder, Auseinandersetzungen mit dem Mann – wie weggeblasen nach einem Lauf durch den Wald, durch die Felder.
Ich sehe die Bäume, die sprießenden und später fallenden Blätter, ihre schönen Farben, das Kornfeld, rieche den Wald, spüre den kalten Wind, den Regen, die Sonne, den Schnee unter den Füßen.
So schön kann alles sein, was will ich mit meinen elenden Problemen? Sind sie tatsächlich so wichtig, wie ich sie gerade empfinde?
Beim Laufen schmeiße ich sie (fast) über den Haufen. Sie verlieren das Pralle, die Gewichtigkeit, werden beinahe lächerlich.
Du liebe Güte, alles ist doch vergänglich, auch der heutige Kummer, später, wenn du alt bist, lachst du darüber. Was es also auch heute gerade ist, es lässt sich richten. Wir werden es regeln.
Nass geschwitzt, kaputt bin ich, überschüssige …? ich weiß nicht was, Kraft kann es doch wohl nicht sein, aber irgendetwas Überschüssiges ist frei geworden, hat sich Bahn gebrochen. Ich bin nach einem langen Lauf, völlig ausgepumpt, total zufrieden mit mir.
Und ich bestätige mich.
Ich leiste etwas, ziehe wieder die Aufmerksamkeit auf mich. Erst recht, als ich 1987 in Berlin mit vierzig Jahren meinen ersten Marathon laufe.

Es zählt nicht, dass ich am Abend vor dem Start betrunken war. Auch nicht, dass ich im Zug nach Berlin resigniert und beschämt eine durchtrainierte Teilnehmerin ungefähr meines Alters dabei beobachtete, wie sie ihre Müslikost verzehrte, während ich dringend ein Bier benötigte.
Es spielt keine Rolle, wie ich ins Ziel gekommen bin und ob ich es für mich wollte oder für die Leute. (?)

Das Sammeln vor dem Reichstag, Menschen aus der ganzen Welt in sportlicher, kameradschaftlicher Gemeinschaft, der voller Spannung erwartete, unter Jubel und Hurrarufen erfolgende, erlösende Start, die klatschende, musizierende, begeisterte Menge immer an der Seite, die Wahnsinnsstrecke, die *wir* alle schaffen wollen, die wirklich großen Stars und die vielen kleinen Sterne, Schmerzen, später Zweifel – *Warum quäle ich mich hier eigentlich so?* –, die gegenseitige Aufmunterung, durchzuhalten – *Bleib stark, du schaffst es!* –, das nicht zu beschreibende, ungläubige Gefühl während der letzten Kilometer – *Ich schaffe das wirklich!* Einen Endspurt hinlegen, einfach den rasenden Schmerz in den Beinen vergessen, der seit dem 30. Kilometer dabei ist, um noch kurz vor dem Ziel einen Platz weiter oben in der Liste zu erringen, die Anerkennung, der unbändige Stolz über diese Leistung (Ich gönne mir beides!), das überwältigende Gefühl, anzukommen, die Tränen im Ziel!
All das zählt, wird zu einem unvergesslichen Erlebnis mit dem Nebeneffekt, für kurze Zeit von der eigenen Stärke überzeugt zu sein.
Ich erlebe es zweimal – allein!
Nie habe ich mich so glücklich und doch so verlassen gefühlt wie nach diesen beiden Marathonläufen. Keiner aus meiner Familie sah zu. Keinem kam der Gedanke, dieses Erlebnis, den Erfolg mit mir zu teilen. Dass sie wenigstens versuchen, sich vorzustellen, was dies für mich bedeutet – es ist eine Anstrengung für sie, die sich nicht lohnt. Für den Mann nicht und, be-

sonders schmerzlich, für die Söhne ebenso wenig. Salopp mit ihren Worten ausgedrückt ist das „mein Ding, durch das ich durchwollte".

Und das, obwohl ein Sohn gemeinsam mit mir startete und von seinen Freunden während der ganzen Strecke aufmunternd begleitet wurde. Dieser Sohn, er ist wie ich. Auch er schafft es natürlich allein, geht oft einsame Wege, trotzig davon überzeugt, für seine Erfolge niemanden zu brauchen. Doch auch er weiß, dass ihn die Bewunderung mit ins Ziel brachte. Ein Jahr zuvor war ich seine Stütze, jubelte ihm zu, war da im Ziel. Ich konnte sehen, es tat ihm gut. Er weiß aus eigener Erfahrung, wie sehr der Kämpfer auf dieser Strecke Zuspruch benötigt.

Nun kommt dieser Sohn weit vor mir an, findet es aber nicht wichtig, auf meinen Zieleinlauf zu warten, sich mit mir zu freuen, mich zu umarmen, vielleicht sogar mit Stolz zu drücken. Er hat keine Ahnung, was er mir alles *nicht* gibt.

Trauer!

Aber ich gestehe meinen Kindern mildernde Umstände zu. Sie sind nicht bösartig, sondern gedankenlos, wissen es nicht besser, und daran bin ich schuld. Ihre Verwunderung über meine Enttäuschung macht mir klar, dass sie sich nur „normal" verhalten, alles andere Verstellung wäre.

Was sollen sie sich den Kopf über Ansprüche zergrübeln, von denen sie nicht einmal wissen, dass sie existieren? Schließlich habe ich ihnen in unserem täglichen Leben dauernd gezeigt, dass ich auch ohne Zuwendung zurechtkomme, Ausnahmesituationen allein bewältigen und aushalten kann.

Dass mir das wiederum nicht bewusst ist, macht deutlich, wie vertraut mir diese mangelnde Zuwendung ist.

Jahre schleppe ich mich so rennenderweise durch, erst mehr schlecht als recht, dann nur noch schlecht. Mein Gewicht wird zum Spiegel meines Zustandes. Dick … nein, *fett* oder schlank, zeigt er mir eiskalt: Saufphase ja oder nein. Viel zu oft ja, ja, ja,

Ekel. Immer kürzer die Abstände. Gewicht hoch, Gewicht runter. Je fetter ich werde, desto mehr renne ich. Sicher ein lebensbedrohendes Verhalten. Wie kann man sich, wenn man krank ist, derartige Leistungen abzwingen?
Der elende, arrogante Arzt sollte recht behalten. Nicht nur, dass ich bloß in den Spiegel zu blicken brauchte, um zu wissen, was mit mir los war, nein, ich musste nun auch einen Spiegel *halten*! Die Mengen, die ich trank, waren nie, nie normal. Habe ich mich damals auch schon von Männern angrabschen lassen? Und schlimmer noch, etwa selbst gegrabscht? Was für Ausfälle hatte ich bereits in jener Zeit? Ich weiß es nicht genau. Auf jeden Fall wurde meine Verzweiflung so überaus druckvoll, dass ich meinen Arzt um eine Kur anflehte.

Bad Abbach

Oktober 1987
Wie eine Kur abläuft, was sie bewirken kann – ich hatte keine Ahnung und glaubte bis dahin, so etwas auch gar nicht nötig zu haben. Ich wollte lediglich meine Ruhe, einfach nur weg! Weg von zu Hause, von dem Mann, der Kneipe, den Menschen dort, von meinen Pflichten, der Plackerei, die ohne ein Wort der Anerkennung als selbstverständlich hingenommen wurde.
Weg von diesem alles Wertvolle überrollenden Lebensrhythmus, so rasend schnell, so vernebelt, dass ich meinte, nichts mehr mitzubekommen. Ja, auch weg von meinen Kindern (Lasst mich in Ruhe!) und verflucht noch mal, endlich weg von dieser „beruhigenden“ Theke mit ihrer verhängnisvollen Anziehungskraft.

In der ersten Woche spreche ich mit kaum jemandem. Meine ohnehin alles umfassende Unsicherheit verstärkt sich noch, als ich am Mittagstisch zu meinem Entsetzen feststellen muss, dass ich Schwierigkeiten habe, meine Suppe zu löffeln. Die zitternde Hand, ich bringe sie kaum unter Kontrolle! Und mein Mund, um Himmels willen! Er geht zum Löffel, nicht der Löffel zum Mund! Kurz, sehr kurz, schießt mir der Gedanke durch den Kopf: *Das kann doch unmöglich der (Mangel an) Alkohol sein!* Weggewischt, schneller, als er aufkam. Eine Abhängige? Ich? Nein, nein, das bin ich noch lange nicht. Trotzdem schäme ich mich (Wofür dann?), finde die Tatsache, dass meinen durchweg sympathischen Tischnachbarn nichts entgangen ist, peinlich. „Nein, nein, es ist nicht so, wie ihr denkt! Ich bin lediglich nervös, überarbeitet!" Für diese (mich beruhigende) Erklärung bekomme ich plötzlich überaus wortreich die Zähne auseinander.

Ich, der Suppenkasper schlechthin, allerdings ein solcher, der sie leidenschaftlich gern isst, fürchte mich ein paar Tage lang vor dem Suppengang. So lange, bis ich mitgehe, zum Tanzen und Feiern … und Trinken!

Was für ein unermessliches Geschenk habe ich mir mit dem Antrag auf eine Kur gemacht! Und wie nötig hatte ich diese doch! Jeden Tag, den ich dort genießen darf, wird es mir intensiver bewusst. Nie werde ich begreifen, dass es Menschen gibt, die eine Zeit erleben dürfen, in der sich alles nur um ihr körperliches Befinden dreht, und die trotzdem klagen, meckern und jammern. (Ich schreibe nur „körperliches Befinden", im seelischen Bereich liegt für meine Begriffe noch einiges im Argen.)

Für mich ist die Kur ein rundum belebender Jungbrunnen. Prickelnd darin nicht nur Wasser, sondern auch Bier und Wein. Doch ich trinke sehr gemäßigt, vorsichtig, und mein Zittern verschwindet.

Es braucht seine Zeit, bis ich die Auswirkungen des Alleinseins, die heilsame, befreiende Einkehr der inneren Ruhe spüre

und erst damit begreife, wie erschöpft und müde ich tatsächlich bin.
Kein Trara, kein Palaver, keine Musikbox, keine Diskussionen mit der Familie, mit allen anderen.
Erst ist da nur Stille! Sie berauscht mich regelrecht.
Ein großes, schönes, äußerst gemütliches Zimmer, obendrein zum Wald gelegen, wird mein kleines Paradies. Verlasse ich es, erwartet mich durchweg Angenehmes.
Mir ist es prinzipiell egal, durch welche Diagnose der Kuraufenthalt gerechtfertigt wird, Hauptsache, ich komme weg. Mein Leiden, ein HWS-Syndrom, war gar nicht so abwegig, standen mir doch zwei schwere Bandscheibenvorfälle bevor und ein äußerst gefährlicher, weil bereits fortgeschrittener, Schaden im Halswirbelbereich, der mich später über lange Zeit zwang, eine Halskrause zu tragen. Davon habe ich allerdings noch keine Ahnung, obwohl ich gerade meinen Marathonlauf hinter mir habe. Ein bisschen steif das ganze Rückgrat, die Kniegelenke – es war eben der Lauf, das wird wieder vergehen.
Viel schwerer wiegen meine Zerrissenheit, die Schlaflosigkeit, die mich zur Verzweiflung treibt, der Druck in mir.

„Tja, da sind Sie hier in der verkehrten Klinik, aber ich will tun, was ich kann." Ich habe Glück mit diesem Arzt. Jung, liebenswert und sehr verständnisvoll steht er mir zur Seite, will wirklich helfen. Er sieht, was ich brauche, sorgt für Gespräche mit einer Psychologin, etwa in meinem Alter, Mutter von vier Kindern. Schon allein deshalb kann ich sie ernstnehmen. Bei ihr erlebe ich meine erste gute psychotherapeutische Stunde, geprägt von Herzlichkeit und tatsächlicher Zuwendung, die sich beruhigend in meinem Gemüt ausbreitet.
Sie ist echt, warmherzig! Ich glaube ihr! Sie hört mir zu, nimmt mich ernst, versucht zu verstehen. Ich mag sie! Sie steht nicht über oder unter, sondern neben mir, will mich begreifen und

stärken. Sie gibt mir Sicherheit in meinen Ansprüchen, die ich dank unserer Zusammenarbeit nun als berechtigt empfinde.
Nie ist da das fade Gefühl, eine Lehrstunde absolviert zu haben. Nie kommt der Gedanke auf *Ich bin einfach zu blöde, brauche ihre Hilfe.* Denn ich bin nicht blöde, das wird mir bald klar, auch wenn ich dringend Hilfe brauche. Sie lässt nicht zu, dass ich mich klein mache. Hat für alles eine Erklärung, die ich annehmen kann.
Wir lernen wechselseitig etwas über das Leben. Was sie bereits erkannt hat, vielleicht selbst schmerzhaft erfahren musste, begreife ich nun mit ihrer Hilfe.
Sie sitzt mir als Mensch gegenüber und ist nebenbei Ärztin, die mir maßgeblich auf die Sprünge hilft. Nicht sofort (obwohl ich will), die Wirkung setzt erst viel, viel später ein. Aber sie gibt den Anstoß.
Bei ihr lerne ich auch autogenes Training, bekomme Körperbewusstsein und ein Gefühl für bewusst gelebtes Leben.
Ich höre zum ersten Mal vom Sonnengeflecht in mir, von meiner Mitte, der Nabe des Rades vergleichbar, das sich aus eigener Kraft drehen, nicht von anderen gedreht werden soll.
Ja, ich höre und staune.
Ich hänge an ihren Lippen, die Angstauslösendes sagen und doch aufzeigen, dass die Bewältigung nicht nur nötig, sondern möglich ist.
„Geben Sie Ihre Gaststätte auf, wickeln Sie es sauber ab, das braucht seine Zeit, ich kann Sie verstehen, aber tun Sie es – zu Ihrem eigenen Besten!"
Aus ihrem Mund, in ihrer Art, mit diesem Verständnis, der spürbaren Wärme und Anteilnahme, kann ich das akzeptieren und glauben. In ihrer Gegenwart fühle ich mich stark. Sie will mich nicht überzeugen, mir die Dinge nur aufzeigen. Ich erkenne als wahr und richtig, dass es unumgänglich ist, festgetretene, mich krankmachende Wege zu verlassen. Geld, Alkohol,

Jubel, Trubel, Hektik, das ist nicht die Art von Leben, die mich zufrieden werden lässt.
Wenn ich den Kampf aufnehme, werde ich am Ende des neuen, mühseligen Weges Gesundheit, Selbstbewusstsein, Klarheit, viel längst verschüttet Geglaubtes gewinnen. Allein die Aussicht, dass ich einen vernünftigen Weg einschlagen werde – mal sehen, wann –, beruhigt mich.
O ja, vieles, sehr vieles lerne ich hier über Zusammenhänge, angefangen bei der Nahrung bis hin zum befriedigenden (Sex-) Leben.
Diätvortrag? Was soll das? Von vornherein tue ich ihn als blödsinnig ab, kann mir nichts darunter vorstellen, außer, dass es äußerst langweilig wird. Aber er ist Pflicht, viermal eine Stunde lang heißt es zuhören, ob es mir passt oder nicht. Am Ende bedauere ich, dass es nur vier Stunden waren, perplex darüber, was ich alles nicht weiß und was doch so hochinteressant ist. Vitamine, Ballaststoffe? Noch nie davon gehört!
Ich will es nachholen – alles!
Bei mir kehrt mit der wachsenden Zuversicht die Kraft zurück. Eine nie gekannte innere Ruhe stellt sich ein. Beachtlichen Anteil an dieser Wandlung hat allerdings auch etwas ganz anderes. Ich wollte nur Ruhe haben, mit niemandem sprechen. Ruhe, nur das war bei meiner Ankunft mein Anspruch an diese Zeit.
Lasst mich zufrieden!
Sie lassen mich nicht, Gott sei Dank.
Habe ausgerechnet ich ganz besonderes Glück mit dieser Klinik? Mein Urteilsvermögen ist getrübt, weil mir einfach alles, was dort mit mir geschieht, guttut.
Doch, Glück habe ich auch. Unter den Ärzten und Ärztinnen, Pflegern, Helfern, Mitkurenden, die mich während dieser Zeit umgeben, gibt es wie überall solche und solche, aber ich erwische die Menschlichen, Engagierten und, besonders wichtig, die Lustigen. Auf die Dauer färbt das ab, macht zuversichtlich, gelassen.

Am Mittagstisch schon geht es fröhlich zu, weshalb also den Abend allein verbringen? Eine entspannte, positiv gestimmte Gruppe tut sich zusammen, will einfach eine schöne Zeit haben. Na und, warum eigentlich nicht? Wer weiß, was danach kommt! Heute und jetzt will ich an nichts anderes denken als an mich und mein gutes Befinden.
Der Alltag fällt von mir ab. PUNKT!

„Wo gehen wir heute hin? Und *du* kommst mit!" Es war mein Glück, dass sie nicht lockerließen.
Die Bedeutung, die dem viel belächelten „Kurschatten" und überhaupt dem Geschehen außerhalb der Klinik zukommt, ist nicht zu unterschätzen.
Sie werden zu einem Prüfstein für die eigene Person und die bestehenden Bindungen. Wie sehen mich die anderen, legen sie Wert auf meine Worte, mein Dabeisein, wie schwer/leicht wird mir der Umgang mit ihnen, was bringen mir die gemeinsam verbrachten Tage und Abende? Mit einem Satz: Mögen sie mich, und mag ich sie? Was gefällt mir hier so gut, und bekomme ich das zu Hause nicht? Suche ich etwas? Bin ich (nicht) zufrieden? Vermisse ich noch einiges mehr? Spätestens jetzt geht mir ein Licht darüber auf, was so alles im Argen liegt. Natürlich ist die Kurwelt nicht die Realität, was auch immer diese beinhalten mag. Ich bin keine Fantastin. Natürlich sieht das reale Leben, durch die Alltagsmühle gemahlen, zwangsläufig etwas anders aus. Niemand ist immer heiter, und es ist gesund, wenn sich Diskussionen ergeben, Streit, sogar heftigen, inbegriffen.
Ja, mir ist schon klar, dass ich die Kurwelt nicht nach Hause verlegen kann, auch gar nicht will. Macht doch dieses Rauf und Runter, Streit und Versöhnung die Intensität des Lebens aus. Wie langweilig, wäre es eine gerade, immer gleich bleibende Linie!

Trotzdem, die Tatsache ist nicht wegzuwischen, dass mir im „richtigen Leben“ etwas/viel vorenthalten wird, das für mein Wohlbefinden überaus wichtig ist. Erst dadurch, dass ich es nicht bekomme, stellen sich Versuchungen ein.
Heute ist es für mich völlig verständlich, dass ich während der Kur Stärkendes und sogar glücklich Machendes annahm und ohne schlechtes Gewissen *genoss*!
Treue in der Ehe? Bleiben wir überhaupt zusammen? – Diese Fragen und die damit verbundene Unsicherheit brachte Wolfgang in unsere Ehe, nicht ich. „Du gehst mir unter die Haut“, er nahm es einfach mit. Ich wäre dumm gewesen, hätte ich meinerseits mögliche schöne Momente an mir vorüberziehen lassen, um später die nicht wahrgenommene Gelegenheit zu beweinen.

Ein kleines, liebes Wort – es kann zaubern. Warum sind Männer und Frauen in der Kur fähig, es auszusprechen? Warum sind sie dort liebenswert und aufmerksam, und was tötet beides zu Hause ab?
Streicheleinheiten können so aufbauend wirken. Was ist so schwer daran, sie auch daheim zu geben?
Nun, ich bin nicht daheim, und ich bekomme sie unaufgefordert, diese so heiß ersehnten Streicheleinheiten. Ich nehme ein Bad in Schmeicheleien. Nur anfänglich habe ich Schwierigkeiten, meldet sich die Skepsis im Hinblick auf den Wahrheitsgehalt der Worte, später schiebe ich sie beiseite, um mich ungeniert, ausgiebig darin zu suhlen.
Erstes verwundertes Aufmerken wegen meiner 40 Jahre. Keiner mag sie mir abnehmen, sehe ich doch sehr viel jünger aus – sagen sie, die anderen! Natürlich argwöhne ich, weshalb, mit welchem Ziel die Männer mir schmeicheln. Aber was wollen dann die Frauen, äußern doch auch sie ihr Erstaunen und zollen mir widerwillig Anerkennung für meine gute Haltbarkeit?
Wie ist das möglich, fühlte ich mich doch alt, kaputt, krank? Ganz andere Aussagen sind mir vertraut, nicht so etwas Schö-

nes. Das kann gar nicht sein, was da geredet wird. Aber ich werde tatsächlich umgockelt! Auch die, die nichts von mir wollen, weil besetzt, drehen sich um. Nach mir?!
Vorsichtig begutachte ich mich im Spiegel. Und in der Tat, selbst kritisch betrachtet sieht es nach einiger Zeit nicht mehr so schlecht mit mir aus. Ausgeruht, gebadet, gecremt, gepflegt, gefalle ich mir fast selbst, warum also nicht den anderen? Ich werde ihnen unter Vorbehalt glauben, was sie mir so flüstern.
Ich verstelle mich nicht in dieser Zeit, bin und bleibe immer *ich*. Ich gehe gut mit jedermann um, werde geschätzt und gemocht, ohne Probleme in die Gemeinschaft eingebunden.
Also bin ich kein schwieriger (weil für einige schwer zu verstehender) Mensch! Herzerfrischend, direkt, natürlich, offen, ehrlich, so sagt man mir, erleben mich die anderen. Ja sogar einen witzigen, fröhlichen, lustigen Kern wollen einige an mir entdeckt haben. Dies zu bewahren, mich nicht kleinkriegen zu lassen, wird mir nachdrücklich ans Herz gelegt. „Kontaktfreudig und aufgeschlossen" kommen ebenso hinzu wie „anspruchsvoll" und „eigensinnig" – eigener Sinn!
Macht mich das schwierig?
Wenn ja, dann ist das fortan in Ordnung so! Vieles, was mich zuvor verzweifeln ließ, empfinde ich nun als berechtigt.
Nach fünf Wochen fühle ich mich wie neugeboren!
Mit einem wachsenden Selbst-Bewusstsein *bin* ich wieder wer! Auch der Spiegel bestätigt das, nicht nur zu meiner großen Freude. Beruhigt und selbst-gefällig kann ich hineinschauen. *Kein Grund zur Sorge* wirft er zurück. Strahlende, muntere Augen blicken mir entgegen, ein schmales Gesicht mit einem Mund, der wieder herzlich lachen kann. Die Pfunde, das Fett ist weg. Eine gertenschlanke Figur, wie ehemals, vor langer, langer Zeit. Insgesamt eine jung wirkende, lebenslustige, sich endlich wieder selbst schätzende Frau. O ja, ich bin wieder da.
Ich bin wieder *ich* … Glaube ich!

Ich sagte es schon, die Kur ist einschneidend, obwohl sie erst viel später Wirkung zeigt, als ich mich an meine Erfahrungen in der Klinik erinnere und um eine Therapie kämpfe. Sie wird vorerst „nur“ zu einem Lichtblick in meinem Leben, den ich leider nicht festhalten kann. Aber ich weiß nun, wie es laufen *könnte*, vergesse die Anregungen nie, habe sie immer im Hinterkopf.
Da ist die Erfahrung: zum ersten Mal in meinem Leben allein! Mit „allein“ meine ich in erster Linie „ohne Mann“. Es geht mir gut dabei. Er fehlt mir nicht, ich denke kaum an ihn. Ich reiche mir. Direkt frei fühle ich mich. Dass ich diese Freiheit auch schnell wieder beenden könnte, auch das ist beruhigend. Es gibt nicht nur diesen einen Mann für mich.
Wovor habe ich also eigentlich Angst?
Überzeugt davon, dass ich sämtliche privaten und persönlichen Schwierigkeiten auf die Reihe kriegen werde, fahre ich wieder nach Hause.

November 1987
Stark wie ein Baum, wild entschlossen, mein Leben und das meiner Familie in wunderbare Bahnen zu lenken, so packe ich meine Koffer. Ich werde es mir nicht mehr nehmen lassen, verlasst euch drauf, ihr alle!
Es macht nichts, dass ich nicht wirklich stark wie ein Baum bin, eher ein noch schwaches Bäumchen. Gut, aber das kann wachsen. *Also los, lass dich nicht unterkriegen, sieh den Tatsachen ins Auge, pack es an*, so putsche ich mich hoch.
Ich freue mich weder auf meinen Mann, der mich, seinem strahlenden Gesicht nach, überaus glücklich abholt, noch auf meine Arbeit in der Gaststätte, noch auf mein Zuhause.
Meine Augen strahlen nicht.
Aufmerksamkeit, Gepflegtheit, Ruhe, Tanz, Spaß, Lachen, meine Wunschgegend tausche ich allzu nüchtern ein gegen

Kneipe, Pommes, Fettgeruch, Toiletten, Stress. Warum und worauf soll ich mich also freuen? Ist das, was vor mir liegt, etwa ein plausibler Grund?
Doch da gibt es etwas – die Hoffnung!
Und meine feste Überzeugung, dass ich nun alles Quälende ändern will/kann, verwandelt sie in eine Tatsache.
Ich habe genug Kraft, bestimmt! Jetzt endlich werde ich sie richtig einsetzen. Uns Entspannung verschaffen, mich derart nachdrücklich verständlich machen, dass meine Lieben begreifen und mitziehen. Wir werden es zusammen schaffen, ganz sicher. Wenn wir endlich Frieden im Haus haben wollen, werden wir es auch schaffen müssen, und zwar alle fünf. Jawohl, genau dieses Ziel werde ich ab sofort verfolgen und nicht mehr aus den Augen lassen. Am Ende werden wir gut miteinander auskommen, eine Familie sein, wie ich sie mir immer erträumte.
Ja, sicher habe ich genug Kraft.
Nicht einen Tag lasse ich unnütz verstreichen, bin bereits auf der Heimfahrt, nach anfänglichem, verstocktem Schweigen, ein einziger, erregter Redefluss.
Doch je aufgeregter und eindringlicher ich auf meinen Mann einrede, desto deutlicher werden mir meine zwiespältigen Gefühle. Unbehaglich spüre ich, dass die Intensität meines Ausbruchs im Grunde nicht ihm gilt, sondern *mir*. Ich rede mir meine guten Vorsätze regelrecht ein.
Muss ich auch. Denn wahrhaftig, ich bin nicht glücklich. Meine seelisch ruhige Zeit ist vorbei, das ist allzu gegenwärtig. Nicht nur Trennungsschmerz, sondern auch eine hilflose Wut darüber, dass ich doch wieder meine Schlachten schlagen muss, kriecht in mir hoch, würgt gute Vorsätze, sorgfältig Durchdachtes erbarmungslos ab. Selbst die Hoffnung droht sich dünne zu machen, überwältigt von der unterschwelligen Ahnung, dass sich eh nichts ändern wird. Rein vorsorglich bin ich schon jetzt aufgebracht über die zu erwartenden Niederlagen.

Ich will nicht mehr zurück zu dem, was war! Alles in mir sperrt sich dagegen.
Mein trotzig aufgefrischter, aber absolut ernst gemeinter guter Wille kann kaum darüber hinwegtäuschen. Ich fühle mich zerrissen zwischen meinem optimistischen Wunschdenken und der Realität. Launisch wechsele ich von einem Lager ins andere, bin einen Satz lang gut drauf, um mit dem nächsten alles zunichtezumachen.
Dieser konfusen, eher trüben Stimmung entsprechend, gehe ich es dann auch hart an, ja fast brutal. Fordernd, wenig einfühlsam schimpfe und wettere ich, spreche eher von meinen natürlich (!?) glücklich machenden Vorstellungen, als es auf Grundlage der gewonnenen Erkenntnisse behutsam, verständnisvoll anzugehen. Ich knalle es Wolfgang nur so vor, was ich mir alles nicht mehr gefallen lassen werde. Vergesse ganz und gar, dass ihn dieser Riesensprung über fünf Wochen hinweg ganz einfach überfordert.
Sicher, er kann es sich anhören (vielleicht ist er ja bereits selbst ein Stück in diese Richtung gegangen?), erst recht, da am Ende Vernünftiges, Gutes herauskommen soll.
Doch verstehen – und das möglichst sofort – einerseits und augenblicklich umsetzen andererseits, das ist selbst mit dem besten Vorsatz nicht möglich.
Ich, nicht er, habe mit professioneller Hilfe alles systematisch, psychologisch durchleuchtet, auseinandergenommen und damit die Dringlichkeit erkannt. Ich muss es ihm weitergeben, er *kann* es so noch nicht wissen! (Aufsässiger Hintergedanke: *Warum eigentlich nicht, hat er nicht auch einen Kopf und Zeit zum Nachdenken gehabt?*)
Selbstverständlich ist für ihn ebenfalls unfassbar, dass er so gar keine Freude bei mir entdeckt.
Wie könnte er auch? *Ich* hatte Gelegenheit, unser Verhältnis zu analysieren, er steht vor dem nicht begreifbaren Ergebnis. Seit Langem schon entferne ich mich von ihm, jetzt kaschiere ich

es lediglich nicht mehr, stehe dazu. Nur so, auf die ehrliche Art, haben wir überhaupt eine Chance, die Dinge zu ändern. Er spürt die Distanz, die bittere, kalte Wahrheit, und weiß doch nicht, welche Entwicklung ich durchgemacht habe.
Aber ich erkläre es ihm ja nun, radikal. Ich schäme mich, dass ich es nicht besser zu tun in der Lage war. Ganz sicher will ich keinen Zweifel am Ernst der Lage aufkommen lassen, die Änderung partout erzwingen. Es zärtlich zu vermitteln ist absolut unmöglich, weil ich mich gerade mit großer Trauer von Zärtlichkeit verabschiedet habe.
Sie ist gegangen, und mit ihr eine Zeit der Träume!
Da kommt er, die nüchterne, wenig glücklich machende Realität! Erschüttert über so viel nicht-mehr-Liebe, bleibt er wortlos, lässt es auf sich einprasseln. Aus den Augenwinkeln sehe ich, dass er weint.

Das macht mich endlich sanft.
Vielleicht will ja auch er einen Neuanfang?
Nun erst ist es mir möglich, ruhig und friedlich darzulegen, was meine Hoffnungen sind.
Ich rede über seine Mutter. Bauchspeicheldrüsenkrebs – ist das nicht die schlimmste Form? – hatte sie erwischt. Ich rede darüber, wie sie buchstäblich verreckt ist. Wir waren jeden Tag bei ihr. Und jeden Tag, an dem sie noch in der Lage war, zu sprechen, hörten wir die gleichen Worte: „Kinder, macht euch nicht kaputt, eure Ehe zerbricht daran! Ich bitte euch, glaubt mir! Ich habe mich geplagt, mein Leben lang, auch dann noch, als es nicht mehr dringend nötig war. Mein Gott, was habe ich alles *nicht* getan? Wie gern würde ich es heute noch einmal versuchen, was war scheinbar alles nicht möglich? O mein Gott (Dieses „O mein Gott“, sie sagte es immer wieder.), warum sehe ich das erst jetzt? Warum habe ich nie eine Reise gemacht, mir so wenig Gutes angetan? Wie viel Schönes habe ich nicht gesehen?“ Sie weinte.

„Warum, warum, warum?“ Immer und immer wieder, jeden Tag, bis sie nicht mehr sprechen konnte, nur noch stöhnen. Anders, verbittert, kommt genau dasselbe von meiner Mutter: „Was habe ich schon gehabt vom Leben?“
Und wie sah es, unterm Strich betrachtet, bei meinem Vater aus?

„Bitte, wir können doch nur daraus lernen. Erinnere dich an unsere ursprünglichen Pläne, wie gut wir anfingen, was wir erreichen wollten. Es kann und darf nicht sein, dass wir daran kaputtgehen. Lass' es uns bewusst neu anpacken. Vernünftig! Ruhig! Wir dürfen nicht nur hetzen, schuften. Wenig Gutes ist bisher dabei herausgekommen. Lass' uns dafür sorgen, dass wir nicht mehr überrollt werden, dass wir uns immer wieder auf uns besinnen! Ich bitte dich, denk darüber nach, dann kann es uns vielleicht gelingen!
Und was mich angeht: Ja, ich habe viel zu viel getrunken! Viel zu viel Zerstörendes ist schon passiert. Ich weiß, dass ich mich im Suff den Gästen gegenüber oft verächtlich benommen habe. Das entsprach meiner inneren Stimmung, meiner Wahrnehmung dessen, was rund um mich geschah. Doch, ich sehe es ein, geschäftlich betrachtet waren das grobe Fehler, viel zu viele gehen auf mein Konto, schlimm und vielleicht gar nicht wieder gutzumachen. So lange wir dort noch stehen, gebe ich fortan mein Bestes, das verspreche ich.
Ich weiß, Geschäft ist Geschäft, Schnaps ist Schnaps, aber mein Leben ist auch mein Leben! So, wie es bis jetzt lief, macht es mich unglücklich, damit krank. Wir müssen unser beider Leben dringend in erträgliche Bahnen leiten. Es muss eine Ecke frei bleiben, in der wir glücklich sein können!
Und, in der Hauptsache: Auch du, mein Lieber, trinkst viel zu viel! Erkenne es endlich und hör auf damit! Ich bitte dich von Herzen! Nicht nur für uns, weit mehr für dich. Viel, sehr viel, wird sich damit zum Guten wenden.“

Oh, noch einiges mehr habe ich während dieser fünf Stunden langen Heimfahrt auf dem Herzen. Da kommen sie noch einmal hoch, unsere Schwerpunkte Sex, Gaststätte, Kinder. Bislang hat sich in dieser Hinsicht nichts verändert, der Vorwurf bleibt im Raum. Doch so, in sanfter Tonlage, muss es doch zu verstehen sein? Besänftigt dadurch, dass ich ihm nicht allein die Schuld zuschiebe, kann er es auch annehmen. Es sieht so aus, als wären wir uns einig.
Ich habe noch eine kleine Wunde auszuheilen, die mir die Kur doch eingebracht hat, danach sollte uns eigentlich nichts mehr im Wege stehen, so hoffe ich.

Wahrhaftig, wie ein Wasserfall habe ich geredet, die Vorschläge und guten Vorsätze sprudelten nur so aus mir heraus, lediglich bei der wichtigsten Einsicht – Wann geben wir die Gaststätte auf? – fehlte der Nachdruck. Ungemein kraftvoll, energisch, überzeugend waren sämtliche Argumente. Mein Mann hatte wenig dagegenzuhalten. Womöglich hätte er sogar nachgegeben.
WARUM haben wir keine Nägel mit Köpfen gemacht, verdammt noch mal!? Bessere Voraussetzungen waren doch nicht denkbar.
Ich musste es wohl, wie alles in meinem Leben, ausleben. An meine Grenzen stoßen. Und ich stieß schmerzhaft, lehrreich, nachhaltig.

Flüsternde Bedenken lassen die wichtigste Einsicht in der Versenkung verschwinden: Jetzt, nach diesem Gespräch, wird alles besser … das ist geldmäßig gar nicht machbar … wir haben dann viel weniger Knete … was ist mit den Schulden … die schöne Kneipe, wie kann ich sie aufgeben … zehn Jahre können wir doch nicht einfach beenden … es muss ja nicht gleich sein … die Kinder müssten zurückstecken … was mache ich dann … „Chefin“ gibt es dann nicht mehr … Selbstständigkeit

ade … alles kostet so viel Kraft, Zeit, Mühe … der Abschied …
Alles bedeutet so eine Riesenveränderung!
Schlimm hin, schlimm her; immerhin befinde ich mich auf mir bekanntem, vertrautem Terrain!
Wir machen es – **ja!** Nur etwas später!

Trügerisch alles zusammen, die zweifelhaften Gründe und mein Zustand. Nun, nach meiner Aussprache (!), fühle ich mich entschieden wohler. Glaube zuversichtlich allen Ernstes, auch mein Trinken vollständig im Griff zu haben. Habe ich das nicht in den letzten fünf Wochen bewiesen? Vergessen die Rückfälle nach Monaten andauernder Abstinenz.
Jetzt wird alles anders, besser, schöner! Und wir machen ja auch Schluss – nur nicht gleich!

Ich habe Alarm geschlagen, laut und deutlich. Klar, vernünftig und gut vernehmlich meinen Befürchtungen Luft gemacht. Doch so laut und lange kann ich gar nicht schreien, toben, bitten und betteln, dass ich gehört werde. Erst recht nicht, dass etwas passiert.

Oh, die Familie findet es beachtlich, *wie* ich wieder zu Hause antanze. Bemerkenswert, in der Tat. Genauso wie meine neuen An- und Einsichten, die erstaunliche Ruhe. Ja doch, insgesamt gut verträglich, die aufpolierte Ehefrau und Mutter. Und das Trinken hat sie, der Figur nach zu urteilen, wohl auch gelassen. Wirklich enorm, das muss man anerkennen. An der gebührenden Bewunderung soll es nicht scheitern. Ich bekomme sie, für kurze Zeit.
Und das war's dann auch!
Ich gebe mir Mühe, rede im trauten Familienkreis nicht nur einmal über mich, über uns, darüber, was mich überlastet, ka-

puttmacht, was hilft. Insbesondere in Richtung meiner Söhne und der Stieftochter geht mein Appell. „Macht es uns nicht so schwer. Übernehmt Aufgaben, es ist an der Zeit. Und zwar unaufgefordert, ohne Murren, eben als Selbstverständlichkeit. Gönnt uns ebenfalls Freiraum."

Sie sind lieb, alle drei. Keiner von ihnen will uns bewusst Kopfzerbrechen bereiten. Ihre Herzen sind gut, ich weiß es, ich kenne sie genau. Ebenso weiß ich, dass wir ihnen keineswegs gleichgültig sind, ihnen sehr wohl daran liegt, dass wir zufrieden leben und ruhig schlafen können. Wenn ich sie um etwas bitte, tun sie es. Meistens.

Warum habe ich dann trotzdem das Gefühl, alles allein am Hals zu haben? Dass weiterhin alle an mir zerren?

Ich möchte schimpfen über ihre häufigen Dickfelligkeiten, die mir „ganz normal" das Leben schwermachen, aber kleinste Gefälligkeiten ihrerseits ersticken diese Anwandlungen im Keim. Sofort bin ich dankbar, kann einfach nicht mehr realistisch urteilen. Der mütterliche Blickwinkel beeinflusst, neutralisiert, verharmlost.

Sind meine Ansprüche überhaupt berechtigt? Kann/darf ich ihnen Mithilfe abverlangen, oder wälze ich damit nur bequem meine Verantwortung ab? Sie gehen noch zur Schule, haben ein erhebliches Pensum zu erledigen. Bin ich womöglich egoistisch, zu sehr auf mein Wohl bedacht? Was ist selbstverständlich und wann erwarte ich zu viel? Ich will sie nicht ausnutzen.

Die dauernde Unsicherheit, meine Selbstzweifel sowohl beim Ja als auch beim Nein machen es mir nicht leichter. Die gesammelte Kraft wollte ich nutzen, um etwas Neues durchzusetzen. Und was ist dabei herausgekommen? Abgesehen davon, dass ich einen Klappmann mache, gar nichts!

Die Kinder sind auch schuldig im Sinne meiner Anklage, schuldig an dem aufziehenden Unheil. Aber nur zu einem Quäntchen. Das Quäntchen liegt darin, dass sie weiterhin

enorm viel Kraft, Geduld und Nerven kosten. Das macht mich kirre, mürbe, nervös; es zehrt an meinem gesamten Körperhaushalt.
Sie sind zu jung, damit überfordert. Einfühlungsvermögen setzt eigene, schmerzhafte Erfahrungen voraus, die sie noch nicht gemacht haben.
Die Euphorie für Neues, nur ich habe diese Marotte. Damit bin ich eindeutig in der Minderheit. Das Alte, Gewohnte und damit Bequeme macht sich mühelos wieder in unserem Alltag breit.
Ich lasse es zu.
Es lag an mir, konsequent auf Abgemachtes zu pochen. Doch die Versuche, es so hinzukriegen, dass wir alle profitieren würden, kosteten derart viel Kraft, waren so aussichtslos, dass ich aufgab. Den kläglichen Kraftrest brauchte ich, um Aktuelles aushalten zu können.
Meine Familie war schon zu verwöhnt, das sind die Tatsachen. Ich habe keine Ahnung, was ich hätte tun müssen, damit sie mein Anliegen, die Dringlichkeit dahinter verstanden hätte.

Der Widerstand, der mich lähmt und daran hindert voranzukommen, mich stattdessen auf der Stelle treten lässt, muss schon schlimm sein, denn wie sonst ist es möglich, dass ich mich eines Tages in drastischer Weise ausklinke und völlig hysterisch, ohnmächtig vor Wut mit voller, schmerzhafter Wucht der Länge nach hinschmeiße, um mit Fäusten, Füßen, dem Kopf auf den Boden einzuhämmern wie ein kleines Kind, das seinen Willen nicht bekommt, dabei fortwährend kreische, dass ich nicht mehr kann? – Und diesen Affentanz nur deshalb aufführe, weil ich, nachdem in der Wohnung gerade alles sauber und in Ordnung war, in der Nacht erschöpft und müde aus der Kneipe komme, um erneut festzustellen, dass ich in einem Schweinestall hause? Niemand hat sich bemüht, diese mir wichtige Sauberkeit auch nur für eine kurze Weile zu erhalten.

Wohin ich auch blicke, überall ist es klebrig, speckig, dreckig. „Mein Gott, wir machen es doch wieder sauber!“ Wenn es mich so stört, kann ich ja von vorne anfangen!
Schreien, schreien, schreien ist meine Reaktion.
„Nun ist sie total verrückt geworden.“ Der gesamte Anhang steht rat- und hilflos neben mir. Oder haben sie Schuldgefühle? „Die Sache ist doch gar nicht so dramatisch“, so stellt es sich aus ihrer – und nach einiger Beruhigung auch aus meiner – Sicht dar. Aber warum bin ich dann dermaßen ausgerastet? Hatte sich in mir wieder unbemerkt so viel Verzweiflung angesammelt?
Wie groß muss mein Frust gewesen sein, dass er sich auf diese Weise Bahn brach? Welch eine Riesenkraft steckte immer noch in mir, obwohl ich schon wieder vom Alkohol geschwächt war? Und wie verschwenderisch sich diese Kraft entlud! Unnütz!
Nein, den schönen neuen Anfang, es hat ihn nie gegeben.

Am Abgrund

Der Mann, der den Berg abtrug, war derselbe, der anfing, kleine Steine wegzutragen.

CHINESISCHES SPRICHWORT

Alles zerstören wir!
Ein Scherbenhaufen bleibt übrig. Alkoholiker werden wir. Magische Konfrontation der Zapfhahn. Mit dem ersten Strahl Bier wird das eigene Glas gefüllt und bis zum Feierabend nicht leer. Wir sitzen an der Quelle, im Schlaraffenland, können uns bedienen. Wolfgang sagt, wir bekommen es ja günstig. Bei ihm wird es offenbar zum Freibier, er säuft.
Zehn Jahre lang arbeiten wir beide hinter der Theke, und er schafft es kaum einen Tag, nüchtern zu bleiben. Konsequent, als wär's die einzig wahre Lebensform, hält er nicht nur seinen Spiegel, sondern poliert ihn des Öfteren tüchtig auf, bringt ihn durch totale Trunkenheit zum Glänzen.
Ich fange harmlos an, um ihn am Ende bei Weitem zu übertreffen. An den Geschmack von Bier muss ich mich sogar erst gewöhnen, trinke anfangs tatsächlich nur gegen den Durst. Mal ein paar Bier, auf den ganzen Abend verteilt, verschwindend wenig. In dem Maße, in dem aus einer tüchtigen, selbstbewussten Frau eine unsichere, ängstliche Person voller Minderwertigkeitsgefühle wird, steigt mein Konsum. Oder eher umgekehrt? In dem Maße, in dem mein Konsum steigt, werde ich unsicherer?

Wochen-, nein, monatelang warte ich auf den Mut, den nun folgenden Teil zu erzählen, und auf die nötigen Geistesblitze, um ihn gut zu erzählen. Allein bei dem Gedanken, damit zu

beginnen, wird mir übel, setzen Magenschmerzen ein, wird mein Gesicht bleich, bekomme ich Herzklopfen.
Und da steht sie, die Schreibmaschine. Sie wird zum beängstigenden Magneten. Mich mit ihr einzulassen, bedeutet Kräfte freizusetzen, mit der Garantie, kraftlos und ausgelaugt zurückzubleiben. Bedeutet weitere schlaflose Nächte, Verzweiflung und Mutlosigkeit. Es nicht zu tun, heißt, der Kloß im Hals, im Magen bleibt, verursacht weiterhin Brechreiz, körperliches Unbehagen.
Ruhelos tigere ich durch die Wohnung, den Garten, erledige fahrig, halbherzig selbst unliebsame Arbeiten, lege mich in die Wanne (Nie wieder liege ich so oft in der Wanne!) – es nutzt mir nichts! Ich weiß, ich werde keine Ruhe finden, wenn ich mich nicht auf meinen Hintern setze und rauslasse, was raus will. Diese Unruhe, sie gärt in mir, wird ungeheuerlich, ist nicht mehr auszuhalten.
Ich habe Wehen!
Muss Schweres endlich befreiend loswerden.
Aber es wühlt so auf, deprimiert, macht so kalt und tut so weh!

Die Auseinandersetzung mit diesem Kapitel in meinem Leben erfordert weit mehr Kraft als die beiden Marathonläufe. Da wusste ich wenigstens, was vor mir lag: exakt 42,195 km. Das war übersichtlich. Nun türmt sich vor mir eine schier unüberwindliche seelische Riesenklippe auf. Wenn ich nur daran denke, sie anzugehen, bin ich schon völlig erschöpft. Es ist so viel, zu viel ineinander verknäult. Ich werde es nie sortieren können. Mein Vorhaben droht an seiner Wahnsinnsgröße zu ersticken, in einer bleiernen, alles lähmenden Müdigkeit unterzugehen – und sorgt damit für neuerliche, hochgradige Unrast, denn nun ärgert mich meine Untätigkeit. Unerledigt, nicht verarbeitet, lagert Müll in meinem Kopf, lässt mich keine Sekunde lang los, wird zu einer ständig schwerer wiegenden Last. Ich bin gehetzt,

getrieben, stehe unter enormem Druck und fühle mich doch zu saft- und kraftlos, um diesen Druck in Worte umzusetzen.
Habe ich schließlich doch mühselig ein bisschen Zuversicht zusammengekratzt, gibt abgrundtiefe Unsicherheit Grund zur Resignation.
Was ist mir denn schon Schreckliches passiert? Wer bin ich denn schon? Vielleicht gar unangenehm anmaßend maßlos, eingebildet? Von etwas völlig Banalem beseelt, das lediglich von mir aufgebauscht und wichtig gemacht wird?
Was wird dabei herauskommen? Garantiert keine Anerkennung!
Aber es gibt doch auch simple Schlager, seichte Filmchen, Talkshows mit sich absolut wichtig nehmenden „Stars"! Es gibt Politiker, die das eine sagen und das andere tun und zusammenfallen, sieht man genauer hin! So viele sind von sich überzeugt und fühlen sich ganz selbstverständlich wie die Größten. Da sie sich überall präsentieren können und gebührlich beachtet werden, zweifelt das scheinbar auch niemand an.
Warum also muss ich mir Mut machen, etwas loszuwerden, sei es auch nur für mich selbst?
Weil ich mir selbst nicht glaube? Weil ich alles, was mich bewegt, für klein und unbedeutend halte, nicht der Rede wert? Wo ist mein Selbstbewusstsein? Mein Selbstwertgefühl? Sie sind doch nur dann da, wenn ich auf meinen Bauch höre, dem Druck nachgebe und endlich das tue, was ich tun muss: Mir meine persönliche Katastrophe von der Seele schreiben.

Über Wochen und Monate hinweg motiviere ich mich täglich, stündlich auf diese Weise, doch endlich anzufangen. Auch wenn alles, was ich nun zu sagen habe, hässlich, beschämend und mit üblem Nachgeschmack auf mich zurückfällt.

Innerhalb von drei Jahren ging ich unter. Das Geschehen dieser Jahre an- und zuzuordnen, in eine vernünftige (!) Reihen-

folge zu bringen – das scheint nicht nur unmöglich, es *ist* unmöglich. Ich verstehe es ja selbst nicht mehr, wie soll es ein anderer begreifen können?
Es muss chaotisch werden, weil es das Chaos war!
Alles greift willkürlich ineinander, ist nicht gesondert zu betrachten und voneinander zu trennen.
Ich habe keinen blassen Schimmer, wie, wo, wann ich aus diesem unheilvollen Durcheinander den roten Faden ziehen soll. Ich kann nichts tun, außer einfach und endlich anzufangen.

Whisky, das war es diesmal!
Normalerweise muss ich gleich den Laden aufmachen, aber ich befinde mich nicht in einem normalen Zustand, denn ich liege mit dem Inhalt einer halben Flasche Whisky im Bauch auf dem kalten Kachelboden hinter der Theke.
Vorher schützte ich mich vor übler Nachrede, beseitigte instinktiv alle Indizien dafür, dass sich hier jemand aufhält, schloss ab, machte das Licht aus. Nun ist der Raum dunkel und ruhig, und ich bin verborgen.
Mir ist völlig klar, dass ich sternhagelvoll bin, doch ich registriere alle Einzelheiten: die große, wuchtige Theke, die über mir rundum verläuft und in die ich quasi eingebettet bin, den harten Boden, die Farbe der abgetretenen Fliesen, die laute Stille, meine niederschmetternde Schwäche. Weiß sehr genau, dass ich zielstrebig auf diesen Zustand hingearbeitet habe.

Für heute muss als Anlass und Entschuldigung die Toilette herhalten. Mit der fange ich beim Saubermachen immer an. Letztes Mal war es die Küche, die ganz besonders fettig aussah und mich mit ihrem Wust an Geschirr derart deprimierte, dass ich darauf erst einmal einen Schluck trinken musste. Gewissermaßen zur Aufmunterung. *Nur ich muss immer und immer im Dreck wühlen! Kein anderer sonst. Ich bin für alles Speckige, Klebrige,*

Unangenehme zuständig. Diese Überzeugung musste erst einmal weggespült werden. Was hatte da geholfen? Escorial? Ratzeputz? Oder eine Literflasche Wein? Rot oder weiß?
Und beim vorletzten Mal, war da nicht mein Blutdruck so verdammt niedrig, dass eine Flasche Sekt herhalten musste, damit mein stocklahmer Kreislauf in Schwung kam? Und beim vorvorletzten Mal?

Diesmal war es Whisky.
Guter Whisky! Schön warm läuft er mir durch die Kehle, noch im letzten Winkel meines Körpers fühle ich ihn. Komisch, immer muss ich mich beim ersten Glas leicht schütteln, schwer definierbar, widersprüchlich ist das Empfinden beim Runterschütten. Ich mag ihn erst gar nicht, dann verändert sich seltsamerweise der Geschmack, und schließlich kann ich nicht genug davon bekommen, er ist fast köstlich.
Ich achte darauf, dass die Prozente stimmen, schließlich brauche ich die Wirkung. Wein, Sekt oder – noch harmloser – Bier ist dafür nicht so gut geeignet, weil endlos reingekippt werden muss, bis der gewünschte Zustand erreicht ist.

Diesmal war es Whisky.
Es musste also schnell gehen, ich fühlte mich anscheinend ganz besonders schlecht. Dabei war doch gar keine Kotze in der urinstinkenden Herrentoilette! Sie war ganz normal dreckig. Wahrscheinlich handelt es sich schon fast um einen Reflex, der ausgelöst wird, sobald ich mir die Toiletten vornehme. Die Erinnerung daran, was ich dort im Laufe der Jahre schon alles beseitigen musste, und – schlimmer – die Überlegung, wie lange das wohl noch so weitergeht, das werden die Gründe sein.

Ich kann nicht öffnen! Das ist eine Premiere für mich. Bisher wusste ich immer genau, wann ich besser aufhöre. Eine kleine Trinkpause genügte meist, um mich wieder ein wenig klar zu

bekommen. Der Rest waren starke Konzentration und Selbstbeherrschung, auf diese Weise überstand ich die Abende meistens.
Gerade so viel drin zu haben, dass nicht von Nüchternheit und auch nicht von Volltrunkenheit die Rede sein kann, das ist die Kunst. So viel, dass ich einem völlig fremden Menschen allein in der Gaststätte die Zeit vertreibe, die Hemmschwelle weg ist. Dass aus mir eine Stimmungskanone wird, fröhlich, unterhaltsam, einfach stark das Weib. Gerade so viel, dass ich den ganzen Scheiß ertragen kann!
Mittlerweile konnte ich den Grad meiner Trunken-/Besoffenheit gut einschätzen.
Diesmal war es zu viel!

Ich kann nicht öffnen, liege also auf dem Boden und weiß um den Ärger, der nun folgen wird. Der rechtzeitige Ausstieg ist nicht gelungen. Mit einem Schlag, ohne jede Vorwarnung hat es mich umgehauen. Ich habe mir doch immer nur einen kleinen Schluck eingeschenkt! Na ja, am Ende vielleicht etwas größere … Aber ich habe doch gar nichts gemerkt, außer, dass es mir nicht mehr so viel ausmachte, die Toilette zu schrubben! Und jetzt bin ich plötzlich von einer Minute auf die andere stockbesoffen. Da ist nichts mehr zu retten oder zu vertuschen. Mein Gesicht spielt leider nicht mit, es gerät aus den Fugen, wird zu dick, als dass es übersehen werden könnte. Ich liege buchstäblich fließend als Schluck Wasser in der Kurve. Von zusammenreißen oder Konzentration kann keine Rede mehr sein, ich kann nur noch das Donnerwetter abwarten.
In zwei Stunden kommt er, dann geht es los: vorwurfsvoller Blick, Enttäuschung, Resignation, Schelte, nicht gar so schlimme Worte, doch das alles reicht schon. Den Rest besorge ich weitaus gründlicher selbst. Scham, Angewidertsein, Verachtung, Selbstvorwürfe, Ekel wegen der eigenen Schwäche, des

furchtbaren Aussehens. Bei seinem vorwurfsvollen Blick geht *in mir* das Donnerwetter los!

An der Tür wird gerüttelt. Ich höre die Verärgerung darüber, dass ich nicht funktioniere, nicht pünktlich, freundlich, bereit bin, sie, die Gäste, abzufüllen. Sie haben ein Recht darauf, schließlich bezahlen sie auch. Ich habe es wohl nicht mehr nötig!? Nicht nur ich habe Ärger, sie auch, sie wollen das Bier, den Wein, den Schnaps! Was fällt mir ein, ihnen das vorzuenthalten? Unerhört! Wie kann ich besoffen sein, bevor sie genug haben?

Rosen stehen bei meiner Rückkehr aus der Kur auf dem Tisch. Nicht drei „Ich-liebe-dich"-Rosen, sondern ein Strauß. Schön sehen sie aus, ich freue mich. Was können sie dafür, was ich denke? Einigen scheint es nicht gut zu gehen, lassen sie doch schon am nächsten Tag die Köpfe hängen. *Auch euch werde ich helfen. Nur eine Nacht in nassem Zeitungspapier, und ihr werdet sehen, die Köpfe stehen wieder aufrecht, gerade.*
Zwölf Stunden liegen sie im Wasser, ich schneide sie schön an, dann stehen sie wieder in der Vase, aufrecht, gerade, wie versprochen – für wenige Stunden, danach ist es endgültig aus mit ihnen. Die zwölf Stunden Tanken haben nicht gereicht.

Sechs Wochen Kur reichen mir nicht, um allen Hindernissen, die nach kürzester Zeit meinen Weg blockieren, zum Trotz stabil, selbstbewusst zu bleiben. Wie die Rosen mache ich bei der erstbesten Gelegenheit schlapp, lasse den Kopf hängen und kann somit nichts mehr überblicken.
Die 18-Jährige, die wachsende Unsicherheit, kein Sex, der Ärger wegen der Kinder, das alles waren meine Gründe, mich zuzuschütten. Bis zur Kur. Danach sollte alles anders werden.

Eine 34-Jährige, die bleibende Unsicherheit, kein Sex, der Ärger wegen der Kinder, das sind wieder meine Gründe, mich abzufüllen, blind und taub zu machen für alles, was ich absolut nicht mehr ertragen kann und will.
Die „erstbeste Gelegenheit“, das schreibt sich so läppisch, doch geht es gleich in die Vollen, wie mit der Flasche Wodka-Feige, eine Granate.

Unsere Tage hier sind sowieso gezählt, denke ich von der Gaststätte, daher ist meine Stimmung trotz der tristen Arbeiten eher positiv, fast lustig. Privat lässt es sich ganz gut an, ich hoffe, dass wir nun die Kurve kriegen. Den Alkohol habe ich bisher gut im Griff, es gibt also in jeder Hinsicht Grund genug, nicht aufzustecken.
Bis zum Hammerschlag!

„Als die Wirtin zur Kur war, hat der ganze Ort gerätselt, wer wen geschafft hat, der Wirt Paula oder Paula den Wirt?“

Genau das bekomme ich zu hören, nachdem ich eine Weile wieder im Lande bin und mit meinem „faulen Arsch“ an der vollbesetzten Theke sitze. Gerade läuft keine laute Musik, umso lauter klingt dieser verhängnisvolle Satz. Sehr verständlich, sehr anzüglich und unüberhörbar.
Mit einem Ruck wenden sich mir alle Köpfe zu. Voller Spannung sieht mich jeder an: Was passiert jetzt, wie wird sie reagieren?
Ich weiß es nicht – gar nicht … Mir bleibt der Mund offen stehen. Bestimmt habe ich mich verhört, etwas falsch verstanden!? Doch die Atmosphäre sagt mir, ich habe sehr wohl verstanden.
Ich begreife immer noch nicht, wiederhole das Gesagte entsetzt und frage eine neben mir Sitzende, ob sie das genauso gehört hat? Ja, hat sie. Eine Unverschämtheit, sagt sie.

Mit Riesenaugen starre ich ungläubig den Wirt, meinen Mann an, gewiss wird er entrüstet sein und sich solche Sprüche verbitten. Ganz bestimmt! *Bitte!*
Aber … er grinst (genüsslich?), hantiert weiter mit den Gläsern, schenkt Bier ein, trinkt selbst, klönt – als sei nichts geschehen!
„Gib mir ein Bier und einen Korn“, reagiere ich unbeholfen, dumm, ratlos, befehle es geradezu. Sofort, ruckzuck, steht das Gewünschte vor mir, und noch einmal und noch einmal. Es löst meine Starre auf.
Eine ungeheure Wut bricht in mir aus.
Dieses Schwein!
Er hat mich zur Kur gebracht und wieder abgeholt („Seine Frau ist auf den Zug nicht angewiesen.“), mich beim Wiedersehen an sich gerissen, sofort mit mir geschlafen, auf der Heimfahrt geweint, weil ich mich nicht so freute wie er, mir Rosen auf den Tisch gestellt … und was bitte stand wirklich dahinter?
Nicht ein eventueller Seitensprung, die *Täuschung* bringt mich zur Raserei.
Ich war nicht so unehrlich, ihm etwas vorzuspielen. Deutlich war es mir anzusehen. Eine direkte Frage seinerseits, das weiß er nur zu gut, hätte ihm eine aufrichtige Antwort eingebracht. Auch, warum ich es tat. Ich habe ihn nicht getäuscht. Aber er, dieser feine Mann, wollte sein Image aufrechterhalten. „Ich bin treu, ich liebe dich …“ Und so weiter, den ganzen Schrott.
Ich hasse ihn!
Und stänkere, nicht laut, aber hörbar, sehr zum Vergnügen der Anwesenden. Keiner steht auf, keiner geht nach Hause. Was sich hier so abspielt, ist viel zu interessant. Es kann nur spannender werden, denn die Wirtin ist nun garantiert bald betrunken.
„Verschwinde nach Hause, verpiss dich!“ Hugh, der Wirt hat gesprochen und meint *mich* damit. Das ist das Einzige, was er zu dieser Ungeheuerlichkeit zu sagen hat.

Ich verpisse mich ins Auto, um meine erste Schreckensfahrt zu absolvieren. 40 km muss ich schaffen, in den Deister. Dort wohnt meine Schwester.
Es ist mitten in der Nacht. Das ist vielleicht mein Glück und auch das der anderen, denn die Autobahn ist frei. Frei für meinen Rennwagen, denn ich fahre nicht, ich liefere mir ein Rennen. Volltrunken rase ich über die Bahn. Ich kann nachts schlecht sehen, fahre ungern und unsicher. Diese Nacht nicht – ich habe alles *voll* im Blick. Nie bin ich so gut gefahren! Völlig angstfrei, rasant nehme ich Baustellen und sonstige Hindernisse im Flug. Dass ich sie ein ums andere Mal erst im letzten Moment bemerke, ändert nichts an meiner souveränen Fahrtüchtigkeit.
In Lebensgefahr, praktisch tot – hier bin ich es zum ersten Mal. Pures Entsetzen in den Augen meiner Schwester. Die Vorwürfe, der Ärger folgen später, als ich beides aufnehmen kann. Sie schimpft, weil ich rücksichtslos andere, nicht nur mich, gefährdet habe, und fragt nach meinem Verstand.

Eine steile Stiege führt direkt ins Bett. Rauf – voll – schaffe ich es, runter klammere ich mich förmlich an das Geländer.
Zwei Tage braucht mein Körper, um annähernd nüchtern zu werden. Kaum weicht der Alkohol, gehe ich an ihre Flaschen. Heimlich. Nicht um mich zu betrinken, sondern weil mir sonst zu übel ist, mir buchstäblich das Gleichgewicht fehlt.
Ich bin nicht in der Lage, irgendetwas zu tun, lungere nur herum. Kreisende Gedanken legen mich lahm.
Warum, wieso, weshalb? Es gibt keine Antwort.
Drei Tage bleibe ich dort, stiere ratlos vor mich hin, bin für keine guten Worte zugänglich. Dann fahre ich nach Hause, stürme die Wohnung dieser Frau, um sie hysterisch anzuschreien: „Lass meinen Mann in Ruhe!“
Dafür gibt mir der so Begehrte den Rest.

Lebensgefahr Nummer zwei, der neuerliche Weg zu meiner Schwester. So krank und verrückt bin ich nun. Viel zu viel ist in meinem Kopf, ich kann es einfach nicht mehr entwirren.
Jetzt bin ich wirklich blöd!
Inwieweit ich mich selbst verblöde, inwieweit das die anderen besorgen, ich weiß es nicht.
„Natürlich" stimmt wieder alles nicht, „natürlich" bilde ich mir alles nur ein. Ich habe eben eine lebhafte Fantasie! Die habe ich in der Tat, doch was meine Augen sehen, sehen sie.

Auch sie ist alleinstehend, tanzt gern, insbesondere mit meinem Mann. Selbstvergessen schweben beide durch den dunklen Teil des Raumes. Genau deshalb sehe ich zweimal hin. Ich will keine Pferde scheu machen, doch jeder Irrtum ist ausgeschlossen, ich sehe richtig. Sie küssen sich nicht, sie verschlingen einander geradezu. Keine Spur von Harmlosigkeit, nein, Gier, Hingabe treffen es besser.
Der Tanz ist zu Ende. Ich mache keine Pferde scheu, sage nur leise, aber drohend: „Hör auf damit!"
Ich spinne ja, er hat sie doch gar nicht geküsst! Ich bin ja irre! Er dreht völlig ab. Ein, zwei, drei, vier, fünf (teure) Gläser fliegen durch die Gaststätte, mit unbeschreiblichem Jähzorn geworfen. Ein Glas ist nicht zerschmettert genug, er hebt es auf, um es erneut zu Boden schleudern zu können. Dabei schneidet er sich tief in den Finger. Das mit jedem Pulsschlag ausströmende Blut macht ihn noch wütender. Weiß wie die Wand (ich warte auf den Schaum vor seinem Mund) steht *er* als Irrer da – weil ich gesehen habe, dass er knutscht!
Hossa, die Gäste bleiben, hier ist was los!
Ich trage nicht dazu bei. Je mehr er tobt, desto ruhiger werde ich. Alles andere – so sagt mir mein Verstand – würde Verheerendes auslösen. Die Tatsache, dass ich schweige, sorgt schließ-

lich dafür, dass er sich abregt. Eine äußerst unterhaltsame Szene ist vorbei. Es kann normal weitergehen.
Mir ist jetzt allerdings endgültig klar, dass er wirklich darauf aus ist, meine Wahrnehmungen zu untergraben. Ich habe *gesehen*, dass er sie geküsst hat, und er behauptet, er hat nicht. Das *ist!* irremachen.
Warum? Was bezweckt er damit?
Seit zehn Jahren ist sie bereits geschieden, diese durchgestylte Frau mit den immer gleich toupierten Haaren. Am liebsten hat sie Verhältnisse mit Ehemännern, die sind so bequem, nur die schönen Stunden will sie, den Rest kann die werte Gattin gern behalten, das hat sie mir erzählt. Drei Männer buhlen um sie, darum, für sie zahlen zu dürfen. Huldvoll lässt sie es geschehen, achtet aber geschickt darauf, dass niemand etwas fordern kann. Der Dritte im Bunde ist der Wirt!
Ihr neuer Ring in dieser Zeit muss nicht von ihm sein.
Trotzdem: Ich spinne nicht!

Was gilt hier eigentlich? Worauf kann ich mich wirklich einrichten und verlassen? Ich weiß gar nichts mehr, verliere den Boden unter den Füßen.
Trinke!
Abgrundtiefe Verbitterung macht sich in mir breit. Der Verlauf, der Inhalt unserer Ehe … „Kleines“ hier, „Kleines“ da, putt, putt. Einschläferungstaktik. Wie wenig ist er auf meine Bedürfnisse, auf das mir Wesentliche doch eingegangen! Gar nicht! Scheinbar, um anderen diese Zuwendung und Sex zu geben. Warum?
Schlapp ist schlapp – nur bei mir? Schläft er seit so vielen Jahren nicht mit mir, weil er satt ist? Lebe ich mit einem Don Juan zusammen und weiß es nur nicht?
Wenn ja, was tut er mir Furchtbares an?

Hat er überhaupt eine Ahnung davon, welche Auswirkungen unser unbefriedigendes Sexleben auf mich und unsere Ehe hatte? Müsste er eigentlich, ich habe doch wirklich nichts ausgelassen, um ihm das klarzumachen!
Die zärtlich hervorgebrachten Worte, die ich ihm eindringlich, die Gunst der Stunde nutzend, zuflüsterte, nachdem wir dann doch mal (Sternschnuppen-) Sex hatten. Was blieb davon bei ihm hängen? Nur Frust?
Wie kann dieser Mann, der vorgibt, mich zu lieben, mich derart hungern lassen? Mich derart täuschen, ohne schlechtes Gewissen?
Mich damit so in die Enge treiben, dass ich meinerseits unter den Druck gerate, mir zu holen, was ich nicht bekomme?
Fragen, Fragen, Fragen.
Was ist das bloß für ein Mann an meiner Seite? Selbst nach so vielen Jahren werde ich nicht schlau aus ihm.

„Zuckerbrot und Peitsche", das könnte die Überschrift für die Art sein, wie er mit mir umgeht. Da sind die Momente, in denen er mir alles recht machen will; unsere Urlaube allein zu zweit sind durchweg schön. Fast könnte man meinen, er ordnet sich meinen Ansprüchen unter, so sehr ist er darauf bedacht, dass durchgeführt wird, was mich zufrieden macht. Sein warmer Blick dabei, das liebevolle Lächeln, die Harmonie, der Gleichklang, ja beinahe auch die körperliche Berührung – alles wirkt so echt und ehrlich. Und dann „Verpiss dich"! Ich begreife es einfach nicht.
Und hätte doch gewarnt sein müssen, denn seine sanfte Art verschwand einige wenige Male abrupt und ein mir fremder Mann explodierte förmlich. Hass, Wut, Verachtung pur schleuderte er mir dann entgegen, böse, gemeine Worte für und über mich sprudelten nur so aus ihm heraus, grenzenlos verbittert dabei sein Gesichtsausdruck, drohend seine Körpersprache und Haltung.

Unvermittelt, scheinbar ohne besonderen Anlass zog dieses Gewitter auf, entlud sich Aufgestautes, ließ mich sprachlos, zerstört zurück, um genauso schnell abzuziehen und Helligkeit, Stille, frischer, gesunder Luft – bei ihm – zu weichen. Friedfertig stand mir dann wieder der alte, mir vertraute Mann gegenüber.
Was war das? Was ist in ihm? Warum ist er so wütend geworden? Was hat ihn derart verbittert, warum spricht er nicht darüber? Wieso hat er es so lange für sich behalten? Damit kann man doch nicht leben! Wir wollten doch immer über alles reden, nur so können wir einander verstehen! Ohnmächtig angesichts dessen, was ich nicht regeln kann, weil ich nicht darum *weiß*, bleibe ich entgeistert zurück.
Ich kenne diesen Mann bis heute nicht!

Ich glaube, er war sich dessen entweder gar nicht bewusst oder konnte es nicht abstellen. Er sorgte dafür, dass wir nie *wir* wurden. Seine introvertierte Art – er mauerte sich buchstäblich ein – zersetzte unsere Beziehung. Sie faulte regelrecht. Dermaßen zugeknöpft war er für mich nicht fassbar. So blieb ich ahnungslos (oder wurde bewusst so gehalten), ob und in welchem Ausmaß etwas im Argen lag. Woran arbeiten, wenn es offenbar keine Arbeit gibt? Ich befand mich im luftleeren Raum. Allein.

Sehr schnell, viel zu schnell, wurde aus der jungen, dynamischen Frau mit der schlanken Figur und den wieder glänzenden, neugierigen Augen ein Wrack. Nur die Augen glänzten weiterhin, aber nicht vor Neugier, diesen Glanz verschaffte der köstliche, beruhigende Alkohol.
Auch Stärke, Gewissheit, Wahrheit konnte er geben.
So kann und darf es nicht weitergehen, ganz klar sah ich es immer im Suff. *So kann und will ich nicht leben, es muss anders werden oder ich muss mich scheiden lassen.*

Los, geh endlich los!
Ehrlich, kompromisslos die versoffenen, einzig richtigen Ansichten …
Mit der einsetzenden Nüchternheit stellten sich ihnen die Schranken der Vernunft in den Weg, türmten sich die Ängste zu Bergen, die nicht zu bewältigen waren.
Nüchtern: Panik.
Ich gehe nicht los, bleibe liegen. Lange, lange. Eine kraftraubende Zeit. Ich muss es durchleben, durch, unbedingt. Aber irgendwie gehe ich ja doch weiter, stoße irgendwann an meine Grenze, die zur Wende zwingt.
Irgendwann!

Sehr oft bin ich nun eine Besoffene unter Besoffenen. Die Zeit des Kotzens und der Übelkeit beginnt für mich.
Eine Zeit der Verzweiflung, der Tränen, der Ohnmacht darüber, was mit mir geschieht und was ich nicht ändern kann, weil die Kraft, die Gesundheit dazu fehlen.
Einzig unser kleiner Mischlingshund spürt diesen intensiven Kummer. Er beschützte, kümmerte sich zuvor in der Hauptsache um sein Herrchen, meinen jüngeren Sohn. Nun jedoch sagt ihm sein Hundeinstinkt, braucht eine andere viel dringender Zuwendung. Hemmungslos schluchzend, betrunken liege ich im Bett, fühle mich von Gott und der Welt verlassen. Tapp, tapp, tapp schiebt er sich durch die Tür, winselt, um ins Bett zu dürfen, hüpft schließlich herauf, schmiegt sich ganz fest an meinen Rücken … Ich bin diesem Tier dankbar, werde es nie vergessen.

Die erste „unberechtigte“ Ohrfeige, ich bekomme sie von Wolfgang nicht wegen Trunkenheit (dann hätte auch er jeden Tag Prügel verdient), nein, ich verdanke sie einer missglückten Diskussion. Friedlich will ich ihm jüngste, normale, keineswegs provozierende Geschehnisse innerhalb der Familie erklären, zu

seinem besseren Verständnis. Ich teile ihm lediglich meine Gedanken mit, denke, er fühle sich dadurch eingebunden, nicht außen vor.
Ahnungslos tappe ich in sein hasserfülltes Inneres. Das Gespräch führt zu einem erbitterten Streit, in dessen Verlauf ich wieder mal zu seiner Gegnerin werde, die Kinder zu seinen Feinden. Mitten in der Nacht will er nun dem Grund für seine entfachte Wut, meinem Sohn, ins Gesicht sagen, „was für ein Arschloch er ist".
Der „Grund" liegt längst im Bett, schläft den Schlaf der Gerechten, ahnungslos, was sich über seinem Kopf zusammenbraut. Da unterhalten sich zwei über ihn, werden sich nicht einig, und er soll aus dem Bett gezerrt werden?
Das kann ich nicht zulassen!
Ich stelle mich schützend vor die Tür, bitte Wolfgang leise und eindringlich: „Lass ihn zufrieden, was hat er dir getan? Er weiß doch gar nicht, was los ist!"
Das interessiert nicht. Er will ihm jetzt an die Gurgel. Mit aller Macht versuche ich, ihn daran zu hindern, blockiere, ziehe, zerre, schubse. Doch auch riesige Mutterkräfte machen mich in diesem verbissenen Kampf, den wir uns erstmals handgreiflich liefern, nicht stärker.
Er will da rein, niemand hält ihn davon ab! Er geht mir grob an die Wäsche, sieht böse, gemein und gefährlich aus. Gleich wird er es geschafft haben, am Bett sein, seinen Hass an dem Jungen auslassen! In meiner ohnmächtigen Verzweiflung hole ich aus und knalle ihm eine, schreie hysterisch: „Du lässt ihn zufrieden, verdammt noch mal!"
Seine kochende Wut bricht sich Bahn. Prompt kriege ich eine zurückgeknallt, fliege quer über den Flur und bleibe heulend liegen.
Wer wen damit zur Besinnung bringt, bleibt die Frage, aber nun ist Ruhe. Es ist vorbei.
Ruhe und Reue stellen sich ein … bei ihm.

Bei mir werden die Risse zur Kluft.

Alkohol hat wieder eine Rolle dabei gespielt, er schafft uns beide. Immer schneller und schneller gehen wir einem Drama entgegen.
Die kurzen Pausen auf diesem Weg bringen nicht die Erkenntnis. *Gebt die Gaststätte auf oder verschafft euch ganz, ganz schnell Distanz. Betrachtet einige Zeit lang alles aus der Ferne, wenn möglich ohne Alkohol.*
Nein, wir bleiben bis zum bitteren Ende darin hängen – beide.

Hilferufe

Du mein Freund Alkohol …

a) Wann tranken Sie zum ersten Mal Alkohol?

Mein bewusstes Trinken begann mit meiner ersten Scheidung. Das gab ich aber auch wieder auf. Dann kam die Gaststätte. Ich trank erst immer nur ein Bier mit. Je frustrierter ich über einige Dinge in der Gaststätte und in meinem Privatleben wurde, desto mehr trank ich. Ich machte unter Alkoholeinfluss viele Fehler, wegen der ich mich am nächsten Tage einfach schämte. Um meine Komplexe zu überspielen und lustig, witzig zu sein, trank ich immer mehr Alkohol. In den letzten zwei, drei Jahren kann man sagen, dass ich gesoffen habe. Trinken konnte man das nicht mehr nennen. Ich trank den ganzen Abend, was mir unter die Finger kam. Bier (zehn große) und Kümmerlinge (ab zehn aufwärts), oder zwei Liter Weißwein und mehr, bis es reichte. Korn, Whisky, Weinbrand, wirklich einfach alles.
Erst nur abends in der Gaststätte, dann auch morgens, und später lief ich mehrmals am Tag über die Straße in das Lokal, um schnell mal zwei bis drei Kurze wegzukippen.

b) Wie waren Ihre Trinkgewohnheiten, wie veränderte Sie der Alkohol?

Ich habe heimlich, schnell, hastig und unkontrolliert getrunken. Der Alkohol veränderte mich je nach der Stimmung, die um mich herum herrschte. War ich in lustiger Gesellschaft, wurde auch ich lustig, gesellig usw. War die Atmosphäre geladen, war ich gereizt, aggressiv, erregt. Eigentlich lebte ich dann meine unterdrückten Gefühle aus. Ich hatte eben keinerlei Hemmungen mehr.

c) Welche körperlichen Entzugserscheinungen kennen Sie von sich, und wie verstehen Sie, dass Sie abhängig wurden?

Meine Entzugserscheinungen waren zitternde Hände, Schweißausbrüche, eine große innere Unruhe und Angst.
Ich war total unzufrieden mit Art und Umfang meiner Arbeit. Mit meinem Privatleben ebenfalls. Ich hatte das Gefühl, ich tue nichts mehr für mich, ich lebe überhaupt nicht mehr, wühle nur noch im Dreck und schufte. Zu allem, was mir Spaß macht, hatte ich keine Zeit mehr. Ich lief im Kreis und alles schien sinnlos. Ich fühlte mich unverstanden. Am Ende war ich zu müde zum Kämpfen und habe einfach getrunken, weil ich dann nicht mehr so deprimiert war.

Kurz ist die Beschreibung, die ich dem Therapeuten fünf Monate nach meinem Zusammenbruch liefere, und sie sagt eigentlich alles.

… und wie verstehen Sie, dass Sie abhängig wurden?

Binnen 16 Monaten war ich, die 21-Jährige, zweifache Mutter. „Wie schaffen Sie das bloß?“, wurde ich oft gefragt, wenn ich mit den beiden kleinen Würmchen bei Wind und Wetter losstiefelte, eines im Kinderwagen, das andere obendrauf. Ich wusste nie, was diese Leute damit meinten. Die Kinder waren da, mussten versorgt werden, Ende. Und mir ging es gut dabei. Alle Frauen schaffen das, egal, wie viel es sein mag. Es ist also nichts Ungewöhnliches, womit ich mich brüsten könnte.
Erst im Rückblick betrachtet und auf einen Haufen gepackt wird es viel, sodass sich auch mir die Frage stellt, wie ich es damals tatsächlich so gut geschafft habe, alles unter einen Hut zu kriegen, Arbeit, Kinder, Hobbys, Ehe, Haushalt, Garten und und und.

Dass man unter Druck/Stress gestanden hat, bemerkt man erst, wenn er nicht mehr da ist, davon bin ich überzeugt.
Ebenso geht es mir bei der Beurteilung der Schwere meiner Alkoholkrankheit. Seitdem ich trocken bin, weiß ich erst, wie besoffen ich immer war. Der nicht getrunkene Tropfen unterstreicht Tag für Tag die zuvor konsumierten Unmengen. Ich wusste zwar, welche Stufe ich bereits in der Jellinekkurve erreicht hatte, aber *wie schlimm* es wirklich seelisch und körperlich um mich stand, konnte ich erst daran erkennen, wie viele Jahre mein schmerzhafter, schwerer Weg zur Gesundheit dauerte.
Nur so ist auch zu verstehen, warum ich nicht realisierte, *wie sehr* ich schon damals unter Dauerstress stand. Ein ausgefüllter, lauter, lebendiger Tag und eine nicht minder arbeitsreiche, anspruchsvolle Nacht bis in den frühen Morgen – wie ich das geschafft habe, ist mir bis heute ein Rätsel.

O ja, ich sorge schon für die Berechtigung meiner Sauferei, krame aus dem Haufen von Problemen und Sorgen einige zusammen, denn davon habe ich wahrhaftig genug.

Die schlechte Beziehung zwischen Wolfgang und meinen Söhnen – ein guter Grund, sich gelegentlich eine Traumfamilie anzutrinken.
Unsere Ehe ist und bleibt Grund Nummer zwei.
Grund Nummer drei: Wenn ich mal nicht trinke, bereiten mir wachsende Existenzängste schlaflose, sorgenvolle, zergrübelte Nächte. Während ich mich im Bett ruhelos von einer Seite auf die andere wälze, mein Kissen und mein Laken zerwühle, rechne ich von vorn nach hinten, von hinten nach vorn, kalkuliere und stelle Prognosen bis zur heulenden Erschöpfung.
Denn ich ahne Schlimmes!
Eine vertragsmäßig nicht erlaubte Konkurrenzgaststätte, keine 20 Meter neben uns, ist der Grund für meine Befürchtungen. Die Unterlassungsklausel im Pachtvertrag war mit Bedacht

festgelegt worden, sollte zusätzlicher Garant für uns sein. Die abgelegene Geschäftsgegend verlangte diese Sicherheitsmaßnahme, um das Bestehen wenigstens *einer* Gaststätte zu gewährleisten.
Ich lasse mir diesen Vertragsbruch natürlich nicht gefallen, gehe, unterstützt vom Rechtsanwalt und den Gesetzesparagrafen, dagegen an. In altbewährter Form wird die Lösung dieses Problems mir überlassen.
Wo ist mein Partner, mein Ehemann?
Das Geschäft läuft auf meinen Namen, es geht ihn alles gar nichts an. Das Geld, ja, das will er schon gern zählen und verwalten, aber sonst? Er steht wieder mal draußen.
Ich, 1,67 klein, wage es also, mich mit dem Immobiliengiganten anzulegen. Schließlich bin ich im Recht! Nur weil er so ein reiches, hohes Tier ist, kann ich doch nicht ducken, mir ungehindert, einfach so, den Verliererstempel aufdrücken lassen!
Schon des Öfteren musste ich ihn auf seine eigenen Klauseln hinweisen, die er scheinbar nur der Form halber aufgesetzt hatte, um sie danach ruckzuck zu vergessen.
Ja, ich mache ihm Ärger. Ganze Häuserblocks hat er als Architekt gebaut, und da komme ich daher, störe seine Kreise und Pläne, indem ich den Pachtvertrag richtig gelesen und verstanden wissen will. Mit meiner dauernden Rechthaberei werde ich äußerst unsympathisch und unangenehm. Wo käme er denn hin, ließe er sich von so einem kleinen Licht unterbuttern? Er will einen neuen, nur für ihn günstigen Vertrag und einen anderen Mieter.
Die geschickt formulierte Kündigung, die bei näherer Betrachtung (nachdem es zu spät war) gar keine ist, versetzt mich in Angst und Schrecken. Angst und Alkohol lähmen mich, ich kann nicht mehr logisch denken. Er hat überhaupt keine Möglichkeit, uns rauszuschmeißen, aber ich sehe uns schon draußen.
Und dann?

Eine Schreckensvision nach der anderen breitet sich vor mir aus. Die komplett eigenfinanzierte Einrichtung, wohin damit? Wie soll es weitergehen? Wir können sie uns doch nicht auf den Rücken binden und woanders einfach wieder aufbauen! Wo auch? Wir werden in Schulden versinken! Panik bricht in mir aus.
Unter dem Unstern der geschäftlichen Anspannung steht nun auch der Umgang mit „den Freunden“, unseren Gästen. Niemals hätte ich es für möglich gehalten, aber nach fast zehn gemeinsam durchlaufenen Jahren wechseln viele gleich am Tage der Eröffnung zum Konkurrenten.
Zehn Jahre, in denen wir einander nahegekommen sind, zusammen gelacht, getanzt, Spaß gehabt haben – abgehakt, als hätte es sie nie gegeben. Unsere Gäste gehen nicht nur mal hier-, mal dorthin, sie *wechseln*!
Vielleicht ist das normal, gewiss haben auch wir dazu beigetragen, vielleicht wollten sie einfach nur etwas Neues – trotzdem, es ist zu viel für mich, ich werde es nie verstehen.
Ich muss mit ansehen, wie Paul, Erna, Anne, Fritz entweder betont langsam an unserer Gaststätte vorbeiflanieren oder hastig, mit abgewandtem Gesicht (möglichst noch einen Hut in die Stirn gezogen) vorbeirennen, um sich nebenan die Hucke vollzuhauen. Höhnisch grinsend haben einige sichtlich ihre Freude daran, uns zu zeigen, wo es langgeht. Warum nur?
Tja, so ist das eben, dämmert es mir. *Sie haben uns in der Hand, haben die Macht, darüber zu entscheiden, ob es uns weiterhin geben soll oder nicht.* Die ohnehin schon bestehende Unsicherheit, die Enttäuschung – beides wächst ins Unermessliche.
Ich bin nicht mehr gut! Ich war nie eine gute Wirtin, das habe ich nun davon! Der große Gastraum, viel zu oft ist er jetzt herzbeklemmend, gähnend leer. Nur vereinzelt sitzt der eine oder andere an der Theke. Der immer niedriger werdende Umsatz bringt mich an den Rand des Wahnsinns (wobei das Mate-

rielle fast zweitrangig ist). Meine Statistik, ich führe sie schon gar nicht mehr. Fett rot geht die Kurve rasant nach unten.

Wolfgang steht nicht/nie hinter mir. Schuld habe nämlich nur *ich* am Untergang, an dieser verdammten Misere. *Ihm* wäre das alles nicht passiert, hätte ich ihn gelassen. (Das glaube ich sogar!) Aber immerhin: Er versucht zu retten, was zu retten ist – das erzählt er allen, die es hören wollen.
Er versucht es, indem mal er einen ausgibt, dann der Gast einen ausgibt, er wieder einen ausgibt, dann der Gast … Idiotisch! Schleimig, verlogen, finde ich. Nein, *so* will ich mich nicht verkaufen. Plusminusnull, diese Augenwischerei.
Vorwürfe, jeden Tag bekomme ich sie nun zu hören. Frech, fröhlich, frei – anfangs war ich das mal, eine richtige Stimmungskanone.
Locker, impulsiv, tanzfreudig, so präsentierte ich mich und damit unsere Kneipe. Wenn etwas los war, und das war oft der Fall, hatte meist ich es losgemacht. Und jetzt? Die Abende sind weiterhin gelungen, auch mit wenigen Gästen, aber nun wache ich am anderen Morgen mit schlechtem Gewissen (und dickem Kopf) auf.
Habe ich es nicht, wird es mir eingeredet.
Dass ich etwas in Gang bringe, ist okay, nur auffallen soll ich nach Möglichkeit nicht mehr dabei. (Wie das?)
Nun habe ich auf einmal zu viel gelacht, zu viel getanzt, zu viel geredet, zu viel geschwiegen und vor allen Dingen – natürlich – zu viel getrunken. Es spielt keine Rolle, dass auch das Glas vom Wirt nie leer wird, ist er doch ein Mann. Es spielt weiter keine Rolle, dass überhaupt alle saufen, viele jeden Abend kommen (Was ist mit der Familie?) und höchst selbstverständlich dauerhaft zu viel Promille in sich haben.
Ich falle auf, die Beobachtung konzentriert sich einzig auf mich, als wäre ich allein im Raum.

So fasse ich es auf, und meine Fantasie und meine Gestörtheit geben mir den Rest, malen die dazu passenden Bilder.
Von Selbstzweifeln gequält, trage ich die Nase nicht mehr oben, verhalte mich (nüchtern) eher geduckt. Ich versuche, in den Gesichtern meiner Gäste zu lesen, mich selbst durchforste ich:
Wie unmöglich war ich wieder mal?
Mein „Saufen" = unerlaubtes Tun!
Der Druck wird immer stärker, eine erdrückende Last. Immer öfter taucht in meinem Kopf die Frage auf: Bin ich überhaupt noch gut, als Wirtin, Frau, Mutter, Tochter, Freundin?
Der Wirt/Ehemann sagt NEIN.
Während der gesamten Ehe, aber insbesondere in meiner Saufphase, spricht er mir nicht nur meine Fähigkeiten ab, sondern will mir auch meine Wahrnehmungen aus- und seine Eindrücke einreden. Gegen Ende unserer Ehe tut er das auf besonders widerwärtige Art; er nutzt meine Unsicherheit aus, suggeriert mir buchstäblich Unmögliches. Hält mich, sein „Kleines", klein, hässlich, indem er mich in Schuldgefühlen für Taten untergehen lässt, die nachweislich gar nicht passiert sind. Also für NICHTS!
Ich bin sicher, dass sich ein Vorfall, bei dem ich schlecht dastehe, nicht so abspielte, wie er es mir weismachen will, und bin doch unsicher. Ihm kann es recht sein.
Ich hasse, verachte ihn dafür.
Dass er immer wieder versucht, mein ohnehin klägliches Selbstbewusstsein zu zerstören, mich irre zu machen, als blöde hinzustellen, das Fundament meiner Persönlichkeit zu untergraben, dies alles ist maßgeblich für das Ende unserer Ehe.
Ich bin nicht mehr tüchtig, ganz offensichtlich krank, also tauge ich nichts mehr. Abgeurteilt. So wie es bisher meinen Kindern erging, ergeht es nun auch mir. Beklagt sich der zahlende Gast beim Wirt über das Fehlverhalten der Wirtin, überprüft

dieser nicht den Wahrheitsgehalt, hält die Beschwerde prompt für berechtigt und stellt sich gegen mich.
Verächtlich spricht er nun über die Frau, die er „immer lieben wird". Hinter ihrem Rücken, wohlgemerkt. Vorn herum „liebt er mich abgöttisch" ... Merke ich das denn nicht?
„Ich habe meine Schäfchen schon im Trockenen ... Ich möchte, dass meine Tochter hier mit einsteigt, sie (ich!) hat ja nichts mehr im Griff, rafft es kaum noch. Ja," – ein verzweifelter Augenaufschlag – „ich weiß auch nicht weiter, sie (ich!) ist nicht mehr ganz da, eben ein bisschen plemplem."
Ich ahne von alledem nichts, es wird mir fürsorglich nachgetragen.

O ja, meine Kummerkiste ist groß und ergiebig. Auch die lieben Kinder gehören schon mal hinein.
Die Stieftochter, die Söhne, sie kommen oft in die Gaststätte, auch, um bei Engpässen zu helfen. Längst haben sie bemerkt, dass ihre Mutter Probleme mit dem Alkohol hat, aber nicht, dass sie selbst bereits viel zu viel erschreckend gut vertragen. „Take it easy!", leben sie sich locker aus. „Mach dir doch keinen Kopf, denk lieber an dich!", sagen sie mir. Wie geht das? Ich mach mir einen Kopf, sorge mich. Prost!

Und weil ich immer noch nicht begreifen will, nichts verdaue, nichts davon wirklich verarbeite, sondern im Gegenteil alles unterdrücke und verdränge, beschwert sich mein grundehrlicher, überstrapazierter Körper. Er macht nämlich den ganzen Hokuspokus nicht mehr mit, rebelliert, wird krank. Anfangs nur mahnend, gibt er hier und dort deutliche Hinweise – sie rütteln mich nicht wach. Ich werde noch bitter bereuen, dass ich sie ignoriere.
Ein ständiges Brausen im linken Arm, als sei eine Dusche darin oder als würden Millionen Ameisen in ihm umherkrabbeln, so reagiert mein Körper auf die allzu große Belastung. Es wird so

schlimm, dass ich tatsächlich zum Arzt muss. Mein Halswirbel sei gefährlich abgenutzt, sagt er. Wenn ich nicht vernünftig sei, würden schwere, nicht wieder gutzumachende Schäden entstehen, die mich in den Rollstuhl bringen.
Laufen, joggen, Tabletts mit Gläsern tragen, stehen, alles wird mir strengstens verboten. Viel liegen soll ich, viel schwimmen – „aber um Himmels willen nur auf dem Rücken. Denken Sie daran, es ist wirklich gefährlich!"
Nie mehr Marathon, sagt der Arzt. Nie mehr Joggen. Tränen. Das, was mich befreit, darf ich nicht mehr.
„Was ist daran so schlimm? Das ist doch eh sehr unvernünftig", sagt mein Mann. Hinter der Theke stehen, Tabletts mit schweren Gläsern tragen, den Wäschekorb, den Fetteimer, das allerdings kann ich auch mit der Halskrause …

17 Uhr! Allerhöchste Zeit, die nötigen Vorbereitungen in der Gaststätte zu treffen. Schon am frühen Nachmittag sehe ich fortwährend nervös auf die Uhr, ob ich nun endlich rüber „muss". Gedanklich bin ich sowieso schon dort, warum also nicht auch körperlich!? Immer früher meine „notwendigen" Anfangszeiten.
Ich kann genau sagen, was sich abspielt, sobald ich meinen Laden betrete. Die Reihenfolge ist magisch.

Sofort fange ich an zu zittern.
Ein Blick auf die Uhr, wie viel Zeit habe ich?
Ich schließe sorgfältig hinter mir ab.

Erst jetzt geht der Blick in die Runde.
Über der Küche, den Toiletten, dem Gastraum liegt die Stimmung der letzten Nacht. Leere oder halb volle Gläser, volle Aschenbecher, abgebrannte Kerzen auf dem Tresen, den Tischen, schmutziges Geschirr in der Küche. Der Geruch nach Bier, Zigaretten, Essen.

Diese Spuren müssen bis 18 Uhr beseitigt sein, die Wirtin frisch, gut gelaunt. Diese Vorgaben sind eher abtörnend. Klagen nutzt mir gar nichts. *Los, fang an, damit hört doch auch das Zittern auf!* Jeden Tag der gleiche Ruck.
Ich öffne den Zapfhahn, mit dem Vorsatz, lediglich das in der Leitung stehende Bier abzulassen, wie es sich gehört. Bedauernder Gedanke: *Eigentlich schade drum. Es ist doch nicht verdorben.* Vorsicht, nicht zu viel darf in den Ausguss fließen, da gibt's ja noch mein Glas! Doch es dauert mir zu lange, bis sich der Schaum setzt, zur trinkbaren Flüssigkeit wird, also geht bereits beim Aufdrehen des Hahnes ein abschätzender Blick (*Was trinke ich heute?*), dann der Griff nach oben, ins Regal.
Wein heute? Oder vorweg etwas richtig Kratzendes, Spürbares – Ratzeputz vielleicht? (Ein erbarmungsloses, extrem raues Gesöff, wirkt sofort!) Sekt ist auch nicht schlecht … Eine ganze Pulle oder die Piccolos? Manchmal schlage ich mir lässig Kümmerlinge auf – …*linge*, denn ich greife gierig gleich drei auf einmal. (Sie schmecken absolut scheußlich.)
Oder ich nehme mein eigenes, niedliches kleines Schnapsfässchen, um es drei, vier, fünfmal schnell hintereinander mit Bismarck zu füllen. Widerlich, das erste Glas. Ganz, ganz langsam muss ich ihn runterschlucken, versucht er doch tatsächlich so manches Mal wieder hochzukommen, macht die Kehle richtig zu. Völlig abdichten, das schafft sie nicht. Wenn ich die Flüssigkeit in winzigen Rationen rechts und links an dem würgenden Kloß in meinem Hals vorbei runterlaufen lasse, vorsichtig abwartend, bis das geschafft ist, wird auch der sich aufbäumende Magen überlistet, und dann, ja dann geht es bald besser, können die Schlucke größer werden.
Ich trickse meisterhaft. Der Mund ist voll mit Schnaps, aber für meinen Körper wahrnehmbar entlasse ich scheinbar wenig ins Innere. Wenig + wenig + wenig = immer mehr.
Sucht- gegen Körperwillen, haha … Ich gewinne!

Nicht nur die Schlucke können größer werden, der kleine, niedliche Schnapsstamper tut es auch nicht mehr, es muss ein Wasserglas sein – voll!
Mutterseelenallein sitze ich in meiner tollen Kneipe vor der Theke oder in meiner gemütlichen Ecke, drücke mir x-mal dieselben sehnsüchtigen Schlager in der Musikbox, träume davon, was ich eigentlich vom Leben will und auch wieder nicht will, denn ich weine bei dem Gedanken, aufgeben zu müssen … und besaufe mich, statt aufzuräumen.
Wie stolz habe ich hier einmal angefangen – und nun? Trauer. Wie stehe ich besoffen da? Was ist aus mir geworden? Wie lange werde ich all dies noch besitzen? Was für ein jämmerlicher Niedergang.
Das muss durchdacht werden, Schwermut, jeden Tag. Immerhin durchdacht.
Nach spätestens einer halben Stunde muss ich auf die Toilette. Entweder habe ich Durchfall oder ich muss brechen. Danach ist der Blutdruck so runter, dass ich mich irgendwie aufputschen muss. Womit? Wieder Sekt?
Nun gilt es allerdings, ernsthaft aufzupassen, denn ich muss da einiges bedenken: „Du bist ja betrunken!“ oder „Du trinkst ja schon wieder, lass’ das!“ – für mich macht das keinen Unterschied, ich will das nicht hören. Hauptsächlich meine Kinder und Freunde gehen mir damit auf die Nerven, weil sie es ja so gut mit mir meinen. Tun sie das? Die anderen stören mich nicht, können ruhig vor sich hinlabern, sind sie doch durchweg kein bisschen besser.
Ich weiß selbst, dass ich zu viel trinke. Will, nein, *muss* es aber. Was ich nicht will, sind die Blicke, die Worte, die Auseinandersetzungen, die Diskussionen. Viel zu anstrengend, das Ganze.
Ebenso wenig will ich meine Kinder enttäuschen, ihnen Angst einjagen, sie beunruhigen. „Keine Sorge, ich bin stark, es geht schon, verlasst euch darauf.“ Nun gilt es, entsprechend dosiert

zu trinken. Ich werde es irgendwann in den Griff bekommen, will selbst nicht, dass mit dem Finger auf mich gezeigt wird!

Nur Scheiße, ich sitze regelrecht auf dem Präsentierteller, werde rundum beobachtet. Also habe ich mit Schlag 18 Uhr einige weitere Probleme. Dringend: Bis dahin muss ich wieder einigermaßen auf den Damm sein. Nicht ganz so schwierig: Wie trinke ich am besten weiter, damit die Menge, die ich bereits benötige, nicht registriert wird? Ich kann ja nicht den ganzen Abend in der Küche Soßen kochen, für die ich Weinbrand, Rotwein oder Sherry brauche!

Und: Ich *muss* die Nacht durchstehen, arbeiten. Kann mich nicht einfach in die Ecke legen, mich gehen lassen (noch nicht). *Pass auf, wie viel du trinkst! Du darfst nicht abstürzen.* Sie ist da, diese warnende Stimme in mir – ohne Pause.

Aber ich hab's ja im Griff: Zwei Stunden Trinkpause, d.h. Wasser, bringen mich tatsächlich über kritische Zeiten, mit dem angenehmen Nebeneffekt, dass mein Wasser wohlwollend – „Na endlich!“ – bemerkt wird.

Niemand soll begreifen, soll sich überhaupt Gedanken darüber machen, *wie* ich innerhalb kurzer Zeit derart betrunken sein kann! In die Nähe des Gedankens lasse ich sie nicht, denn offensichtlich habe ich doch nichts getrunken! Jedenfalls nichts, das der Rede wert wäre. Ich trinke *sichtlich* „normal“, bin damit nicht allein im Mittelfeld.

Da das Sichtbare nicht reicht, muss ich sie leider ein wenig hintergehen. Sehr erleichternd dabei, und vorteilhaft für mich, ist die Tatsache, dass sich mein fleißiger Körper der täglichen Droge anpasst, mit der Zeit Unmengen verträgt. Nur wenige, mich gut kennende Beobachter schätzen meinen Dauerzustand richtig ein.

Ich muss viel haben, sie dürfen es nicht merken, ich darf nicht aus dem Rahmen fallen!

Meine Fähigkeiten setze ich dazu ein, das alles unter einen Hut zu bekommen. Not macht erfinderisch, heißt es nicht so? Oh, meine Not ist groß, größer allerdings mein Erfindungsreichtum und meine Trickkiste. Sie ist rappelvoll. Eine Strategin, eine wahre Zauberkünstlerin, ja, das bin ich.
Der Wirt macht mir dabei die wenigsten Schwierigkeiten. Läppisch einfach, Tag für Tag dasselbe Ritual: Gehe ich allein als Erste rüber, gibt es kein Problem. Pech für mich, wenn er mitkommt, ich mir, eben nicht allein, andere Möglichkeiten suchen muss.
Aber ich brauche es! Kann sonst nicht locker mit dem ersten Gast reden, bin gehemmt, unsicher. Ich bekomme regelrecht Angst, sobald sich der Erste einstellt, und Panik, wenn – nun selten genug – der Laden richtig voll wird.
Ist er voll, habe ich Angst, ist er leer, werde ich unruhig.
Nebenan ist ein Kiosk. Dort gibt es Schokolade, Zeitungen …
„Wolfgang, holst du bitte mal eben …?“ Er holt, das Problem ist gelöst.
Innerhalb von fünf Minuten schaffe ich es, meine Augen zum Glänzen zu bringen. Aus einer lustlosen, trüben Tasse eine Frau hervorzuzaubern, die gelassen, witzig und gestärkt dem Abend entgegensieht. Der Wirt bemerkt es jedes Mal, weiß, warum sie glänzen, und lässt sich weiterhin von mir schicken.
Der Abend kann kommen … na und!
Leider kommt der Morgen auch.
„Prost“, „Prosit“ oder „Auf ein Neues“, so variantenreich, mir aufmunternd auf die eigene Schulter klopfend, beginne ich bald nicht nur den Abend, sondern auch meinen Tag. (Ich sage es mir tatsächlich laut.)
So *muss* ich ihn beginnen. Ob ich will oder nicht, diese Frage stellt sich mir gar nicht mehr.
Da ist der verheerende Zustand nach dem Aufwachen, fast möchte ich nicht mehr wach werden.

Innere Unruhe, Willenlosigkeit 100 %. Wie ein Sack Mehl liege ich im Bett, nichts darf ich rühren. Speiübel, der Blick nach innen gerichtet, alles grausig feststellend. Ein Fingerzucken genügt, sofort würde ich brechen, also nichts bewegen bitte! Wie kann Blut derart spürbar, gewaltig durch die Adern rauschen, ganzkörperlich, wellengleich? Dabei muss ich ja seekrank werden!
Ich bin kein Körper, ich bin das MEER.
Ich rühre wirklich nichts! Vorsichtig denke ich sogar meine beweglichen Gedanken, zwei an der Zahl.
Warum, um Himmels willen, musst du das haben, du Miststück, du blöde Kuh, du Idiotin, das kann doch nicht sein, dass du einfach nicht begreifen willst, du bringst dich um, heute, ganz bestimmt hörst du auf damit, ganz bestimmt … Schluss, Schluss, Schluss ist heute, jetzt …

… Wie, mein Gott, komme ich überhaupt hoch, wie kriege ich jetzt bloß Schnaps?

Nach endloser Zeit, in der absolut gar nichts geht, benötige ich schier überdimensionale Kräfte, um aufzustehen, bündele diese Kräfte, um laufen zu können, ein Rennen in die Kneipe, der einzige Gedanke, ein oder sicherheitshalber lieber gleich zwei Wassergläser Korn zu trinken, zu-schütten … aaahh, wie warm! Bebend der ganze Körper, innen und außen.
Vorsichtig (!) die Flasche halten, langsam, hochkonzentriert einschenken, nichts daneben, das randvolle Glas in den zitternden Händen, der Mund zum Glas.
Mit geschlossenen Augen spüre ich diesem Fließen nach. Jetzt ist er da, jetzt da, jetzt da … aaahh, gleich, gleich geht's dir besser … morgen, ja morgen werde ich damit aufhören …

Manchmal gelingt mir das sogar. O ja, das schaffe ich auch. Es sind die Schocks, die mir Trinkpausen verschaffen. Schwere Ausfälle, die mich so erschüttern, dass ich mich unter Aufwen-

dung sämtlicher noch vorhandener Energien zwinge, für eine Weile nicht zu trinken.
Schock, das heißt: Eine grüne Ampel, der Pfeil zeigt nach geradeaus und rechts. Grün für mich im Auto und für einen Mann im Rollstuhl, der von einer Frau über den Zebrastreifen geschoben wird. In einem Affenzahn rechts abbiegen, sehen, wie die Frau den Rollstuhl entsetzt zurückreißt, gerade noch rechtzeitig vor mir in Sicherheit bringt, hinter dem Zebrastreifen zum Stehen kommen, überflutet von Zittern, den Kopf auf das Lenkrad fallen lassen, schluchzen, stöhnen bei dem Gedanken, was da gerade abgelaufen ist.
Millimeter haben gefehlt. Ich bin betrunken.
Ich bin auch bei dem Fahrradrennen betrunken, das mich fast das Leben kostet. Mit Clogs zum ersten Mal auf einem Rennrad! Meine Avus: eine enge, belebte Straße voller parkender Autos. Die Strecke: rund um ein Wohngebiet, damit unübersichtlich. Wie viel Sachen habe ich drauf? Zu viel, um stoppen zu können, als nach einer Kurve jäh ein Lieferwagen vor mir steht.
Mein Schutzengel, er lässt es bei einer schmerzhaften Warnung. Sie ist nicht laut genug; viele Kurven kriege ich jetzt nicht mehr, im Auto, auf dem Fahrrad, im Leben …
Schock, das heißt: Gar nicht erst aufwachen, um zu kotzen. Da liege ich im Bett, schlafe sofort ein, würge, würge, würge, benommen, begriffslos, kotze einen dicken Brei, lege mich wieder hin. Blitz im Kopf … begreifen … alles überdeutlich registrieren, kein flüssiger Brei, ein dicker, fester Brei, nach rechts gekotzt, links liegt der Mann … Entsetzen … hellwach hochfahren, Mann rausschmeißen – er taumelt –, aus den Augenwinkeln sehen: er ist verdattert, schlaftrunken, weiß nicht, was los ist … Soll er auch nicht … Laken vom Bett reißen, mitsamt Kloß … in Sekunden alles zusammenraffen.

Ekel, Ekel, Ekel – DAS WAR ICH, DAS KAM AUS MEINEM MUND! Wenn ich nun zur anderen Seite gebrochen hätte!?

Hilfe …

Schock heißt: Aus einer Ohnmacht erwachen, nicht wissen, wo man eigentlich ist. Vorsichtig die Umgebung wahrnehmen, mit den Händen über die Bettdecke streichen, Flüssiges, Matschiges spüren, nicht nur unter den Fingern, sondern darin liegen!

Ungläubig an der Hand riechen, sie betrachten …

Ich habe mich eingekotzt, ohne es zu merken!

Hilfe …

Traurige, einsame Trostlosigkeit. Hilflos!

Viel Ungeheuerliches passiert, oft Grund genug, wochenlang nicht zu trinken. Abstinenz, das ist ein sich unter Schmerzen am Boden windender Wurm.

Noch mickriger, widerlicher!

Ich sehe nur noch Anforderungen, die ich nie, niemals erfüllen kann. Locker plaudern, gelassen wirken, cool bleiben, ohne schlechtes Gewissen abrechnen, wohlschmeckendes Essen kochen, an dem niemand etwas zu meckern hat …

Nie, nie schaffe ich all das ohne Alkohol, allein der Gedanke versetzt mich in Hektik. Starke Minderwertigkeitsgefühle lähmen mich geradezu. Sie sind berechtigt, denn augenscheinlich *bin* ich gerade minderwertig. Ich spüre es wohl und schraube meine eigenen, ohnehin zu hohen Ansprüche an die Qualität meiner Arbeit immer höher. Gar nicht machbar, was ich mir abverlange.

In der Hauptsache wirkt sich dies auf meine Kocherei aus.

Ich koche gut, im „Normalfall“ sogar fantastisch. Nun jedoch wird ein einfaches Gericht zum komplizierten Kraftakt. Ich tüttele daran rum, als gelte es, einen Kaiser zu versorgen. Ge-

nügt es meinem Geschmack und Auge immer noch nicht, überlade ich ersatzweise den Teller. Quantität statt Qualität soll den Mund stopfen.
Bitte meckere nicht, du bist doch satt!

„Gib dir aber Mühe!", so reicht der Wirt mir schon die Bestellung weiter. Was heißt das? Was soll das überhaupt? Das ist Kritik vorweg in meinen Ohren.
„Es ist für Dr. Soundso." Verschärfte Form einer Warnung.
Wie schrecklich, bestimmt ganz feine Leute, Feinschmecker! Oh, ich kann das nicht, schaff das nicht. Wenn es mir nun anbrennt?
Ob das Steak jetzt kurz oder lang genug angebraten ist? Es ist auch viel zu klein, dafür kann ich doch nicht *den* Preis nehmen! Das bereits Angebratene raus aus der Pfanne – reicht noch für die Gulaschsuppe –, Neues rein. Alles von vorn. *Los, konzentrier dich, sei endlich, verdammt noch mal, gelassen, locker, du kannst es doch!* Der Daumendrucktest, er ist mir nicht sicher genug. Der Daumen könnte sich irren. Drei, vier Mal schneide ich das Fleisch in der Pfanne an, prüfe, wie viel Blut läuft – immer noch viel zu viel, ich brate es durch und durch, zäh und zäher! Sieht der Salat nicht matschig aus? Die Zwiebeln, um Himmels willen, sie sind so dunkel geraten, vielleicht auch eine Spur versalzen! Neue Bestellung … *Was, noch eins dazu? O nein!*

Sie sollen/dürfen nichts auszusetzen haben! Niemand! Bitte! Jede Kritik ist ein Dolchstoß, macht mich kleiner, ist selbstverständlich richtig, zweifele ich doch selbst an mir.
Wie die Schauspielerin auf der Bühne verstohlen durch ein Loch im Vorhang lugt, um zu sehen, wie viel Publikum sich einfindet, so stehe ich, an den Fingernägeln kauend und reißend, hinter der Küchentür, beobachte den bedienten Gast.

Wie beguckt er sich sein Essen? Stochert er etwa? Prüft er jeden Bissen? Warum kaut er so lange? Ist das Steak etwa zäh? Ist zu wenig auf seinem Teller, es dafür zu teuer?
Ein kurzer Satz genügt, bestimmt darüber, ob ich schnell einen Korn brauche oder nicht.
„Danke, es hat mir geschmeckt, war aber viel zu viel." Auch das ist schon Kritik.
Natürlich, mir gelingt gar nichts mehr – glaube ich.
Das ist krankhaftes Verhalten, ich weiß es selbst sehr genau und kann doch nicht dagegen an. Verrannt, festgefahren betrachte ich alles um mich herum aus diesem ungesunden Blickwinkel.

HILFE!

Liebe Schwester,
bitte hilf mir doch … Ich kann nicht mehr!
Deine Schwester Gitta

Vier Uhr morgens.
Völlig verzweifelt und schwer betrunken sitze ich an meinem Schreibtisch. Unwichtig, nicht der Rede wert, welcher Grund diesmal für meinen Zustand herhalten musste. Aber wichtig, dass ich so nicht mehr weiter kann und auch nicht will.
Mein ganzes Elend, durch und durch, sitzt hier, pur.
Heulend bin ich nach Hause gelaufen, über die ganze Wegesbreite torkelnd. Krampfhaft versuche ich, in meinen umnebelten Kopf vernünftige Gedanken zu bekommen.
Was ist mir wieder passiert?
Muss ich mich wehren? Wenn ja, gegen was und wie?
Ich verstehe nichts mehr. Dauernd soll ich mich geirrt, etwas falsch aufgeschnappt, missverstanden haben. Meine Schwester, ganz sicher, sie wird mir weiterhelfen.
Halt- und ziellos alles, was ich tue.

Ich krache schwer auf den Stuhl, nehme mit fahrigen Händen Papier und Stift, um mit größter Konzentration, unter heftigem Schluchzen, inbrünstig in Riesenschrift diese paar Worte zu schreiben. Mit einer Hand wische ich die Tränen weg, mit der anderen über das Papier.

Falte den Brief, fummele ihn umständlich in den Umschlag, adressiere, frankiere ihn.

Dann starre ich ihn mindestens eine halbe Stunde lang mühevoll grübelnd, trübsinnig an: nur diese zwei Sätze, ja, aber könnten sie negative Folgen für mich haben?

Ich muss vernünftig sein, ich *bin* ja schließlich vernünftig! *Überleg also, bevor du wieder etwas Verrücktes machst.* Stecke ich ihn gleich ein? Weg ist weg, aber … „Die ist ja verrückt geworden“, wird meine Schwester denken. So viele gute Ratschläge hat sie mir schon gegeben, die ich nicht befolgt habe. Sie wird allmählich wütend sein. *Du beunruhigst sie umsonst, morgen früh wirst du das bedauern. Du bist gerade emotionsgeladen, voreilig. Wie viel hast du auf diese Weise schon kaputtgemacht? Du beanspruchst sie ohnehin zu sehr. Also warte bis morgen!*

Am nächsten Tag werfe ich ihn weg …

… weil ich es wieder in Angriff genommen habe.

„Liebe Schwester, schon *neun* Tage habe ich nichts getrunken …“

„Fein, toll, du bist stark“ – das sind Vorschusslorbeeren, die ich nicht verdiene.

Ich tue es mir an: Immer wieder versuche ich, kleckerweise diesen Dreck wegzulassen. Aber dann bin ich draußen, verstehe und kann gar nichts mehr! Alkohol kann da zaubern, wahrhaftig! Wenn ich den „guten Geist“ in mir habe, bilde ich mir ein, nicht mehr mickrig, unscheinbar zu sein. Streckenweise liege ich damit nicht verkehrt.

Ohne Alkohol sehe ich unangenehme Tatsachen viel zu klar. Meine Clownerien zur Erhaltung von wasweißich z.B. Jämmer-

lich, das Buhlen um die Gunst der Gäste und damit deren Geld. Will ich nicht!
Außerdem – soll ich nüchtern zugucken, wie sich um mich herum alles mehr und mehr betrinkt? Wie sie lustig und immer lustiger werden? Mich sogar damit aufziehen, wie trist, mit welch einem langen (weil wachen) Gesicht ich da rumstehe? „Hast du etwa schlechte Laune, oder was ist heute mit dir los?"
Unerträglich die trockenen Phasen. Dann befinde ich mich auf einer gänzlich anderen Ebene. So anmaßend, aburteilend ich meine Umwelt in ihrem Verhalten mir gegenüber erlebe, so abschätzig nehme ich sie wahr, wenn ich das Trinken lasse. Dann ist mir völlig unverständlich, warum ich eigentlich noch dort stehe. Meinen trinkenden Gästen auch. Das ist keine Wirtin.
„Du schaust ja so ernst!" Das passt nicht in die Unterhaltungsbranche!

Wenn wenigstens der Wirt mitmachen, auch aufhören würde. Vielleicht würde er dann verstehen, wie schwer es für mich ist. Fast unmöglich, „klar" neben ihm im Bett zu liegen und *seine* Bier- und Schnapsfahne riechen zu müssen.
„Freud und Leid" teilen wir?
„Bitte, wir hören beide auf, ja? Bitte, mach doch mit, ja? Du brauchst nur für eine Woche aufzuhören, ja? Nur einen Tag trink mal nicht mit, okay? Mir zuliebe. Gut, wenn du nicht willst, rauch doch einmal einen Tag lang nicht, um zu begreifen! Wenn du mitmachst, stärkst du mich. Wir stärken uns gegenseitig. Ich will dann durchhalten, weil du es ja auch für mich tust. Wir können einander dann gratulieren, ja? Ich danke es dir, liebe dich dafür."
Er will doch, dass ich nicht so viel trinke! Kann er sich überhaupt nicht vorstellen, was in mir vorgeht, wenn ich ihm während meiner schweren Versuche dabei zuschauen muss? In Zeitlupe, extrem genau, verfolge ich jeden seiner Schlucke, als tränke ich ihn selbst.

„Hör doch auf damit!", sage ich ihm und meine mich.
Beide nüchtern! Eine Chance für ein neues, echtes, bewusstes Zusammen- und Sexleben, will er sie nicht? Kann er die Notwendigkeit wirklich nicht erkennen?
Kann er nicht. Ich hasse ihn!
Nicht nur, dass er mir nicht hilft, er macht es mir schwer.
„Einen kannst du doch", das sagt er mir so oft, bis ich vor versammelter Mannschaft schreie: „ICH WILL NICHT MEHR!"
Allgemeines Kopfschütteln der Anwesenden. „Die Alte ist verrückt, wie hält er es bloß mit ihr aus?" Ihm kommt mein peinliches Verhalten zugute.
Nun sagt er es nicht mehr, dafür schiebt er mir das spendierte Glas zu. (Das bringt Umsatz!) Die Entscheidung, es zu leeren oder nicht, bleibt schließlich mir überlassen. Er will mir nichts befehlen.
Scheiße, dieser Mann, denke ich.
Gramgebeugt sein Haupt wegen der „haltlosen Wirtin", dabei trinkt er nicht weniger als ich. Wer will das verstehen? Ich kann es nicht.

„Die ist ja schizophren!"
Damit bin ich gemeint. Ich glaube fast selbst daran, so unverständlich bin ich mir. Betrunken, ja … doch intensiv, total aus dem Inneren heraus lebe ich genau dann – im Suff – absolut ehrlich, frei. Mich unterdrückt nichts mehr. Dann grabsche ich mir im Rahmen der sich bietenden Möglichkeiten, was mir fehlt und was ich will. Will ich knutschen, knutsche ich, bin ich gierig, giere ich, lebe mich völlig ungehemmt aus.
Leuten, die mir schon seit Jahren stinken, blase ich jetzt den Marsch, weil ich sie eben nicht mag. Ehrlich nicht mag. Ist die Gesellschaft lustig, nun denn, sind wir lustig.
Dieses ICH ist echt, aber mir nicht vertraut (oder nicht zugetraut?). Manchmal meine ich, ich müsste mich vor mir selbst

schützen. Oder etwas *be*schützen? Etwas *er*kämpfen oder *be*-kämpfen?
Ich habe Angst vor meinem Riesenpotenzial an Unverschämtheiten! Ungeheuerlich, wenn ich sie mir herausnehme. Da lebe ich endlich ehrlich etwas aus und begreife mich nicht!
Wer ist das? Ich?
Total verändert und wieder nicht verändert.
Ich tauche ab in den Suff, aber das, was dafür an die Oberfläche kommt, bin ICH, genau besehen.
Oder etwa nicht?

Lieber Gott, bitte hilf mir doch, ich kann nicht mehr …
Ich glaube nicht an Gott. Ich glaube schon an etwas „Höheres", aber nicht an diese Doktrin, die lediglich von Mitmenschen bestimmt wird. Jetzt allerdings ist mir das egal, ich flehe ihn an. Inbrünstig sogar und immer häufiger.

Lieber Gott sagt: „Hilf dir selbst"!

Die nüchterne Welt, sie macht mir Angst.
Es bleibt dabei, ich lache, tanze, witzele, wie auch immer. Knutsche kaum versteckt. Angedüst, enthemmt, mit dem notwendigen Spiegel, befinde ich mich in der gleichen seligen Schnapslaune wie alle anderen. Komme ich in die Krisenzone, verschwinde ich, um Schlimmeres (Unverschämtheiten) zu vermeiden.
Ich passe mich den Trinkgepflogenheiten – zumindest denjenigen des Wirtes – an. Wir stehen auf derselben Stufe. In allen Bereichen! Vorwürfe ernte allerdings weiterhin nur ich.
Verständnis- und, noch schlimmer, Gedankenlosigkeit sind schwer zu verdauen.

Ich soll nicht trinken, aber mein „Ich kann nicht! *Bitte*, ich kann nicht mehr in der Kneipe arbeiten!“ wird, weil absolut nicht machbar, überhört.
„Reine Willenssache, mein Gott, reiß dich doch zusammen!“
(Ich soll ja schließlich in der Kneipe *arbeiten* und nicht trinken.)
Was für eine Liebe, wie viel Sorge stecken doch in diesem Mann!
Mein Mann, warum sieht er mein Elend nicht und hilft mir, nimmt mich in die Arme, tröstet mich und bitte, bitte schläft zärtlich mit mir?

„Ich werde dir nicht helfen, wenn du nicht augenblicklich mit der Sauferei aufhörst! Deine Tante war genauso, allerdings Quartalssäuferin. Dein Opa hat sich zu Tode gesoffen. Ich warne dich, bald hört es auf mit meinem Verständnis für diese Schwäche! Ich kann es nicht begreifen …“, sagt meine mich liebende Mutter, schimpft und wettert, „sorgt sich“ – und schenkt ihrem Schwiegersohn, einem Wirt, zu Weihnachten eine Flasche Whisky, ihrer Tochter Pralinen mit Alkohol!
Was fällt einem dazu noch ein? Mir nichts. Ich werde ihr diese brutale, gleichgültige Gedankenlosigkeit nie vergessen.

„Hilf dir selbst!“
Mein Ringen darum, dies zu schaffen, ist ein einsames, aussichtsloses Unterfangen, das eh keiner zu bemerken scheint. Die Schlacht mit mir selbst endet höchst kümmerlich und notgedrungen immer auf dem Klo.
Dort muss ich der „runtergekommenen, versoffenen Alten“ Tribut zollen: Zusammengefallen, kraftlos bin ich völlig der wütenden Reaktion meines malträtierten Körpers ausgeliefert. Vorn und hinten gibt er, sich aufbäumend, in wahren Sturzfluten wieder von sich, was er verdammt noch mal nicht mehr haben will.

Und während ich in verheerendem Zustand auf der Schüssel hocke, einen Eimer umarmend, in dem mein Kopf verschwindet,
während ich, das Gesicht vom Saufen aufgedunsen, vom Würgen, Brechen und Weinen rot angeschwollen, aus dicken, von Tränen verschleierten Augen auf das von mir Rausgekotzte starre,
während ich mich ganz und gar, ohne Widerstand in diese Endstation Schwäche fallen lasse,
immer dieselben Schreie im Kopf: *Kann mir denn bitte keiner helfen? Ich schaffe das doch nicht!*

Ich sehne mich so sehr danach, wie ein Kind in den Arm genommen, gehalten zu werden. Schluchzend, trostlos schluchzend, verkrieche ich mich auf dem Fußboden in eine Ecke. Die Beine angezogen, Weiches, Warmes umklammernd, liege ich dort, fühle mich im Stich gelassen, entsetzlich verlassen und verzweifelt. Kaum will das Schluchzen abebben, bricht es erneut aus mir raus. Ich sehe mich selbst, meine Situation, und kann nicht aufhören zu weinen. Warum merkt denn niemand, wie fertig, verzweifelt ich bin? Glaubt meine Familie etwa, mir sei alles scheißegal? Ist es doch gar nicht, ich will doch selbst nicht! Bestimmt nicht, wissen sie denn nicht, dass ich mein Trinken überhaupt nicht mehr bestimme?
Ich weine und bedauere mich selbst, weil es kein anderer tut.
Weil ich allein bin.

„Hilf dir selbst, dann hilft dir Gott.“ Tut er das?

Im freien Fall

Loslassen, was nicht froh werden lässt.
Nach vielen Versuchen loslassen.
Auch die Angst zu verlieren.
Verlieren, was man nicht hat, nicht ist, nicht kann.
Illusion, Zwang, Qual verlieren.
Frei werden und gelassen.

ELSE PANNEK

Es wäre das kleinere Übel – gar kein Übel – gewesen, alles, was mir wehtat, loszulassen. Das hätte auch wehgetan, aber ich wäre frei geworden für neue, glücklichere Erfahrungen.
Doch ich konnte noch nicht loslassen, klammerte mich weiter an „mein" Leben.

Die Kneipe bleibt, der Mann bleibt. Was fesselt mich an ihn? Ist da etwa noch ein klitzekleiner Rest Liebe? Ich weiß es nicht, aber ich will mit ihm Sex, zwanghaft will ich das.
Noch.
Trinke ich, weil ich keinen Sex bekomme? Oder bekomme ich keinen Sex, weil ich trinke?
Je mehr ich ihn/uns unter Druck setze, desto weniger passiert. Logisch. Pflicht, „du musst", Unzufriedenheit, Kritik, lauernde Haltung beim Zubettgehen … passiert heute was? Ohne dass ich locken und verführen muss? Will er mal von sich aus? Einfach, weil er schlicht scharf auf mich ist?
Er will sowieso wieder nicht, das sitzt so fest in meinem Kopf, dass es auch eintrifft.
Ich beiße mich am Thema Sex fest, führe Kalender, mache Kreuze, wie selten er stattfindet. Beobachte völlig verkrampft

seine gelegentlichen Bemühungen um mich, statt mitzumachen. Es kann gar nichts mehr werden, selbst wenn wir den Alkohol weglassen.

„Die können ihre Sauerei woanders machen!" Das sind seine Worte, als die Jungs ihre Freundinnen mit nach Hause bringen. Für mich spricht das Bände über seine Einstellung zum Sex. Alles bloß „Sauerei". Ich werte ihn nur noch unter diesem Gesichtspunkt.

Ich habe weder die Freiheit noch das Geld, mir das Satte aus anderen Quellen zu holen, z.B. durch Reisen, Luxus. Ganz zu schweigen von der verrückten Idee, wieder zur Schule zu gehen, etwas zu lernen.

„Das Einzige, was nichts kostet und trotzdem Lust und Zufriedenheit, Erfüllung bereiten kann, ist der Sex." Wie oft sage ich das meinem Mann, dem Wirt.

Wie dumm ich bin! Wie wenig kann ich es mir vorstellen, aber es scheint doch wahr zu sein: Schnaps, Bier, Zigaretten und Skat tun es auch.

Dann eben nicht, ich werde nicht weiterhin darauf verzichten.

Ich habe keine Zeit mehr zu verlieren.

Trinken
Schnauze voll, Männer, böses Erwachen am Morgen,
schauderhafter Rückblick,
Sex und Suff schon nicht mehr trennbar!
Trinken
Dick- und Fettsein, Ekel vor mir.
Trinken
Keinen Seelenfrieden mehr, ver-rückt.

Exzessiv wird nun nicht nur mein Alkoholkonsum, sondern auch mein Hunger auf Sex. Er wächst in den Himmel, ist kaum noch zurückzuhalten. Klammheimlich erst, dann immer offe-

ner, lebe ich aufreizenden Protest. Anmache pur, sortiere ich die Männer nach meinem Bedarf.
(Während ich nun über meine Ausfallphase schreibe, stellen sich Magenkrämpfe ein, ich muss mit Durchfall zur Toilette. Mir ist schlecht, übel, zum Kotzen ... ich versuche es wegzudrücken, ich will weiterschreiben, alles muss raus, wegberichtet werden ... Und ich muss wieder zur Toilette. Was für ein Scheißthema, als wie entsetzlich muss ich es empfinden, wie unangenehm das alles, wie schlecht verdaulich, dass ich beim bloßen Aufschreiben solche Reaktionen erlebe! Ich fürchte, dieses Kapitel wird bruchstückhaft, wenig durchdacht werden, ganz einfach deshalb, weil ich nicht die innere Ruhe habe, mich von meiner mir unbegreiflichen Seite zu distanzieren. Viel zu nahe kommt sie mir, vereinnahmt mich allzu schmerzhaft, meine – für mich tiefschwarze – Vergangenheit.)

„Fantasien, Wunschvorstellungen – Sie haben ja keinen Schimmer, welche Absurditäten seit eh und je in den Köpfen der Menschen herumspuken! Und erst recht nicht, wie viele davon in den Bereich Sex fallen! Die Wenigsten trauen sich, sie auch nur annähernd auszuleben. Extreme Ansprüche gelten schnell als Wahnwitz. Nimmt man das, womit die Mehrzahl zufrieden ist, als Maßstab, dann sind Sie vielleicht nicht gerade die Normalste. Aber was ist schon normal? Sie sind noch lange kein schlechter Mensch, nur weil etwas in Ihnen schlummert, was nicht jedermanns Sache ist. Nehmen Sie sich an, mit Ihren – dann eben – Sonntagsgelüsten. Machen Sie sich damit vertraut, dass Sie diese *haben*. Sie sind ein Teil von Ihnen! Legen Sie Ihre unsinnigen Schuldgefühle ab. Sie haben sich getraut, sich selbst nachzugeben, weiter nichts. Sie haben versucht, Ihre Bedürfnisse zu befriedigen, etwas zu bekommen, was Ihnen fehlte, was Sie sich wünschten und brauchten."
Das sagt der Arzt in der Klinik, nachdem ich mir voller Scham meine Exzesse von der Seele geredet habe.

(Ich habe mich nicht mutig *getraut*, sondern undiszipliniert gehen lassen, so sehe ich das.)
So etwas tut man nicht!
Alles empfinde ich als pervers, schlecht, sehe nur mich daran beteiligt, nicht den Mann. Der sieht es allerdings genauso, stellt die Richtigkeit *seines* Handelns nicht die Spur infrage. Die einzige Frage, die bei ihm aufkommt, ist die, was er mit mir machen würde, wenn ich *seine* Ehefrau wäre. Flötentöne würde er mir beibringen, und nicht zu knapp! Munter vergnügt er sich dabei weiter mit mir, der Sündigen, ohne schlechtes Gewissen, überwiegend auf seinen Anteil am Spaß bedacht.

Ich bekomme nichts geschenkt von diesen ehrenwerten, guten Ehemännern. *Ich* besorge das Zimmer für den Sex, höre mir an, wie schlecht und teuer es ist, und beteilige mich schuldbewusst zur Hälfte an den Kosten. Ab 5 Uhr morgens, wenn er „von der Nachtschicht" nach Hause geht, habe ich es schließlich ganz allein für mich, kann in Ruhe deprimiert meinen Krimskrams zusammenpacken, verräterische, peinliche Spuren beseitigen, die nur zu gut Aufschluss über mich geben. Dafür sitze ich allein im Frühstücksraum am für zwei Personen gedeckten Tisch und ertrage die verächtlichen Blicke des Hotelpersonals, wenn ich diese Nacht bezahle, die für mich immer unbefriedigend ist.

Die Männer halten sich durchweg zurück – ich nicht. Ich will jetzt endlich alles! Immer in der Hoffnung, dass ich sie mitreißen kann in Sachen Lust, kenne ich keine Grenzen – und bin ernüchtert, wenn es vorbei ist. *Sie* wollen nicht erreichen, dass ich in den 7. Himmel komme, Sterne sehe, es ist ihnen schlichtweg egal. Ohne Probleme kriegen sie ihren Orgasmus, und nur das wollten sie auch. Ungläubig muss ich mir dann noch die Frage anhören: „War es schön?"

Eitle Gockel, die ideenlosen Sex betreiben, stinklangweilig sind sie, egoistisch, faule Paschas, und dann diese Frage! Und ich … bestätige sie auch noch!
„Ja, es war schön – danke!“

Blut ist da, warum? Ich weiß es nicht, aber das hindert ihn nicht daran, mir Vorwürfe wegen meines unsauberen Körpers zu machen.
„Wie konnte das passieren?“
„Weiß ich doch nicht!“ (*Du Idiot!*)
Ich höre, was für tüchtige und liebe Hausfrauen sie doch haben – und rein mit ihm in meinen Körper!
Dass ich nicht lache! Laut sollte ich es tun, hemmungslos in ein wahres Donnergelächter ausbrechen: „Hey, Vittorio! Du ahnungsloser, selbstherrlicher Südländer! Du mit deiner lieben, fürsorglichen Frau. Wie selbstlos, aufopferungsvoll, klaglos kümmert sie sich doch um euren Haushalt mitsamt Mutter. Dass ich nicht lache, sie hat längst alles hinter sich, du eingebildeter Trottel! Was würdest du tun, wüsstest du es? Ich sage es dir: Du bist viel zu feige und zu faul, um dich damit auseinanderzusetzen, sie bekäme eine Tracht Prügel und alles bliebe beim Alten. Aber beruhige dich, du weißt es ja nicht.“

„Hey du, du leidender, zerknirschter Fremdgeher! Hast es wohl nicht für möglich gehalten, dass deine Frau kurz vor der Silberhochzeit tatsächlich geht, konsequent den Strich unter eure Un-Ehe zieht, was? Gekämpft hast du um sie, sagst du, während du dich mit mir vergnügst, weil – ja, weil 25 Jahre doch eine lange Gebrauchszeit sind.“

„Oder du, oder du! Fragt mich mal! Warum sollten euch eure Frauen eigentlich treu bleiben? Schließlich seid ihr auch schon dauerverbraucht!“

Ich suche Bestätigung. Mich will man noch, mein Körper und ich sind noch anziehend, immerhin schlafen sie mit mir. Keinem von ihnen bringe ich mehr als bestenfalls Sympathie entgegen. Nicht einem Einzigen jammere ich hinterher.
Dass auch ich nur benutzt werde, registriere ich sehr genau, verdränge es gründlich.
Ich will benutzt werden, erniedrige mich immer mehr.
Ich bin schlecht, nicht normal, was um Himmels willen ist mit mir los? Ich werde eine Meisterin im Verdrängen, anders sind meine Ausschweifungen nicht auszuhalten.
Es ist gar nicht die Tatsache, *dass* ich mit anderen Männern schlafe (Ein schlechtes Gewissen habe ich schon bald nicht mehr, schließlich will Wolfgang nicht.), sondern *wie* das vonstatten geht. Ich bin immer die Verliererin! Die Männer verachten mich, und irgendwann verachte ich mich selbst, weil ich trotzdem scharf darauf bin.
Ich bediene sie, das ist das Schlimmste daran.
Dafür bin ich zu gebrauchen, genau so viel tauge ich.

Dass ich mit mir nicht mehr im Einklang bin, mich ablehne, ist wohl nur folgerichtig. Mein Körper war mir noch nie richtig vertraut, nun ekle ich mich vor ihm. Da sind die Falten auf meinen Händen und in meinem Gesicht, vom Ab- und Zunehmen hängt die Haut unter meinem Kinn ausgeleiert runter, mein Mund ist komisch, meine Augen wirken im matschigen Gesicht zu klein. Am schlimmsten ist das negative Gefühl für den Teil meines Körpers, den ich gerade so bereitwillig zur Verfügung stelle. Nichts daran erscheint mir schön, es bleibt mir ein ewiges Rätsel, warum das so toll sein soll. Ich finde es hässlich, geradezu abstoßend.
Das hindert mich allerdings nicht daran, weiterzumachen.
Die Erklärung, dass ich einfach nur versuche, ein dringendes Bedürfnis zu stillen, reicht mir nicht, ich betrachte es als Schwäche, dieses Bedürfnis nicht unterdrücken zu können.

Oh, ich bin verdammt schwach!

Ich kenne keine Schranken mehr, beim Trinken nicht und auch nicht beim Sex. Ersteres kann ich 100-prozentig ausleben – und tue es auch.
Das kostet! Ich verändere mich auf erschreckende Weise. Äußerlich und innerlich. Ich mag mich nicht mehr anschauen, weigere mich morgens, besser gesagt mittags, beim Zähneputzen in den Spiegel zu blicken, so furchtbar verwaschen, verschwommen, aufgedunsen sehe ich aus.
Als ich mich noch einigermaßen im Griff hatte, nagelte ich zur Abschreckung ein Foto aus „fetten Zeiten“ an einen Balken der Theke. Tatsächlich schaffte ich es auch, mehr als drei Monate lang den Alkohol wegzulassen, und nahm 25 Pfund ab! Aber dann … holte ich zwanghaft alles auf und sah in kürzester Zeit wieder aus wie auf dem Bild. Auf und ab ging es, am Ende nur noch ab.

1,67 m Körpergröße und 83 kg Gewicht! Keine Kontur stimmt mehr.
Flecken und Flechten im Gesicht. Juckender Körper. Dauernd blutender Körper.
Entsetzen, Trauer, Tränen, Trinken.
Lustigkeit, Stimmung, gutes Aussehen antrinken, feiern bis morgens um vier, knutschen, sich beim Tanzen betatschen lassen, Sehnsucht. Wen diesmal? Abschleppen, in den Tischtennisraum, auf dem Boden hemmungsloser Sex, Blut, alles verschmiert, Vorwürfe wegen Blut, aufwachen, trinken.
Gaststätte öffnen, Unsicherheit, Scham wegen vergangener Nacht, trinken, Sicherheit, lachen, sich einreden, es war alles richtig, trinken, feiern, tanzen, alle Gäste gehen, bis auf einen, kalter Fliesenboden in der Gaststätte, keine Zeit mehr, die Tür zu verriegeln, die Vorhänge zu schließen, nur Licht aus. Kurz darauf keine Lust mehr, weil gefühlloser Sex. „Halt, lass mich

wenigstens zum Ende kommen, sei nicht unfair." Okay, aushalten, trotz Widerwillen und Grausen beim inneren Blick auf die Situation. Ich darf doch niemanden enttäuschen!
Ekel, trinken, schlafen, aufwachen, daran denken, trinken. MÜDE!

Mühsame 14 Tage lang das Trinken im Zaum halten, weil sonst die Wünsche, die sowieso nicht erfüllt werden, wieder durchbrechen. Hoffnung: *Jetzt habe ich es im Griff!*
Denkste, wieder zu viel, schon bevor ich die Kneipe aufmache. Ein „Freund des Hauses" kommt vorbei, will nur sehen, wie es mir geht, ohne Hintergedanken, mich einfach mal besuchen (haha), obwohl er weiß, dass ich den Laden vorbereiten müsste. Ich erniedrige mich in der Küche, um sofort danach die Hähnchen zu salzen, Suppen und Soßen zu kochen, als sei nichts geschehen. Trinken!
Er ist überrascht, wie wenig Schwierigkeiten ich mache, dass ich ihm weder Fantasie noch Überredungskünste abverlange.
Fertig! Hose und Reißverschluss hoch, gehen … bei ihm.
Keine Befriedigung, stattdessen Frust und Scham der Gebrauchten, Benutzten … bei mir. Trinken.

Das Alter, das Äußere spielen keine große Rolle mehr. Ab 2 Promille ist jeder gut genug für einen vielleicht Ruhe einbringenden Versuch.
Wahnsinn, Wahnsinn, Wahnsinn!
Die Jahre zwischen 30 und 40 sind an mir vorbeigerauscht, sie gilt es aufzuholen. Mit Rücksichten, Einsichten komme ich da nicht weiter. (Was für ein Glück im Pech habe ich doch in dieser haltlosen Zeit, denn es ergeben sich nicht allzu viele Gelegenheiten.)
Mein Nachholbedarf ist erschreckend. Meine Fantasie auch.

Fantasie. Wenigstens da kann mich keiner bremsen, bin ich nicht auf einen Partner angewiesen.
Es gibt nichts, wirklich *gar* nichts, das ich mir sexuell nicht mehr für mich vorstellen könnte. Alles ist erlaubt, solange es mir nur gefällt und mich endlich, endlich befriedigt!
Sex auf der Bühne, na und? Ich möchte der Star sein! Mehrere Männer, meinetwegen auch Frauen, können sich gern mit mir beschäftigen. Orgien mit mehreren Paaren sind bestimmt schön! Ja, sogar Abartigkeiten kann ich nun verstehen.
Dazu kommt es nicht, doch rein gedanklich mache ich vor nichts halt.
Lesbisch? Als junges Mädchen habe ich mich beim bloßen Gedanken geschüttelt. Heute bin ich davon überzeugt (obwohl ich es nie am eigenen Leib erfahren habe), dass Frauen mit Sicherheit x-mal zärtlicher mit einer Frau umzugehen wissen als Männer. „Frau", das heißt Wärme, Weichheit, Feingefühl, Verständnis, Takt.

Ich bin auf meine Schwester scharf!
Wieder mal bin ich im Suff zu ihr geflüchtet. Nun sitzen wir auf dem Bett, schlürfen Kakao, reden schon die halbe Nacht. Sie versteht mich. Ich habe das dringende Bedürfnis, mich anzukuscheln, mich streicheln zu lassen.
In mir ist grenzenlose Sehnsucht. Sie weiß es nicht, Gott sei Dank.
Weniger Zurückhaltung zeige ich bei einer Freundin, mollig, vollbusig, lieb, verständnisvoll. Wir reden, ich fühle mich wohl bei ihr. Ich erkläre, dass in jedem Menschen die Lust beider Geschlechter vorhanden ist, werde eindeutig. Behutsam lehnt sie meinen Wunsch ab.
Am nächsten Morgen das Erwachen. Grauen. Ich begreife nicht, wieso ich Derartiges gesagt habe, auch wenn es der Wahrheit entspricht. Scham. Trinken.

Bei einer anderen Freundin rede ich mich mit dem Suff heraus, wohl wissend, dass ich einen durchaus klaren Kopf und ein Bedürfnis hatte. Sie glaubt mir. Wir lachen über meine säuferische Anwandlung. Wie witzig!
Gar nicht witzig. Traurig, beschämend. Trinken.

Mein Seelenfrieden ist verloren gegangen, und es sieht so aus, als würde ich ihn sowieso nicht wiederbekommen, also ist doch eh alles egal. Trinken.

Es spricht sich rum, dass ich mittlerweile ein lockerer Vogel, eine „geile Alte“ bin. Der Versuch, bei mir das eheliche Einerlei – „Eintopf“ sagen sie dazu – aufzupeppen, könnte sich lohnen. Im Suff bin ich gut! Keine Hemmungen, keine Grenzen. Die Ehefrauen saufen nicht!
Sechs Männer innerhalb kürzester Zeit. Oder sind es sieben? Schrecklich viele! Viel zu viele! (*Zum Glück nur so wenige*, denke ich heute mit einem Stoßgebet. Weit mehr wären drin gewesen – treffender Ausdruck! –, was mich wohl endgültig auf die schiefe Bahn, „strichweise“ auf die Straße gebracht hätte.)
Nur der, bei dem ich das staatlich verbriefte Recht dazu habe, mit dem will ich es nun absolut nicht mehr. Ich mache den mir Angetrauten dafür verantwortlich, dass ich dermaßen abgerutscht, in solch einem Sumpf gelandet bin. Die Wut darüber blockiert mich. Ich hasse ihn abgrundtief für jeden meiner „Ausrutscher“.
Ich bin jetzt genauso hinterhältig wie er. Er hat nicht den blassesten Schimmer von meinen Exzessen. Bestenfalls ahnt er unerlaubte Küsse, kann damit leben.
Er hat sich bereits darauf eingerichtet, dass mit uns alles einfach so weiterläuft. Irgendwann würden sich unsere Interessen schon einpendeln – zu seinen Gunsten. Er will seine Bequemlichkeit, das Geld, letzten Endes vielleicht auch mich (?) nicht aufgeben, sondern behalten.

Ohne jedes Gespür für mein Unglücklichsein, meine Zerrissenheit will er auf einmal Sex erzwingen.
„Kann ich zu dir ins Bett kommen?"
„Nein!" Schweigen.
Er quengelt sich in mein Bett. Ich komme ihm nicht entgegen, gebe nichts ab, weder vom Platz noch von der Decke. Halb zugedeckt, will er mehr Wärme.
„Bitte, ich möchte mich nur ein wenig bei dir ankuscheln."
Stille. Unerträgliches Unbehagen, weil Nähe.
Er rückt nach, ich spüre, dass er mit mir schlafen will, erregt ist. Unangenehm, das zu wissen.
Ich reagiere nicht.
Er versucht mich anzufassen. Ich kann und will das nicht aushalten, erlauben.
„Bitte lass mich", wehre ich noch einigermaßen höflich ab. „Ich will nicht."
Sein Schweigen zeugt von seiner Ratlosigkeit. Wie weiter? Das kann doch so nicht bleiben?
Erneuter Versuch.
Genau an diesem Punkt reicht es mir, ich will nicht mehr. NIE MEHR, das ist in diesem Moment die einzige Wahrheit.
Es platzt raus. „Ich will nicht mehr mit dir schlafen, lass mich in Ruhe!"
Er liegt starr mit seinem Steifen neben mir. Ich beobachte ihn aus den Augenwinkeln. Seltsam distanziert versuche ich auszumachen, wie es ihm geht, wie es in ihm aussieht. Wahrscheinlich fühlt er sich gedemütigt.
Nach einer Weile fragt er mit Spott und Bitterkeit in der Stimme: „Und wie lange soll das so gehen? Wann gedenkst du, diese Sperre aufzuheben?"
Schnell, ohne große Überlegung bekommt er vorgeknallt: „Nie mehr!"
Nun herrscht Totenstille.

Langsam, schwerfällig, widerstrebend (?) rückt er von mir ab in sein Bett. Dort liegt er, der Fremde, und starrt mit knallrotem Kopf an die Decke.
„Meine Frau beschließt mal eben, nicht mehr mit ihrem Mann zu schlafen. Reizend."
„Ich würde es anders formulieren. Mein Mann bequemt sich nach Wochen, mal wieder an seine Frau zu denken. Damit ist jetzt endgültig Schluss!", das sage ich laut.
Du ekelhafter Scheißkerl! Du Trottel! JEDER andere ist mir gut genug, Hauptsache, er fickt mich!, schreie, tobe, brülle ich ihn an … innerlich. Ordinär, ja, aber die absolute, reine Wahrheit.
Und das war der Schluss!

So endgültig ist mir das damals allerdings selbst nicht bewusst. Wolfgang macht noch einige traurige, hilflose Versuche. Ich kann nicht. Nicht auf diese Tour, ohne ein klärendes Gespräch. Warum redet er sich nicht mal alles von der Seele, damit ich einen Einblick in genau diese Seele bekomme?
Er tut es nicht, also ist Schluss.

Trinken, dick werden, krank werden, ungepflegt sein … Kneipe! Es geht mehr und mehr bergab. Nicht eine Nachlässigkeit bleibt unbestraft.
An dem gemütlichen Flair der Kneipe ändert sich nichts. Man könnte gut dort sitzen, wenn da nicht die Wirtin wäre! *Ich* bin der Störfaktor, das Hindernis. Wegen mir braucht man nicht hinzugehen, wahrhaftig nicht. Weiß man doch nie, was einem blüht. Es sei denn, man hofft auf Eskapaden.
Ich halte es nicht aus, werde immer extremer in meinen Bemühungen, in unserem Laden Stimmung zu machen, damit es sich wieder lohnt, bei uns zu verkehren. Mit peinlichen Folgen für mich.
„Sie ist verrückt geworden!"

In diesem Zustand lerne ich meine letzte Katastrophe, mein Verhängnis kennen. Er ist der Gipfel – nein, eher der tiefste Abgrund, in den ich falle. Fallen muss, um endlich aufzuhören und zu erkennen, dass ich nichts mehr mache, was sich zu machen lohnt. Dass ich durch das Ausleben meiner sexuellen Gelüste nicht Zufriedenheit erlange, sondern das genaue Gegenteil.
Ich muss diese Geschichte auch noch mitnehmen, voll auskosten, um wirklich wach zu werden. Meine letzten Kraftreserven verschwende ich an das größte Lügenmaul, das mir je begegnet ist.
Ein heißblütiger, stolzer – sagt er – Jugoslawe muss es sein, mit dem ich ausbrechen will.
Kein Witz, sondern die bittere Wahrheit, durchlebt von einem blinden Menschen.

Doch vorher sind mein zweiter Marathonlauf und eine Reise nach San Francisco meine letzten Höhenflüge. Beide haben es allerdings in sich.
Den Marathon laufe ich eine halbe Stunde schneller als im Vorjahr. Was laufe ich mir da nur wieder zusammen (oder ab)! Natürlich bin ich erneut allein in Berlin. Diesmal werde ich bei meiner Rückkehr noch nicht einmal vom Bahnhof abgeholt. Also alles nicht der Rede wert.

Atempause in San Francisco

Einige Zeit später ergibt sich die Möglichkeit, San Francisco kennenzulernen, weil mein Sohn seit sieben Monaten dort lebt und arbeitet.

Nach der ersten Reaktion – „Das geht nicht!“ – schießt mir durch den Kopf: *Warum eigentlich nicht?* Keine Frage, es wäre dumm, diese Gelegenheit nicht wahrzunehmen.
„Komm doch mit“, bitte ich Wolfgang und meine es ehrlich. Weitab von der Kneipe in einem Sonnenstaat, das kann sich nur positiv auf uns auswirken. Und überhaupt: San Francisco! Wer kann da schon widerstehen?
Er kann! (Mit seiner zukünftigen Frau macht er Flitterwochen in Mexiko.)
Dann eben nicht. Ich begebe mich allein auf die lange Reise, die in meinem Zustand zur Strapaze wird. Whisky ist während des Fluges meine Medizin, mein Muntermacher. 23 Stunden ohne Schlaf – bei der Landung bin ich völlig fertig.
Ich werde reichlich entschädigt, denn diese vier Wochen in Kalifornien werden zu einem einzigartigen Erlebnis.

Spontan, ohne rechte Vorstellung, flog ich los. Weshalb eigentlich genau? Wegen des Sohnes? Seine Zeit in Amerika war fast um, das Wiedersehen stand kurz bevor. San Francisco – sicher, allein der Name lockt, ungemein sogar, aber im Grunde war ich zu müde für eine Städtereise. Eine Flucht?
Wie auch immer, ich flog. Wie wunderbar.

Ich bin für mich selbst verantwortlich, das wird mir schon am Flughafen klargemacht. Ich werde nicht abgeholt, soll selbst zusehen, wie ich die Unterkunft erreiche. Der Sohn arbeitet, setzt voraus, dass ich das allein schaffe.
Enttäuschung einerseits, andererseits ist es wohltuend. Ich spreche Englisch, das ich längst vergessen glaubte, frage mich durch, organisiere, komme selbstverständlich an mein Ziel. Total erschöpft zwar, doch trotz der Erschöpfung spüre ich meine Stärke.
Ich habe nicht schlappgemacht, gejault und gejammert. Ich *habe* es allein geschafft, das gibt mir Selbstbewusstsein.

Ich sehe meinem Sohn an, dass keine Gleichgültigkeit im Spiel war.
„That's my mother!" Stolz stellt er mich vor, stolz sieht er mich an. Eher distanziert, auf Abstand bedacht, trägt er normalerweise seine Gefühle nicht zur Schau und möchte auch nicht unbedingt über meine Gefühlswelt Bescheid wissen. Nun erlebe ich äußerst verblüfft seine offensichtlich große Freude. Mir ist ein Rätsel, worauf er so stolz ist. Wo bleibt seine Kritik? Ich habe zwar vorsorglich etwas abgespeckt, aber was ich ihm biete, ist beileibe nicht bemerkenswert.
Im Gegensatz zu seiner Erscheinung. Das Jahr in Amerika hat ihn verändert, er ist „erwachsen" geworden. Ein dynamischer junger Mann steht vor mir. Und dieser Mann ist stolz auf mich!
Zwei Tage lang verschafft er mir einen Überblick, düsen wir gemeinsam auf seinem Motorrad durch San Francisco, dann überlässt er mich größtenteils mir selbst.
Ich habe damit keine Probleme. Ich fühle mich gut, bin glücklich, happy, frei, ich bin hier in Amerika, weit weg.
Meine Unterkunft ist ein internationales Guesthouse, das überwiegend von jüngeren Leuten aus aller Herren Länder bewohnt wird. Nicht nur den drei Frauen aus Neuseeland, Australien und Kanada, mit denen ich mir ein Zimmer teile, allen jage ich einen gehörigen Schrecken ein.
In den ersten Nächten wache ich von meinen eigenen entsetzten Schreien auf, bin völlig in Panik. Ich stürze im Traum die steile Treppe hinunter, meine, in einem früheren Leben schon einmal hier gewesen zu sein, mich an schreckliche Ereignisse zu erinnern, habe Angst, will nach Hause!
Nachdem das vorüber ist, fühle ich mich nur noch wohl unter diesen jungen Menschen.
Ich wundere mich, *wie* jung einige der Deutschen sind: gerade mal 18, 19, 20 Jahre alt. Für mich etwas ganz Besonderes, für sie selbstverständlich. Sie haben gespart und sich ins Flugzeug gesetzt, das war's, so einfach ist das! So einfach gestaltet sich

auch der Umgang miteinander. „Machst du mit, hast du Lust?" Wenn ja, dann ja, wenn nein, dann nein, ohne Probleme daraus entstehen zu lassen.
Sie *leben* und versuchen, sich keine Zwänge aufdrücken zu lassen. Sie halten ihr Geld zusammen, um es im für sie richtigen Moment ohne Bedauern auszugeben, das Leben zu genießen. Ich glaube nicht, dass sie immer damit durchkommen, das Arbeitsleben wird diese Einstellung zumindest teilweise zerstören. (Doch auch den im Alltag steckenden Amerikaner erlebe ich durchweg als sehr gelassen!)
Wir lachen, albern und quatschen auf der Holztreppe vor dem viktorianischen Haus laue Nächte durch. Jungs, Mädchen und ich mit 41 Jahren. Ich bin genauso jung wie sie – im Kopf! Ganz selbstverständlich bewege ich mich in ihrer Mitte, werde akzeptiert, wie ich bin. Erzähle selbst und höre zu. Ihre Vorstellungen vom Leben kommen mir so bekannt vor …
Alles zusammen wird ein Spiegel für mich: So locker und unkompliziert wollte ich immer sein und leben. Wie angespannt, gezwungen stehe ich nun da!
Ich kann gar nicht anders, gucke mir ihre „think pink"-Laune ab. Ich werde diese Zeit nutzen, voll auskosten, endlich so werden, wie ich immer sein wollte!
Mit dem Rad fahre ich kreuz und quer durch diese herrliche, atemberaubende Stadt. Durch den Golden Gate Park, am Pazifik entlang, über die Golden Gate Bridge bis nach Sausalito zu den niedlichen Bootshäusern. Alles ist so lebendig, pulsierend, vermittelt mir das Gefühl grenzenloser Freiheit. Ich erklimme einen der Twin Peaks, blicke auf die Stadt zu meinen Füßen und bin einfach überwältigt. Tag für Tag aufs Neue. Endlich frei.
Dass ich im mexikanischen Arbeiterviertel wohne, dämpft meine Euphorie kein bisschen. Im Gegenteil, ich habe nur noch intensiver das Gefühl, mittendrin zu sein.

Die Freunde meines Sohnes können kaum fassen, welche Strecken ich mit dem Rad zurücklege, fährt doch der Amerikaner selbst kürzeste Wege gern mit dem Auto oder Bus. Vage bekomme ich eine Vorstellung davon, dass ich nicht unbedingt „normal“ und keineswegs langweilig bin, sondern schon etwas aus der Rolle falle.

„Mama, ich will jetzt weiter nach New York. Los, du machst den Motorradführerschein, wir mieten dir eine Karre und fahren zusammen!“ Dieser durchaus ernst gemeinte Vorschlag zeigt, was mein Sohn alles in mir vermutet.
Ist der verrückt geworden?
Meine Vernunft siegt, ich mache das natürlich nicht. „Gut, dann nehme ich dich bis nach Las Vegas mit und zeige dir die Stadt. Du kannst mit dem Greyhound-Bus zurück nach San Francisco fahren, auf die Weise bekommst du weitere Eindrücke von diesem Riesenland.“

Einzigartig, was ich während jener zweieinhalb Tage mit meinem Sohn erlebe. Nie war ich ihm so nahe.
Auf dem Motorrad sind wir nicht mehr Mutter und Sohn, sondern Partner. Er beherrscht die Maschine, fährt einen heißen Reifen. Ich vertraue ihm blind. Auf dem Weg nach Las Vegas sind wir meistens völlig allein in einsamer Gegend. Wir frieren zusammen, er versorgt mich, versucht, mich zu wärmen. Kameradschaftlich der Umgang. Kein Murren bei Unbequemlichkeiten, da müssen wir gemeinsam durch.
Wir schlafen im Freien. Er sucht umsichtig nach einem Platz, der uns größtmögliche Sicherheit bietet. „Steck deine Brieftasche in den Hosenbund.“ Ich befolge, was er mir sagt, baue auf seine Erfahrung. Wie ein aufmerksamer, sich seiner Verantwortung bewusster Vater prüft er, ob ich alles richtig gemacht habe.

Um 12 Uhr nachts stoßen wir mitten in der Wüste mit Rotwein auf seinen 22. Geburtstag an. Am Morgen sehe ich die Sonne über dem Sand aufgehen …

Es war ein Urlaub, ich weiß. Amerika ist nicht bloß tolle Landschaft und Freiheit, auch die Amerikaner haben Sorgen, das weiß ich alles.
Ich rede nur von diesem Glücksgefühl, von der Ruhe, ohne Wenn und Aber.
Während dieser vier Wochen – kein Sex, kaum Alkohol, weit weg von zu Hause – spüre ich noch einmal, wie schön das Leben sein kann.
Auf dem Rückflug trinke ich Saft.

San Francisco gegen die Kneipe:
Weite, Sonne, Wärme, Lebenslust, Lachen, Neugier, Spannung, Jungsein, Abenteuer, wenig Alkohol, kein Sex und doch kein Frust.
Gegen Enge, aufgesetzte Fröhlichkeit, Intrigen, Angst und Sorge.
Lediglich für kurze Zeit habe ich einen Zipfel vom Glück in der Hand. Wen wundert's, dass ich es nicht packe.

Wie viel Macht liegt im Sex?
Unglaublich viel, sagt meine eigene, bittere Erfahrung.
Die „Hörigkeit", dieser Wahn, fördert Dinge, Eigenschaften zutage, die ich niemals in mir vermutet hätte.
Absoluter Gehorsam, Unterwürfigkeit, der komplette Blackout jedweder Vernunft und eigener Gedankengänge, all das gedeiht prächtig auf einem durch Sex fruchtbar gemachten Boden.
Alles, wirklich restlos alles, lege ich hinein in dieses vermeintliche Glück und somit in meinen eigenen Untergang.
Ich verliere auf ganzer Linie. Alles. Endgültig.

Es beginnt eine Leidenschaft, die Leiden schafft.
Meine Ehe hat keinerlei Chance mehr, meine ohnehin angeschlagene Gesundheit bekommt den Rest, finanziell gehen Zigtausende drauf, die Kneipe geht über den Jordan, jede Menge Gerichtsverfahren haben ihren Grund in dieser Hörigkeit.
Ich muss es haben!

Der Mann, der alles aus den Angeln hebt, kommt verschwitzt, mit wirren, verstaubten und viel zu langen Haaren, also ungepflegt, noch im Overall von der Arbeit direkt in die Kneipe, um Bier zu trinken. Später stoßen sein Schwager und sein Bruder dazu. Sie flachsen, saufen, machen eine gute Zeche. Es ist schon spät am Abend. Ich habe meinen täglichen Frust bereits weg- und mir die nötige Stimmung angetrunken, bin bestens in der Lage, meine Gäste zu unterhalten – wie auch immer.
Er tritt ein, ein erster Blick, schon fahre ich auf ihn ab. Offenbar Südländer, einen Kopf größer als ich, drahtig, muskulös, dunkel die Haut, das Haar, er sieht verdammt gut aus. Die schwarzen, fast glühenden Augen dominieren das Gesicht, versprechen Faszinierend-Feuriges. Ein Bein ist steif, er hinkt, was zart und hilflos wirkt und mich nur noch mehr bereit macht, mich ihm zuzuwenden.
Ich flachse mit, es wird getanzt. Auf direktem Wege jagen wir aufeinander zu. Beide fordernd, küssen wir uns aufgeilend, nicht etwa vorsichtig abtastend. Ich bin neu/gierig auf ihn.

Ich habe es eilig mit dem Feierabend und finde mich mit diesem fremden Menschen in dem mir ebenso fremden Schlafzimmer einer guten Bekannten wieder. Sie wird gar nicht erst gefragt, wir belegen es wie selbstverständlich. Fangen sofort an, während sie sich quasi vor der Tür den Schwager vom Hals halten muss. *Sie* will nämlich nicht!
Jetzt schäme und ärgere ich mich wegen meiner Gleichgültigkeit gegenüber dem, was ich so anziehe. Weiß genau, dass *er*

den Bollerschlüpfer registriert hat, der riesig und ausgeleiert meine Reize umschloddert und normalerweise eher abtötend als antörnend wirkt.
Doch das Teil ist schnell ausgezogen, wir fallen ohne Vorgeplänkel übereinander her.

Es folgt das Übliche: keine Befriedigung.
Wir sind viel zu betrunken, trennen uns am frühen Morgen, lediglich erschöpft von dieser Schwerstarbeit.
Auch er will seine Leistung bestätigt wissen, bildet erst recht keine Ausnahme. Ich habe keine Lust, ihm den Gefallen zu tun. Unbewusst fordere ich ihn heraus, reize ihn, denn ich verpasse seinem Stolz sogar einen Dämpfer, lege keinen gesteigerten Wert darauf, die Sache zu wiederholen.
„Sehen wir uns, soll es mir recht sein, wenn nicht, ebenso.“ Nicht gerade ein Ausbruch von Begeisterung, gleichgültig geäußert, damit lasse ich ihn verdattert vor der Haustür stehen. So toll war es nicht, soll er sich ruhig den Kopf zerbrechen. Mir ist egal, was für sein Ego dabei herausspringt. Ich bin nur noch müde und weiß nicht einmal, wie er heißt.

Ausgeschlafen, klar im Kopf – obwohl keineswegs bei null Promille – lasse ich es Revue passieren.
Immer noch gleichgültig?
Keine Spur, im Gegenteil! Da war was drin. Was Wildes, Zügelloses, hier sind wir auf einer Wellenlänge. *Endlich!*
Ich bin aufs Schärfste angemacht.
Ich will! Dringend, sofort, gleich! Ich will alles noch mal, nüchterner, bewusster.
Mich beherrscht nur ein einziger Gedanke: *Wird er wiederkommen? Wann?*
Ich habe ihm nicht gehuldigt, damit sind die Aussichten schlecht. Ich hab’s mir selbst vermasselt, verdammte Scheiße!

Meine Nägel werden kurz an diesem Tag. Gebannt lasse ich die Tür nicht aus den Augen – kommt er, kommt er nicht? Mein ganzer Körper ist bis zum Äußersten angespannt.
Er kommt!
Sofort fange ich hinter der Theke an zu glühen, allein für ihn, brenne buchstäblich, sehe nur ihn. Frau pur, verspreche ich viel ohne Worte. Wir einigen uns mit den Augen: seine geil, meine geil …
Wir haben Glück, meine Wohnung ist diese Nacht leer, ich nehme ihn mit.
Beide haben wir uns mit dem Trinken zurückgehalten, sind uns unausgesprochen darüber einig, dass es diesmal was werden soll.
Es wird was! Er kann es! Während all meiner Ausschweifungen erlebte ich es lediglich ein Mal, dass sich ein weit jüngerer Mann wirklich liebevoll bemühte, schönen Sex wollte. Eine magere Ausbeute.
Jetzt erlebe ich es zum zweiten Mal.
Ganz egal, wie gleichgültig ich ihm sein mag, er vermittelt, dass alles, was ich als Frau zu bieten habe, einfach einzigartig toll ist und ausgekundschaftet werden will, ja, *muss*.
Und das tut er, wahrhaftig! Er findet Lust an/mit mir. Hat deutlich sichtbar Vergnügen daran, mich zu drehen und zu wenden, zu fordern und zu geben. Es hat eine berauschende, mitreißende Wirkung, denn ich will ihn genauso. Ausgiebig, nichts wird ausgelassen, alles ist natürlich, kein peinlicher Gedanke kommt auf.
Er zündet mich an und ich explodiere.
Er tut Dinge, von denen ich keine Ahnung hatte, dass man sie machen kann, dass sie mich erregen würden. Tun sie aber – und wie! Völliges Neuland für mich, ich will mehr davon. Das bereitet ihm keine Probleme, seiner Fantasie, seinem Wirkungsfeld sind keine Grenzen gesetzt.

Er scheint an nichts anderes zu denken als daran, mich zufriedenzustellen – *mich*!
Wir sind unersättlich, können einfach nicht genug voneinander bekommen.
Furchtbar, bliebe es bei diesem einen Mal!

„Wie heißt du eigentlich?", diese Frage stelle ich erst hinterher. Aus Gründen, die ich später erfahre, kommt bereits mit der ersten Antwort eine Lüge aus seinem Mund. Ich sollte in diesem ganzen Jahr keine einzige Wahrheit hören.
Auch darin hat er großes Talent, sind seiner Fantasie keine Grenzen gesetzt – er stellt Münchhausen problemlos in den Schatten.

Er ist ein geschickter Fliesenleger, Subunternehmer. Bruder und Schwager arbeiten mit ihm zusammen an dem neuen Kindergarten, der keine 200 Meter von uns entfernt gebaut wird. Sie haben noch mindestens sechs Wochen hier zu tun.
Sechs Wochen kann ich mich sattlieben!
Alles andere ist in dieser Zeit uninteressant. Was zählt, sind nur noch die Stunden mit ihm. Meine Hoffnung bezüglich dieser Beziehung ist so groß, dass ich ihm gern jedes Wort glaube. Stundenlang höre ich ihm zu, wenn er von seinen Idealen, Träumen, Enttäuschungen spricht.
Alles ist bei ihm schiefgelaufen. Der arme Mann braucht *mich*, damit er endlich Glück im Leben hat. Eine Frau, die anpacken kann, eine, die ihn versteht. Das bin ich – natürlich!
Eine herbe Enttäuschung ist das, was er in seinem Haus sitzen hat. Nur die drei gemeinsamen Kinder haben ihn bisher davon abgehalten, wegzugehen, sich scheiden zu lassen. Schlampig ist sie, bequem, gleichgültig, den Kindern keine gute Mutter. Dabei anspruchsvoll, geldgierig, sie kann den Hals nie voll bekommen.
Wie konnte er sich dermaßen irren?

Sein sauer verdientes Geld wirft sie achtlos zum Fenster hinaus. Zu faul zu kochen, lässt sie sich das Essen ins Haus bringen, kauft Dinge, die am nächsten Tag schon überflüssig sind – kurz, lebt auf seine Kosten in Saus und Braus.
Obendrein ist sie fett geworden, wiegt 100 kg, er schämt und ekelt sich, muss er zusammen mit seiner Frau irgendwo auftreten.
Das Fett an ihr und dazu ihre arrogante Unlust sind auch der Grund, warum er sie nur im größten Notstand anfasst. Jedes Mal ist er froh, auf Montage gehen zu dürfen, damit er dem ganzen Schlamassel zu Hause entfliehen kann.
Schüchtern, zaghaft (das erwärmt mich) rückt er damit heraus, dass er Mohammedaner ist, bereits einmal verheiratet war, aus dieser Ehe eine Tochter hat. Er weiß um die Vorurteile, hat sie auch bei mir befürchtet, nur deshalb gelogen, und freut sich, dass ich keine habe.
Ich bin glücklich darüber, wie sehr er mir „vertraut“, wie „ehrlich“ er ist.

Mensch ist Mensch, so denke ich wirklich. Allerdings bin ich Norddeutsche und kann mir nicht vorstellen, einen Herrn und Gebieter zu haben, wie ihn die Rolle der Frau in einigen Ländern vorsieht.
Er versäumt nicht, mich darüber aufzuklären, dass er eigentlich das Recht hätte, vier Frauen sein eigen zu nennen, diesen Anspruch allerdings noch nicht geltend gemacht hat. Aber er dürfte! Bräuchte kein schlechtes Gewissen zu haben, wäre im Falle des Falles keinerlei Vorwürfen ausgesetzt.
Aus Sarajevo kommt er. Das sind die Besten. Sehr stolz ist er. Keine Gelegenheit lässt er aus, darauf hinzuweisen, *wie* stolz. Auch auf sein Land. Es geht ihm über alles. Er würde sein Leben geben, um es zu verteidigen, dafür seine eigene Mutter erschießen! (Das könnte er beweisen, in Jugoslawien bricht Krieg

aus … Stattdessen bleibt er lieber – wie seit 20 Jahren – in Deutschland, verdient Kohle und lässt es sich gut gehen.)
Die Frau, die sein Leben teilen darf, müsste lieb, sanft, gefügig sein, ihn bekochen. Er verdient das Geld, sie versorgt die Kinder, den Haushalt. Die Devise der Jugoslawen sei, so sagt er mir, den Frauen möglichst schnell ein paar Kinder zu machen, damit sie nicht auf dumme Gedanken kommen. Die Kinder an der Brust, ab in die Küche, an den Herd, nur so sei es richtig. Alles andere Männersache. Begeistert beobachtet er, dass ich mit Zeitungspapier die Fenster blank reibe. Das ist althergebracht, das gefällt ihm.
Ja, ich bin die Richtige!
Ich habe nicht den Schimmer einer Ahnung, warum das so ist, aber all das will ich für ihn sein.
Mit Hilfe aller Kraftreserven, die noch in mir sind, versuche ich, seine „jugoslawische“ Frau zu werden, bereit, ein Kopftuch zu tragen oder mich im Ernstfall zu verschleiern.
Er mag es nuttig, also ziehe ich mich nuttig, aufreizend an. Er mag meine Haare lang (das steht mir überhaupt nicht), meine Haare werden lang. In meiner knappen Freizeit lerne ich Serbokroatisch.
In seiner Heimat kann er mich absetzen, alles will ich zurücklassen. Wenn er nach Hause kommt, werde ich auf ihn warten, demütig will ich sein.
Und das alles nach fünf, sechs Nächten!
Ist es denn zu fassen?

Meine Bereitwilligkeit wirkt umwerfend auf ihn. Alles, was er von mir zu sehen und zu hören bekommt, findet sein Wohlgefallen. Tüchtig ist sie, super im Bett, sparsam, duldsam – eine Dienerin erster Güte. So etwas kann er sich nicht entgehen lassen. Und … er dürfte ja auch vier Frauen haben!

Nie hat er daran gedacht, sein Haus, seine Familie, überhaupt irgendetwas aufzugeben. Also gilt es, mich blind zu halten, was lange Zeit sehr einfach ist.
Natürlich sehe ich ein, dass er es seiner Frau noch nicht sofort sagen kann, der Schock wäre zu groß für sie. Außerdem läuft das Geschäft auf ihren Namen, sie ist Deutsche und könnte ihm die Existenz unter den Füßen wegziehen. Also sind Vorsicht und Geduld gefragt. (Erste Warnsignale! Sie werden erfolgreich verdrängt.) Beides gilt allerdings nur in Bezug auf seine Frau. Der Gedanke, dass sich *mein Mann* weiterhin in meiner Nähe aufhält, ist ihm unerträglich. Ich bin nun *seine* Frau. (Seine Zweitfrau.)
Er leidet, wenn ein anderer mir zu nahe kommt. Wie sehr muss er mich lieben!, interpretiere ich geschmeichelt, stolz, von diesem Mann mit einem solchen Ausschließlichkeitsanspruch begehrt zu werden. Ja, ich will sein Besitz sein.
Trotzdem, ein Rest Unsicherheit und Existenzangst bleibt im Hinterkopf, lässt sich nicht ausmerzen, verhindert, dass ich sofort mit offenen Karten spiele. Ich zögere es hinaus.

„Bitte lass mich nicht ins offene Messer laufen. Sag mir, ob du es wirklich ehrlich meinst. Das ist wichtig für mich, ich stelle mich innerlich darauf ein, verstehst du? Ich verlasse mich auf dich. Wenn du für uns beide noch keine Möglichkeit siehst, okay. Wir schlafen weiter miteinander, das ist nicht in Gefahr. Nur sag mir bitte die Wahrheit! Gaukele mir nichts vor. Bist du sicher, dass du *wirklich* bei mir bleiben willst?“, so sprechen Vorsicht und die Angst vor erneuter Enttäuschung – ich will meine, wenn auch trügerische, Sicherheit nicht verlieren.
Wenn ich wieder alles aufgebe, dann ist das ein gewaltiger Schritt, den *ich* aushalten muss. Immerhin sind da noch die Gaststätte und zehn gemeinsame Jahre … Es kommt mir alles so bekannt vor. Wie weh hat es doch damals getan?
Und dann?

Ich wäre vorerst auf diesen Mann angewiesen, abhängig.
Immer wieder stelle ich ihm die Frage: „Kannst du das verantworten? Willst du das wirklich?“ Ja, ja, ja! Reden kann er auch.
Ich muss schon sehr krank sein …
Die Schwere unserer Ehekrise ist nicht mehr zu verharmlosen. Wir schlafen nicht mehr zusammen, das sagt alles. Der alljährliche Urlaub steht vor der Tür. Wolfgang möchte ihn unbedingt mit mir verbringen.
Versöhnung? Zweite Flitterwochen? Nein, ohne mich. Es geht einfach nicht. Als sei es eine Fügung des Schicksals, wird ihm zu just diesem Zeitpunkt eine Kur genehmigt. Er will nicht fahren, will sie verschieben. Ich rede ihm gut zu, sehe eine gemeine Chance, in der Zwischenzeit eine Art Alltagstest mit dem Jugo zu machen.
„Das ist doch die Klinik, die mir so gutgetan hat. Fahr also! Was passieren soll, passiert eh. Unsere Ehe kommt entweder ins Lot oder geht kaputt, so oder so. Fahr.“ Ich überzeuge ihn. Vier Wochen für mich!
Mein Sohn ist gerade in New York. Ich könnte nun diese Stadt aus erster Hand erleben …

… oder Urlaub auf einer Baustelle machen.
Ich lerne Wuppertal kennen, insbesondere die Toiletten der Kaufhäuser. Der Wohnwagen, die Schutthalde vor der Tür, das Dixie-Klo, das ich mir im Notfall mit den Arbeitern teile, machen das Rennen.
Spätestens nach diesen vier Wochen hätte ich meinen Wahrnehmungen trauen und besser alle Hoffnung fahren lassen sollen, so deprimierend und vorhersagbar spielte sich alles ab. Mehr als einmal fragte ich mich, ob ich verrückt sei, mir so etwas anzutun …
Ich komme nicht vom Regen in die Traufe, es ist weit schlimmer. Meine Ehe ist ein Schlaraffenland dagegen! Bei Wolfgang

kann ich immerhin tun und lassen, was ich will. Sogar fremdgehen.
Ich, die einen hohen Anspruch an ihr Leben hat, die sich nach der Kur fest vorgenommen hatte, nach ihren Bedürfnissen zu leben, bin nun gänzlich ohne.
Meine Hauptaufgabe besteht darin, mich unauffällig, angenehm zu geben. Ich soll mit allem zufrieden sein, kritiklos, ohne eigene Meinung. Dieser Mann bestimmt einfach alles: auf welche Weise ich Wasser in den Filter gieße, wie (nicht wie lange) ich Eier koche, wie lange die Butter in der Pfanne zerfließen darf, wann ich munter sein muss, wie lange ich schlafen, wann ich reden darf und – besonders wichtig! – wann ich zu schweigen habe. Nur er weiß über alles ganz genau Bescheid.
Die deutsche Küche taugt nichts. Dafür aber sein fettiges, ohne jeden Pfiff zusammengematschtes Essen.
Zweifellos können jugoslawische Frauen landesüblich perfekt kochen, das wird auch schmecken, aber seine Variante ist eben alles andere als lecker.
Der jugoslawische Ursprung reicht, ihn ins Schwärmen geraten zu lassen, und ich soll da gefälligst fraglos mittun. Selbst verkohlte Lammkoteletts sind hervorragend, bloß weil Lamm ein traditionelles Gericht seiner Heimat ist.
Mitten in der Nacht weckt er mich. Er hat jetzt Hunger auf Bratkartoffeln oder auf Sex. Rücksichtslos stellt er seine Forderungen, ganz gleich, wie müde und abgeschlafft ich von seinen dauernden Ansprüchen und meiner wachsenden Sorge bin.
Meine eigenen Initiativen registriert er mit Befremden. Wenn ich versuche, mich durchzusetzen, kann er das nur schlecht akzeptieren. Einige Dinge erlaubt er mir, lässt sie mir gnädig „durchgehen“. Das soll ich anerkennen.
Sitzen wir in einem Lokal – und das tun wir fast täglich –, hängt er, mir den Rücken zugewandt, gebannt am Spielautomaten, füttert ihn mit Fünfern, spricht kaum ein Wort und be-

kommt einen Wutanfall, wenn ich mich unterhalte, obwohl er mich als gesellige Wirtin kennenlernte.
Und auch er säuft!
Wir verlassen den Laden nie, bevor er nicht stockbesoffen ist.
Der laut schnarchende Mann in dem kleinen Wohnwagen ist nicht auszuhalten. Mir bleibt Wuppertal bei Nacht, ziellos laufe ich durch die Straßen.
„Ja bist du denn wahrhaftig verrückt geworden? Bist du total blöde in der Birne? Verdammt noch mal, was ist los mit dir, dass du das nicht auf die Reihe kriegst? Hier läuft doch vorne und hinten nichts, das spürst du doch schmerzhaft genug!“, schimpfe und wettere ich dabei laut vor mich hin. Die wenigen Passanten, denen ich begegne, drehen sich kopfschüttelnd nach mir um. Verrückt, wahrscheinlich besoffen, die Frau! Jetzt falle ich auch schon im fernen Wuppertal auf. Das habe ich davon, mehr nicht.
Das Alltagsleben mit ihm ist todlangweilig. Was er kann, das ist Fliesen legen, fernsehgucken, in die Kneipe gehen, ficken und schlafen.
Ununterbrochen trampelt da jemand auf mir herum, und ich lasse es nicht nur zu, sondern mache sogar mit.

Er verdient ungleich mehr als ich, rechnet mit ganz anderen Summen, trotzdem wird *er* für *mich* teuer, nicht ich für ihn.
Er hat keinen Führerschein mehr, bekommt ihn auch nicht wieder. Also chauffiere ich ihn von Stadt zu Stadt, von Baustelle zu Baustelle, was meine ohnehin immer schlechter werdende finanzielle Situation weiter verschärft. Meine diesbezüglichen Sorgen sind ihm sehr wohl bekannt, aber sie interessieren ihn nicht, gehen ihn nichts an, lassen ihn kalt. *Ich* will ja schließlich bei ihm sein!
„Es wird schon, pass auf, wir machen dies und das …“ – Gelaber, Phrasen, dabei blieb es. Ratlos, schlaflos verfolge ich, was mit mir geschieht – nichts Gutes!

Nur Liebe kann so etwas ertragen, also muss ich ihn wohl lieben. Bis zum Wahnsinn!
Blind für die Wirklichkeit erliege ich seinen Täuschungsmanövern. Geschickt, überzeugend serviert er mir kleine, leckere Häppchen „unserer" Zukunft, lässt mich ahnen, wie schön es sein wird …
Er redet von Sarajevo, wie wir dort wohnen werden, in unserem kleinen Haus. Da gibt's ein Grundstück direkt am Meer, in Kürze soll ich dorthin fliegen, es mir ansehen, ob sich der Kauf lohnt. Nur mir allein traut er zu, das richtig beurteilen zu können, wir wollen ja auch zusammen dort leben! Dabei soll ich gleich seine Familie besuchen, sie wartet darauf, ist gespannt auf die neue, liebenswerte Schwiegertochter.
Er will seine zukünftige Schwiegermutter endlich kennenlernen, meine Söhne, meine Schwestern, schließlich sind sie nun bald auch seine Familie. Und was für wunderbare Söhne ich vorzuzeigen habe! Sie helfen ihm beim Fliesenlegen, sind willig, lernen schnell. Prachtjungs, wirklich. (Ich rede ihnen diesen Mann ein, genau wie ihren Stiefvater!)

Meine Gedanken, meine Gefühle, meine Sehnsucht, einfach alles dreht sich um ihn, bis zum Wahnsinn.
So ein Irr-Sinn!
Ich bin ihm hörig, will meine Bedürfnisse nicht mehr auf Minutensex zurückschrauben. Verwechsele Sex mit Liebe. Erstarre in der Haltung, imponieren, gefallen zu wollen. Da agiert mein Schatten, mein zweites Ich.
Was muss alles passieren, bis ich endlich erkenne: Ich laufe ins offene Messer.
Aus dem „Urlaub" zurück, lege ich meine Karten auf den Tisch. Zu meinen Erkenntnissen kommt diese eine hinzu: Mein Mann hat mir nicht gefehlt. Nicht eine Minute.

Selbst bei allem, was dann folgt, selbst, als ich es mir mit einer Umkehr viel leichter machen könnte, ist mir der Gedanke unerträglich, ihn zu küssen oder gar mit ihm zu schlafen.
Damit ist für mich endgültig Schluss. Eine glatte Lüge, etwas wegen materieller Sicherheit oder aus Angst vor dem Unbekannten aufrechtzuerhalten.
Obwohl unsäglich müde, *will* ich einfach nicht feige sein.
Zum zweiten Mal verlasse ich einen mir seit Jahren vertrauten Weg. Wieder qualvoll. Dieser Weg hat mich nicht glücklich gemacht, war aber überschaubar, bequem, gleichbleibend. Ärger, Enttäuschung und auch die Freuden waren kalkulierbar. Eine gewisse Ruhe dadurch möglich.
Das Neue ist schwer, kann wehtun. Jeder Schritt aus der Überschaubarkeit hinaus bedeutet Unruhe, Ungewissheit, Ängste.
Sicher nimmt der Mut zum Risiko mit fortschreitendem Alter ab, die Talfahrten zwingen dazu, Vernunftschranken einzubauen. Einiges wurde bereits erlebt, vergangene Umwälzungen haben Kraft gekostet, Spuren hinterlassen. Man hat gelernt, vorsichtiger zu sein.
Vernunft, Vernunft – ich kratze sie aus allen Ecken und Enden zusammen, es reicht nicht. Wenn ich unsere Ehe überdenke, kommt Widerwille in mir hoch. Aufgestauter Frust ist nun auf einmal nicht mehr auszuhalten. Ich will Wolfgang nicht mehr nackt sehen müssen, nichts Intimes mehr mit ihm teilen. Ich ekle mich.
Mit viel Glück könnten wir Freunde werden, aber auch dafür müsste viel getan werden, und ich bin nicht sicher, ob ich das will.
An der ersten Scheidung bin ich schwer erkrankt. Auch bei der zweiten komme ich nicht heil davon.

Auch mein Mann weint, trauert, ist fix und fertig. Ich weiß nicht, worum er weint. Um mich oder um die Gewohnheit?

Er bemüht sich ernsthaft darum, die Ehe nicht scheitern zu lassen. Ist lieb, schenkt mir Rosen, Schokoküsse, umhätschelt, umtätschelt mich, soweit ich das zulasse. „Komm, Kleines, leg dich ins Bett, es ist doch viel bequemer, ich fass dich auch nicht an …“, bittet er, wenn ich im Wohnzimmer auf der Couch schlafe. Fürsorge durch und durch.

Das hindert ihn aber nicht daran, schon mal Kontakt zu seiner neuen Flamme aus der Kur aufzunehmen. Die Tür vor mir zu verschließen, um Liebeslieder auf Kassette aufzunehmen, abzuschicken und zu empfangen. Seinen zweiten Wohnsitz bei ihr in Bayern aufzuschlagen, sich dort anzumelden, ein Konto zu eröffnen …

„Vielleicht wird es ja wieder etwas mit uns beiden. Dann fliegen wir zusammen nach San Francisco. Wir werden sehen, lass' uns Zeit.“ So verabschiedet er sich auf dem Bahnhof von mir, bevor er zu ihr fährt.

„Aber was wird sie dazu sagen, du machst sie mit all deinen Unternehmungen doch so sicher, es würde sie treffen!“

„Was kann ich dafür, was sich diese Frau einbildet?!“, sagt's und steigt ein.

Einer anderen Frau gegenüber verhält er sich genau so, wie ich es bislang erlebte, macht sie sich lediglich zunutze. Damit ist jeder Zweifel aus der Welt, ob meine Entscheidung richtig war. Falls es einen Hoffnungsschimmer gab, so hat er ihn selbst zerstört.

Als er meint, dass er nun genug zur Rettung unserer Ehe getan hat, öffnet er sein Portemonnaie mit Sichtfenster, nimmt mein Bild heraus und legt ein neues ein. Das war's. Ich beneide ihn darum, so leicht fällt es mir nicht.

„Nägel mit Köpfen machen“, das müssen wir wohl nun alle drei. Die unerträgliche, spannungsgeladene Stimmung erzwingt es förmlich.
Zwei tun es, der Dritte im Bunde, der vielversprechende Jugo, sucht noch seinen Nagel …

Voller Angst vor dem Ungewissen, doch ohne groß zu zögern, greife ich zu, als ich überraschend eine hübsche, helle 1,5-Zimmerwohnung im selben Ort bekommen kann. Ein Wink des Schicksals, ich muss es versuchen. Erst recht, weil nun auch der Jugo begeistert dabei ist. Blauäugig träume ich zum zweiten Mal von einem Neuanfang. Ja, das soll unser neues Heim werden. Es wird alles gut, bestimmt.
Meine Träume sind nicht seine Träume.
Für ihn ist es lediglich eine Rechnung, die aufgeht, entwickelt sich doch alles sehr, sehr praktisch. Besser kann es gar nicht laufen. Der „Zweitwohnsitz“ ist bei Montageaufträgen im näheren Umkreis rundum kostengünstig. Die Monatsmiete für eine ganze Wohnung beträgt einen Bruchteil der ansonsten anfallenden Hotelkosten. „Platz ist in der kleinsten Hütte“, also auch für seine Gehilfen. Für die Wäsche, das Essen gibt es nun eine zweite, aufmerksame Hausfrau. Tja, und im Bett muss er auch nicht allein liegen. Was will das Herz mehr? Kein Fehler also, die Wohnung zu nehmen. Schon gar nicht, da ich allein den Mietvertrag unterschreibe und, so lange es mir finanziell möglich ist, meinen Anteil der Miete trage.
Liebevoll drücke ich ganz fest meine Augen zu, sehe weiterhin beharrlich nichts!
Die Hälfte der Einrichtung nimmt er auf seine Kappe, also meint er es 100-prozentig ernst.

Ich liebe diese kleine Wohnung. Sie ist niedlich, gemütlich, kuschelig, unter normalen Umständen ein Zuhause, in dem man zur Ruhe kommen könnte. Ich leider nicht. Bei mir läuft nichts

normal. Nun pendle ich zwischen beiden Wohnungen hin und her. Meistens bin ich allein, hier wie dort. Der Jugo ist entweder auf Montage oder bei seiner Familie. Muss er. Seiner Frau gehört die Firma, also Vorsicht. Ich jedoch soll mich gefälligst nur in „unserem neuen Heim" aufhalten, so die nachdrückliche Order. Schließlich kann er nichts dafür, dass er noch geschäftlich mit seiner Frau zusammenhängt, sich also ab und an für nötige Regelungen zu Hause einfinden muss.
Es gibt offenbar vieles zu regeln.

Ich finde keine Ruhe, zu verworren ist mein Leben. Oft liege ich auf dem neuen Bett, hänge unklaren Gedanken nach. Deutlich ist nur einer: *Ich bin allein, verlassen*!
Dann gehe ich rüber zum Kiosk, hole mir Bier und eine immer größer werdende Taschenflasche, dehne damit meine Einsamkeit bis ins heulende Elend aus. Ich trinke viel.
Es spitzt sich zu.
Mein Mann bekennt sich öffentlich zu seiner neuen Freundin, will sogar schnell heiraten. Fährt in jeder freien Minute zu ihr nach Bayern. Also bin ich mit der Gaststätte allein.
Allein in der Wohnung, allein in der anderen Wohnung, allein in der Gaststätte. Prost! Mann bei der Freundin, Freund bei der Frau. Nicht zu verkraften, die Talfahrt hält an.
Verzweifelte Versuche, nüchtern zu werden und zu bleiben, scheitern kläglich. Ist überhaupt nicht machbar. Mehr als einmal lasse ich im Laden einfach alles stehen und liegen, gebe meiner Freundin Vollmacht und gehe vollkommen fertig oder betrunken – oder beides – nach Hause.

Bonn, Wuppertal, Kaarst, Borkum. Tausende von Kilometern reiße ich im Laufe der Monate auf der Autobahn ab, wenn er mich zu seinen Baustellen ruft, weil er mich „braucht". Schätzungsweise 16.000 gefahrene Kilometer kommen zusammen, nicht einen davon lege ich nüchtern zurück.

Mein Auto gibt dabei den Geist auf. Eine Sorge mehr – wovon kaufe ich ein neues Auto? Nur schade, dass er mir dabei gerade nicht helfen kann, denn seine verfügbaren Geldmittel gehen für einen neuen „Firmenwagen" drauf. Marke Mercedes. Wegen der langen Fahrten muss es schon ein äußerst bequemes, luxuriöses Auto sein, das müsse ich verstehen. Aber ja doch, ich verstehe. Aber ich mache diese Fahrten auch!
Nicht nur mein Auto gibt den Geist auf, ich ebenfalls. Wie sonst ist zu fassen, dass ich um ein Haar mein gesamtes, mühselig erworbenes Eigentum auf seinen Namen überschreibe, um ihm das Ausmaß meiner Liebe (den Grad meiner Verrücktheit) zu beweisen? Denn die 16.000 Kilometer reichen ihm nicht als Beweis. Auch nicht, dass ich ihn mal eben im Zug nach Bonn begleite, nur, weil er nicht allein fahren will. Im Rückzug sitze dann eben ich allein!
„Ich geh mit dir, wohin du willst, auch ohne meine Kinder" – das kommt aus *meinem* Mund!
Ich bin abgedreht, das sieht jeder, nur ich nicht.
Er ist der Chef. Bei seiner Frau, bei mir, und wenn ich mir etwas mehr Mühe geben würde, wäre er es auch in der Gaststätte. Ich müsste dem Vermieter nur klarmachen, wo es langgeht, was den Mietvertrag betrifft. Dann würde er mir zeigen, wie man Geschäfte macht, dass der Rubel rollt. Schon jetzt betritt er den Raum als Inhaber. Ein gutes zweites Standbein, dafür ist er sowieso. Bloß eine Frage der Zeit, wann es hier nach seiner Nase geht.
Ein Jahr lang laufe ich ihm hinterher, diene ihm, glaube alles, lasse mich hinhalten, verarschen nach allen Regeln der Kunst.

Als sich Frust in mir breitmacht, ist das der erste Schritt auf dem Weg zur Gesundung. Mit Händen und Füßen rudernd versuche ich, gestärkt durch eine schwelende, innere Wut, aus dieser Verblödung herauszukommen.

Wieder hat er mir einen vom Pferd erzählt, das will und kann ich alles langsam nicht mehr einsehen. Er hat nicht immer recht! Nein, verdammt noch mal, dieses Essen schmeckt nicht, auch wenn es jugoslawisch sein soll. Es ist angebrannt, das sieht man doch! Seit wann schmeckt Kohle?
Ich äußere wieder meine Meinung! Zwar zögerlich und leise, aber immerhin, ich habe eine.
Ich lasse mich nicht mehr zwingen, in der kleinen Wohnung zu schlafen, während er bei seiner Frau liegt. Schlafe wieder da, wo ich schlafen will und mich nicht einsam fühle. Sein Protest prallt auf meine Entrüstung über seinen Machtanspruch.
Und ein für alle Mal, ich will nicht mehr hingehalten werden, eine klare Entscheidung. Und tatsächlich, er sagt es seiner Frau. Aber wie? Was für eine Story mag er ihr erzählt haben? Es muss eine abenteuerliche, fantasievolle gewesen sein, denn von da an aalt er sich in unserem Bemühen, seine Gunst zu erringen.
Welche von uns beiden ist besser?
Er genießt das in vollen Zügen, spielt uns gegeneinander aus. Mit kaum verhülltem Stolz berichtet er mir, dass sie aus Kummer nur noch 100 Pfund wiegt, dabei gut aussieht. Dass sie sich nun bemüht, für ihn zu kochen, sauberer zu werden, ja, ihm jeden Wunsch von den Augen abliest.
Gewichtsmäßig nähere ich mich derweil ihrer früheren Marke …
Sie kämpft um ihn wie eine Löwin. Erträgt wirklich alles, um ihn zu behalten. (*Was bloß?*, frage ich mich aus heutiger Sicht.) In ständiger Alarmbereitschaft ist sie dauernd auf Achse, allzeit bereit, wenn er mit den Fingern schnippt. Er schreckt vor nichts zurück mit seiner Fingerschnipperei. Sie macht mit, genau wie ich.
Auch sie wird aufs Schwerste gedemütigt. Er schleppt sie in die Gaststätte, führt mich und die große Wohnung vor. Prahlt mit dem, was Wolfgang und ich uns angeschafft haben. „Guck dir

an, was dabei herauskommt, wenn die Frau ordentlich mitarbeitet! Daraus kannst du nur lernen. Mit ihr kann ich eine Menge erreichen! Eine kleine Wohnung haben wir schon, das ist erst der Anfang."
Deutlich macht er ihr klar, wie groß ihre Mühe, wie beständig ihr Einsatz sein muss, will sie ihn zurück. Auch sexuell, denk ich mir mal.
Hinterhältig will er ihre Besuche so arrangieren, dass wir gerade nackt im Bett liegen, „erschreckt" bei unseren Aktivitäten ertappt werden. Sie soll sehen, wie willig andere Frauen sind, nicht so lahmarschig wie sie!
Das will *er*, aber nicht ich. Dieses Verhalten ist krank und gemein, sagt mein Inneres, und: Sie ist einfach eine Frau, der es nicht viel besser geht als mir.
Bei ihm erkenne ich die Verrücktheit, und bei mir?
Die miesen Touren, die er – für wen eigentlich? – ständig abzieht, rufen allmählich Abscheu in mir hervor. Ganz langsam und anfangs noch unbewusst wird mein Blick klarer, geht er mit mir doch kein bisschen anders um.
„Ruf sie doch an, frag sie doch!" Großmäulig fordert er mich immer wieder dazu auf. Er kennt mich gut, fürwahr, weiß sehr genau, dass ich das unter keinen Umständen tun würde. Außerdem – was kann sie mir schon sagen?
Eine Menge!
Sie ruft mich an. Was daraus werden solle. Wie es weitergehe. Vernünftig ist der Ton, traurig, ängstlich. Viele Erklärungen gibt sie mir, ich kann sie verstehen, leider. Damit er bleibt, lässt sie auf sich herumtrampeln. Nun trampelt er auf zwei Frauen herum. Sie gehören ihm ja beide. Ich erinnere mich daran, dass er sich zwei und mehr „halten" darf, er muss nur für alle sorgen.
Um mich sorgt er sich nicht, und mit ihr schläft er!?
Nie hat er damit aufgehört, sie lediglich unter Druck gesetzt, möglichst besser zu sein als ich. Nun gibt sie sich Mühe,

Grund genug für ihn, bei ihr zu bleiben. In unserem Gebettel suhlt er sich behaglich wie ein Schwein im Mist.
Es war nicht vorgesehen, nicht erwünscht, dass seine Frauen allein miteinander reden. Erst recht nicht, was dabei herauskommt: Verständnis nunmehr nicht für ihn, sondern eher für sie, die andere. Ein bisschen Durchblick.
Es stinkt ihm.
Ich entflutsche. Scheiße, die Bequemlichkeit geht flöten, das darf nicht zugelassen werden. Ring(e) und Versprechen müssen her. „Silvester bleibe ich bei dir, ich mache Klarschiff. Aber Weihnachten muss ich noch mal bei der Familie sein, die Kinder, verstehst du? Es wäre zu hart für sie. Silvester bin ich da, Ehrenwort!"
Nach Silvester, mit dem neuen Jahr, weiß ich: Dieser Albtraum wird ein Ende haben.

24. Dezember 1989
Niemals habe ich einen derart seltsamen, traurigen, fröhlichen, gefühlsmäßig hin und her gerissenen Heiligabend erlebt.
Tagsüber keine spannenden Vorbereitungen, kein sich Einschließen, um die letzten Geschenke einzupacken, kein sich feierlich Anziehen, keine Weihnachtslieder im Radio, kein lautes Mitsingen, kein Weihnachtsgeruch in den Räumen, keine Vorfreude, kein gar nichts.
Stattdessen zwei Trauerklöße im Gammellook auf dem Bett. Die Überraschungen für ihn um uns zerstreut. Tränenreicher, dramatischer Abschied gegen 16 Uhr. Es tut ihm in der Seele weh, dass er mich verlassen muss. Ein schönes Geschenk wird er mir bei der Rückkehr mitbringen! Dann, ja dann, werden wir zusammenbleiben.
„Was meinst du wohl, wie es mich vor diesem Abend graut! Wenn die Kinder nicht wären, Liebste, würde mich nichts von

dir wegbringen. Aber wenn du es nicht aushalten kannst, dann bleibe ich. Soll ich?“
O nein, so herzlos bin ich nicht, ihm das anzutun.
„Fahr, du bist ja Silvester hier. Ganz sicher, nicht wahr?“
Sicher.
„Bitte bleib in unserer Wohnung, da gehörst du doch hin.“ Sagt er und fährt mit einem Brillanten in der Tasche nach Hause. Seine Frau freut sich über die Versöhnung.

Ich kann nicht in der Wohnung bleiben, nicht an diesem Abend. Ich muss in die mir vertraute Umgebung.
Dort sitzt mein Mann allein vor dem ungeschmückten Tannenbaum. Er ist gerade aufgestanden, hatte Nachtschicht, muss wieder in die Nachtschicht und fährt danach direkt zu seiner Freundin nach Bayern. Zwei Stunden dauern unsere letzten, trostlosen gemeinsamen Weihnachten.
Ich weiß, dass um 18 Uhr sein Dienst beginnt. Die Zeit rennt mir davon, nervös versuche ich, Essen auf den Tisch zu bringen – schließlich ist Heiligabend, an diesem Tag vernachlässigt man niemanden! Es wird nichts Halbes und nichts Ganzes, verstärkt nur mein schlechtes Gefühl.
Traurig, ratlos sitzen wir stumm in unserer großen Stube. Ich betrachte den Baum, und dabei kommt es mir erneut hoch. Er sieht so aus, wie ich mich fühle: Lieblos.
Ich muss daran denken, wie Wolfgang im ersten Jahr eine Krücke zu Hause anschleppte, weil sie so günstig war. Drei Meter hoch, fast ohne Nadeln, praktisch nur ein Stamm. Den Tränen nahe setzte ich mein ganzes Geschick ein, um ihn in einen wahrhaft königlichen Christbaum zu verwandeln. Dass der Baum schön aussieht, in warmem Glanz erstrahlt, dazu einlädt, am ohnehin melancholisch verbrämten Heiligabend besinnlichen Gedanken nachzuhängen – ja, das war mir immer wichtig.

Und an diesem Abend? Nur mit großer Mühe schaffe ich es, ihn überhaupt zu schmücken. Nein, dieses Jahr wird er nicht schön. Für wen auch? Lieblos, achtlos behangen steht er da, lässt mich nur noch schwermütiger werden.
Heiligabend. Weihnachten.
Für diesen Tag wünsche ich mir Ruhe und Frieden, die Familie zusammen bei einem guten Essen, einem guten Wein, in feierlicher Stimmung, in friedlichem, versöhnlichem Gespräch, das darauf hoffen lässt, dass sich Mann und Söhne vertrauter werden …
Friedlich, versöhnlich, Familie? Hoffnung?
Nie war ich weiter davon entfernt.
Ein Sohn liegt im Krankenhaus, wir sind zerstritten. Seit einem halben Jahr habe ich ihn nicht mehr gesehen. Zu tief hat er mich getroffen. „Versoffene Alte“ hat er mich genannt. Ich warf ihm dafür einen Aschenbecher an den Kopf und schmiss ihn raus. Ich kann diesen Sohn nicht besuchen, selbst an Heiligabend nicht. Täte ich es, würde ich meine Schuld eingestehen. Nicht *ich*, *er* hat die Grenze überschritten.
Von wegen „versoffene Alte“! Wie heißt es so schön: Wer im Glashaus sitzt, der sollte nicht mit Steinen werfen?
Der Dritte im Bunde, der jüngere Sohn, hatte nichts Eiligeres zu tun, als mit zwanzig zu heiraten, empfand das als angenehmer, als noch eine Weile im „Elternhaus“ zu wohnen. Womit er nun zweifelsohne besser dran ist. Auseinandergebrochen ist das, was eine Familie sein sollte, und übrig geblieben sind nur wir zwei.

Ich mache Wolfgang ein Geschenk.
„Ein Andenken, damit du mich nicht ganz vergisst“, sage ich spöttisch und überreiche ihm eine kleine, lederne Tasche für seine Papiere. Seine alte ist zerfetzt, das habe ich noch mitbekommen. Merklich überrascht rückt er eine Flasche Parfüm

raus, die offensichtlich nicht für mich gedacht war. Ich kann mich nicht freuen.
Wir wissen nicht, was wir einander sagen dürfen, ohne beim anderen Hoffnung auszulösen. Sagen also gar nichts. Das ist auch nicht nötig, denn unsere Augen zeigen, wie wir uns fühlen. Natürlich ist und bleibt er nicht nur hier, weil ich allein bin, mein Liebhaber es vorzieht, bei seiner Familie zu sein.
Unausgesprochenes zwischen uns, hängt jeder seinen Gedanken nach. Sind meine auch seine Gedanken? Geht auch ihm durch den Kopf, mit welchen Versprechungen wir unseren Weg begannen, wie gründlich wir alles zerstörten?
Ich merke, dass er gar nicht weg will. Doch er ist inzwischen neue Verpflichtungen eingegangen. Wie hätte er auch ahnen können, dass sich das Blatt wenden, ich am versöhnungsträchtigen Heiligabend allein sein würde?
Eine Umkehr ist eh unmöglich, zu viel kaputt, zerdeppert.
Und außerdem: Die Geschenke sind gekauft, seine Freundin wartet. Der ganze Ort weiß bereits, dass er sich entschieden, seine Versetzung beantragt hat. Wenn er jetzt nicht dementsprechend handelt, macht er sich lächerlich.
Ich habe bereits getrunken und trinke weiter. Welchen Ausweg gibt es aus diesem Dilemma? Weit und breit kein Land in Sicht. Mir wird bewusst, dass ich Weihnachten allein verbringen muss. Dass jedermann woanders ist. Keinem bin ich so viel wert, dass er bei mir bleibt. Verzweifelte Wut stellt sich ein. Ich fange eine Debatte, besser gesagt: einen Monolog an, der in böses, verbiestertes Zanken und Sticheln übergeht. Schließlich verliere ich, nun schon ziemlich betrunken, jede Beherrschung und schütte das teure Parfüm hysterisch heulend ins Waschbecken.
Dafür fliegt die Ledertasche auf den Balkon. Festgefahren, Sackgasse.
Zornig geht Wolfgang zur Nachtschicht und kommt erst vier Wochen später wieder nach Hause.

Ich verstehe mich selbst nicht mehr.
Als Ehemann brauche ich ihn nicht, aber er soll an diesem Tag bei mir sein? Ich bin nicht eifersüchtig auf seine Neue, was er körperlich mit ihr anstellt, berührt mich nicht, trotzdem fühle ich mich von ihm verlassen?
Seltsamerweise verschwende ich kaum einen Gedanken an den Jugo und das, was er möglicherweise zu Hause macht. Er ist wegen der Kinder dort, das möchte ich glauben. Quälende Zweifel schiebe ich beiseite.

Allein bin ich nun in dieser großen Wohnung, gehe von Zimmer zu Zimmer, zurück in die Vergangenheit. Immer war Leben in der Bude. Fünf Menschen wohnten hier, fast zehn Jahre lang. Nie war es leise. Freunde gingen ein und aus, Türen klapperten, Gelächter, Musik erklang. Nun sind alle Räume leer, wirken genauso verlassen, wie ich es bin.
Heiligabend, Weihnachtsmusik, der Wein und ich.
Rotwein und ich.
Das ist geblieben. Unterm Strich ganz schön traurig.
Wie oft wollte ich mir in all dem Wahnsinn schon das Leben nehmen? Bei Rotwein und schöner Musik. In betrunkenem Zustand war ich häufig ganz nah dran. Immer gab es einen winzigen Rest an Lebenswillen, der mich davon abhielt. Aber nun graut mir, denn ist Heiligabend für traurige Menschen nicht der schlimmste Tag im Jahr? Das wird der Tiefpunkt, so fürchte ich.
Überraschenderweise wird er es nicht.

Meine Söhne seien schlecht, so sagt Wolfgang. Nun kommt einer dieser schlechten Söhne und holt mich in seine Familie.
Ich bin gerade dabei, eine Mappe mit Bildern und anderen „Werken“ durchzusehen, die meine kleinen Jungs für mich gemalt oder geschrieben haben. Ich krame in schönen Erinnerungen, das unterstreicht noch mein jetziges Elend.

„Lass mich doch heulen“ – nach diesem Motto wehre ich mich dagegen, mitgeschleppt zu werden. „Nein, nein danke, ich will nicht.“ Eingesponnen in meine Traurigkeit, will ich meiner Schwermut frönen.
Es nutzt nichts, er lässt nicht locker.
„Du bleibst heute nicht allein. Die Mappe kann ja mit.“
Nie hätte ich für möglich gehalten, welch ein vergnüglicher Heiligabend ohne Spannungen daraus wird.
Sie geben sich große Mühe, bereiten ein leckeres Essen zu, das mir auch wirklich schmeckt. Später sehen wir uns gemeinsam die „Gesammelten Werke“ an. Es wird lustig.
All die wichtigen Briefchen an mich, die ungelenk gemalten, aber fantasievollen Kinderbilder sind so putzig. Die trockenen Kommentare des „Künstlers“ tun ihr Übriges: Wir lachen Tränen.
Spät in der Nacht fahre ich beinahe vergnügt wieder nach Hause und erlebe eine zweite Überraschung.

Das Telefon klingelt. Frühmorgens um 2 Uhr.
Ich begreife erst gar nicht, mit wem ich spreche. Jemand aus Ostfriesland ruft mich an? Wer?
„Bernhard hier.“ *Welcher Bernhard?*
Erst nach geraumer Zeit fällt der Groschen, pfennigweise sozusagen. Ein Stammgast – neuerdings kommt er fast täglich in die Kneipe –, der meinen Irrsinn seit Längerem beobachtet.
Überraschung macht sich breit. Ich verstehe nicht.
Oh, da gibt’s nicht viel zu verstehen. Er ist über Weihnachten zu Hause, weiß, dass ich allein bin, und will sich nur mal melden.
Die Meldung dauert über zwei Stunden. (Was hatten wir uns bloß alles zu erzählen?) Und damit nicht genug! Auch am ersten und zweiten Weihnachtsfeiertag meint er, mich unterhalten zu müssen.
?

Nach fast einem Jahr nehme ich ein anderes männliches Wesen wahr und frage mich: *Was will der?*
Ich weiß es noch nicht, aber er wird meine Ruhe, mein Halt. Er gibt mir das Vertrauen in die Zukunft zurück.

Neun Jahre lang Silvester mit Gästen und klingelnder Kasse. Schön waren diese Feste. Doch jetzt, im (wie es sich abzeichnet) letzten Jahr, will ich in dieser gut bezahlten Nacht nicht hinter dem Tresen stehen. Wie denn auch? Allein und in meinem fragwürdigen Zustand? Das würde ein Fiasko geben.
Bernhards Angebot, die letzte Nacht des Jahres mit ihm im wiedervereinigten Berlin zu verbringen, lockt und trägt zu meiner Unlust bei.
„Sicher herrscht dort wegen der Einmaligkeit eine einzigartige Stimmung." Ja, ich ziehe es durchaus in Erwägung. Einen gesunden Moment lang glaube ich tatsächlich, wieder über mich bestimmen zu können.
Wie kann ich dabei den Jugo vergessen? Er macht mir sehr schnell klar, was zu tun ist, bringt großartige Ideen für diese einträgliche Nacht mit.
„Es ist doch wohl nicht dein Ernst, nicht öffnen zu wollen! Du wärst schön blöd, wenn du dir das durch die Lappen gehen lässt. Außerdem komme ich doch zu dir, wie kannst du wegfahren wollen, und mit wem überhaupt?"
Seine Argumente und mein Kontostand sind leider überzeugend. Ich kann es mir nicht leisten, sie beiseitezuschieben. Geld regiert meine Welt, und nach der Flaute der letzten Zeit habe ich es dringend nötig.
„Es geht dir schlecht? Meine Güte, warum denn? Ich komme und helfe dir doch hinter der Theke, klaro?"
Er taucht nicht auf – klaro.
Bernhard ist derjenige, der mir im Laden hilft, auch nicht nach Berlin fährt.

Das zehnte Jahr ist keine Ausnahme, die letzte große Party gelingt, die Stimmung ist toll wie eh und je. Wir packen es gut, Bernhard, meine Freundin und ich. Arbeiten Hand in Hand, als sei es nie anders gewesen. Da kommt Freude auf. Da bleibt einfach keine Zeit für depressive Grübelei.
Die Wut verdrängt den letzten Rest von Traurigkeit.
Er kommt also nicht. Nun gut, dann nicht. Noch vier Stunden bis zum Neuen Jahr, das ich gewiss nicht jämmerlich beginnen werde. Vielleicht habe ich noch genug zu heulen, aber nicht hier und heute.
Das einzige Problem, das wir während dieser Nacht haben, ist: Der Jugo blockiert das Telefon.
Gleich beim ersten Anruf wird ihm klar, dass ich es gut ohne ihn aushalte. (Tatsächlich verschaffen mir gerade seine wütenden Anrufe ein ausgesprochen befriedigendes Gefühl.) Dass er es ja so haben wollte, hat er anscheinend aus seinem Kopf gelöscht. Dass *ich* arbeiten muss, nicht *er*, fällt genauso unter den Tisch. Natürlich ist auch keine Rede von einem schlechten Gewissen, weil er mich im Stich gelassen hat.
Ich verdiene tatsächlich gutes Geld, also frage ich ihn: „Um Himmels willen, es geschieht doch, was du wolltest. Sei doch zufrieden mit mir!"
Ist er aber nicht. Ich befinde mich inmitten mir bekannter Leute, das ist schier unerträglich. Unter Männern! Auch das nervt. Aber letztendlich reiten ihn blanker Neid und Wut. Er sitzt bei Frau und Kindern im Wohnzimmer, wo er eigentlich gar nicht sein will, glaubt man seinen Worten. Und da, wo er sein will, in der Kneipe, ist der Trubel. Verdammt!
Mir soll es nicht besser gehen als ihm, also versucht er, mich per Telefon in seine gute Stube zu beordern. Pech für ihn, dass ich nicht mitmache.
Wohlgemerkt, er hätte kein Problem damit, wenn ich brav zu Hause auf dem Bett liegen und mich bitterlich weinend nach ihm verzehren würde.

Nein, ich bin da, wo er sein will. Nur das ist es.
„Du scheinst dich ja prächtig zu amüsieren, wie man an der Musik hört! Es wird ja immer doller bei euch!" Hämisch, böse versucht er, meine gute Laune zu kippen.
Silvester ohne Musik? Ich kapiere nicht. Was macht er an der Musik fest? Ist er nun komplett verrückt geworden?
Nein, nein, ich lasse mir keine Schuldgefühle einreden, diese Rechnung geht heute nicht auf.
Die Kneipe ist geöffnet, basta!
Ich kann hier nicht stehen und nach meinem Geliebten jaulen, der sich nicht entscheiden kann. Im Gegenteil, ich bin froh, dass es so gut läuft. Es hätte mir auch ganz anders ergehen können. Viel wahrscheinlicher wäre ein böser Reinfall gewesen. Was für ein Glück, dass ich in meiner Freundin und Bernhard Hilfe habe, auch damit konnte ich im Grunde nicht rechnen, wollten sie doch eigentlich feiern und nicht arbeiten.
Empörter Aufschrei „Wer ist Bernhard?", als er erfährt, wer übernommen hat, was er selbst versprach.
Es reicht, ich habe viel zu tun, keine Zeit für langatmige Diskussionen und Erklärungen, muss auflegen. (Ich habe keine Zeit mehr für *ihn*!) Auch seine Drohung, dass dann Schluss ist, ändert daran nichts.
Ich lege auf (wow!). Nehme allerdings auch immer wieder ab …
Fassungslosigkeit am anderen Ende. Er will partout nicht wahrhaben, dass ich weder heule noch „Komm doch!" bettele.
Seine gekränkte Eitelkeit bäumt sich auf und veranstaltet einen Silvester-Telefonterror.
Viel zu lange spiele ich sein Spielchen mit, bis sogar meine Freundin das zweifelhafte Vergnügen hat, über mich „Miststück" aufgeklärt zu werden.
„Du bist für ihn ein für alle Mal gestorben", teilt sie mir schließlich mit, während sie an mir vorbeigeht, um die Gäste zu bedienen.

Ich liege nicht zerschmettert am Boden!

1990, das neue Jahr ist da, ich hoffe auf ein besseres.
Mit Bernhard habe ich gearbeitet, getanzt, angestoßen, getrunken, ein Sektglas geworfen und um 12 Uhr geküsst. Zärtlich!
Wie viele andere Menschen habe auch ich gute Vorsätze. Mein Leben soll wieder gesund werden, das steht ganz oben auf meiner Liste. Kurz nach Mitternacht liegt es an mir, ob das neue Jahr so katastrophal weitergeht, wie das alte endete.
Der Jugo will einen zweiten Akt. Er wünscht mir kein frohes neues Jahr, sondern befiehlt: „Los, hol mich ab, ich bleibe bei dir." Dann fügt er dramatisch hinzu: „Für immer!"
Ich denke, ich höre nicht richtig, frage nach: „Jetzt?" Er meint es ernst, will abgeholt werden. (Es handelt sich um eine läppische Fünfstundenfahrt!) Geheul im Hintergrund: „Warum tust du uns das an?"
Weiß sie es denn nicht? Sie kennt ihn doch besser als ich! Sein Abend war lang. *Jetzt*, mit Whisky, Bier oder Schnaps intus, kann er sich entscheiden. Ganz starker Mann sein. Das wird nicht lange anhalten. *Mein Gott, er kommt doch wieder, verlass dich drauf! Lass' ihn ziehen … Aber ich hol ihn mir nicht!*
Es ist Silvester, Glatteis, natürlich habe ich getrunken, doch selbst ungeachtet dieser Tatsachen habe ich nicht eine Sekunde lang die Absicht, mich ins Auto zu setzen.
Dann soll ich ihm ein Taxi bestellen. „Warum ich?", frage ich. „Mach das doch selbst, wenn du unbedingt noch herkommen willst, obwohl sich das nicht mehr lohnt."
Er will, um jeden Preis, und ich soll die Taxe rufen. „MACH ES!", schallt es im Befehlston aus dem Hörer.
Ich mache es nicht. Und er kommt nicht. Ich will ihn auch gar nicht. Alles müsste sich nur um ihn drehen. Die Stimmung wäre eine andere. Dabei habe ich gerade Spaß daran, unbeschwert zu sein.

Warum sollte ich das Taxi rufen? Ich denke nach.
Er lügt! Er lügt mich an, er lügt sie an. Anders kann ich mir nicht erklären, warum seine Angetraute bei ihm aushält. Wer weiß, was für Geschichten er ihr über mich erzählt hat. Schließlich hört sie nur, was er am Telefon sagt, nicht, was ich antworte. Was mag sie sich zusammenreimen? Wahrscheinlich wird aus meinem „Nein, ich komme nicht“ irgendeine Verrücktheit, ein nahender Zusammenbruch, gar ein Selbstmordversuch. Was sagt er in ihrer Gegenwart, was nicht? Wie passt ihm alles am besten?
Hätte ich ihm das Taxi gerufen, so wäre das der Beweis gewesen, dass ich nicht mehr zurechnungsfähig bin. Dann hätte er ihr erzählen können, er müsse zu mir fahren, um aufzuräumen, mir endgültig einiges klarzumachen. Warum sollte er mit seiner Lügerei bei ihr aufhören?

Er meldet sich nicht mehr, verbringt seinen gesamten Urlaub zu Hause. Erst ein paar Tage nach Neujahr, „offiziell“ wieder auf Montage, lässt er sich in der Gaststätte blicken. Strahlend (!), als sei nichts gewesen, offenbar ohne Schuldbewusstsein, überreicht er mir einen kleinen Blumenstrauß. Ich freue mich nicht.
Er liegt auf meiner Couch, als mich einige Stunden später seine Hauptfrau anruft und fragt, wie lange das noch so weitergehen soll. Sie bekomme zwar Brillanten, ein Auto, und er schlafe auch regelmäßig mit ihr (!), trotzdem wolle sie die Nebenfrau nicht mehr. „Ist er jetzt etwa bei Ihnen?“
Sie lügt – sagt *er*.

Es ist vorbei, im tiefsten Inneren weiß ich das. Mit seinem Eintreffen in der Gaststätte rumorte es ungut in mir, machte sich ein flaues Gefühl in meinem Magen breit. Trotzdem brauche ich noch mehrere Monate, eine schmerzhafte Erfahrung nach

der anderen, bis ich endlich geheilt bin. Aber dann auch gründlich.
„Hör auf deinen Bauch“ – das lerne ich erst während meiner Therapie.

Sein Schwager und sein Bruder haben Restarbeiten im Kindergarten zu erledigen, möchten, wie bisher, gern meine/unsere kleine Wohnung nutzen. Sie sind nette Leute, ich habe nicht ernsthaft etwas dagegen, also gebe ich ihnen den Schlüssel.
Wir verstehen uns gut, sie mögen mich, bemerken meinen immer schlechter werdenden Zustand. Angetrunken jammere ich darüber, dass er seiner Frau zu Weihnachten einen Brillanten geschenkt und das vor mir mit den Worten begründet hat: „Schließlich hat sie mir drei Kinder geschenkt.“
Die beiden wissen, dass sie sich damit Ärger einhandeln, und sagen es mir doch: „Er ist nicht verheiratet. Hat mit ihr nicht drei Kinder, sondern nur einen Sohn. Zwei hat sie mit in die Beziehung gebracht. Zu dem Brillanten kam noch ein Mercedes. Er wird nie sein Geschäft, sein Haus aufgeben, sich aus diesem Grund auch nicht von ihr trennen. Begreif das und glaube uns.“

Jeder Satz ein Hammerschlag, stehe ich da, mit offenem Mund. Ich kann es kaum glauben. *Mag* es einfach nicht glauben und weiß doch mit absoluter Sicherheit, dass es wahr ist. Wie Schuppen fällt es mir von den Augen. Das klingt abgedroschen, ja, aber so ist es.
Ein ganzes, langes Jahr war ich blind! Glaubte fast jedes gut gelogene Wort! Hatte Verständnis für alles Mögliche. Immer gab es gute Gründe, plausible Erklärungen.
Er verriet sich doch so viele Male selbst. Ich hörte es nicht. Taub, stumm und blind für alles, was ich nicht wissen wollte. Wie die drei Affen. Ich bin der Oberaffe.
Nun wird mir alles überdeutlich klar.

Milan, Oliver und Sonja. Ein jugoslawischer Name und zwei deutsche. Wieso haben mich die Namen und die Tatsache, dass er mir immer nur von einem der Kinder vorgeschwärmt hat, nicht stutzig gemacht?
„Ich habe Milans Geburtstag vergessen, es ist auch unser Hochzeitstag …“ Häh? Milan ist doch mit zehn Jahren der Jüngste!
Passend zu diesen Ungereimtheiten meldet sich seine „Frau“ am Telefon mit einem deutschen Nachnamen. Das ganze Theater im letzten Jahr – ich sehe es nun mit anderen Augen. Und stelle ihm unbequeme Fragen.
Er gibt sich nicht geschlagen. Ja, die eine oder andere kleine Notlüge … Er wollte mir halt nicht wehtun … Aber er habe endgültig reinen Tisch gemacht. Zum Beweis könne ich ihn nun anrufen, wann immer ich wolle, frei reden …
Ich will aber nicht.
„Dann kommt *die* hierher.“ Sie kommt, wenn er ruft. Und er ruft oft. Laufend will er Aussprachen, die „seine Frauen“ miteinander führen sollen – aberwitzige Situationen. Beinahe stolz sitzt er als Pascha zwischen uns und aalt sich, spielt sich als Richter auf, der letztendlich ein Urteil zu fällen hat. Er lässt die andere wissen, ich sei sein „Schatz“, und schnauzt, sie solle mich ja nicht „angreifen“, will mir damit demonstrieren, wie sehr er mich doch liebt. Seine Äußerungen nehmen solche Formen an, dass ich die Frau verteidigen muss, ob ich will oder nicht.
Ich kann es mir nicht „schönschreiben“, mag es auch nicht weiter erzählen, es ist zu irre. Ein verworrener Bericht über drei Idioten, die saufend zusammenhocken, total blöde „Tragisch-Wichtiges“ faseln, einander belauern und einfach nur *doof* sind.
Obendrein wird aus der Tragikomödie eine gefährliche Farce. Wenn ich von Trennung spreche, erhält seine Stimme einen warnenden Unterton.

Und ich spreche von Trennung, immer öfter sogar.
Er soll der Verlierer sein? Wenn hier jemand jemanden verlässt, dann er mich und nicht umgekehrt! Das hat es noch nie gegeben, dass sich eine Frau von ihm abwendet! Und er hatte eine Menge Frauen, und alle, alle lieben ihn noch, genau wie die fünf unehelichen Kinder!
Damit bin ich auf dem allerneuesten Stand. (Und die andere wohl auch …)
Die zweite Frau will weg!? – Jetzt ist er jeden Tag da, macht sogar den Hausmann.
Aber all die Blumen, Geschenke, Bettelbriefe um „eine Chance" nutzen ihm nichts mehr. Es ist aus, endgültig. Für mich …
Ich vergesse, dass er dabei ein Wörtchen mitzureden hat.

Bernhard, das ist eine Geschichte für sich.
„Wie ist es nur möglich?" – Das wird sein Standardsatz, *muss* es bei meinem Verhalten werden. Dauernd bekomme ich diesen Satz zu hören, wenn er beobachtet, was sich in meinem Leben abspielt und wie viel ich trinke.
Ich habe starke Existenzängste. Das, was ich tun will, kriege ich nicht auf die Reihe, fühle mich krank, verliere allen Mut – saufe.
Wir haben nichts miteinander. Die Eifersucht des Jugos ist völlig unbegründet.
Bernhard, das heißt Zuflucht.
Ich habe nicht mit ihm geflirtet, um ihn gebettelt, praktisch nichts getan, was dieses Beschütztwerden erklären könnte.
Ich habe ihn nicht gesucht.
Auf einmal war er einfach da. Und ich wollte ihn nicht einmal.

Er ist Junggeselle, kam allein in die Kneipe. Sofort war ich damit beschäftigt, ihn zu verkuppeln. Wie Sauerbier bot ich ihn

meinen ledigen Freundinnen an. Alle möglichen Vorzüge pries ich an, erklärte sie für dumm, weil sie noch nicht einmal den Versuch starteten. Nur für mich sah ich ihn nicht!
Ich mag ihn zwar mit jedem Tag mehr, fühle mich wohl und ruhig, wenn er bei mir ist. In der ganzen Zeit ist er jemand, auf den ich mich verlassen kann. Immer lacht er, strahlt Ruhe und Zufriedenheit aus. Ich sehne mich genau nach diesen Eigenschaften, damit zieht er mich an sich. Aber ich betrachte ihn nicht als Mann, der sich von mir etwas wünscht. Das ändert sich schlagartig nach einer gemeinsamen Nacht ganz besonderer Art.

Ich bin allein, wieder einmal, und äußere ihm gegenüber, wie ungern ich in die leere Wohnung gehe. Dass ich mich gern ankuschele, Wärme brauche.
„Nun, dann komme ich eben heute mit, kuschelst du mit mir!?"
„Nein, das will ich nicht, dabei kommt doch nur wieder das eine heraus. Keine Lust, Schnauze voll."
„Nein, Ehrenwort, ich lass' dich zufrieden."
Das glaube ich ihm natürlich nicht, er wäre der Erste ... „Ehrenwort" – wie oft habe ich das in letzter Zeit gehört, was bedeutet es schon?
Aber er lässt nicht locker. Ich solle es doch wenigstens auf einen Versuch ankommen lassen. Er sei auch allein, wärmen wir uns eben einmal gegenseitig. Was verliere ich dabei schon?
Er *ist* der Erste!
Er kommt mit. Die Atmosphäre zwischen uns ist sehr vertraut, ungezwungen. Wir reden noch eine Weile, bis wir müde werden. Dann gehen wir zusammen ins Bett, als sei es das Selbstverständlichste von der Welt.
Ich bucke mich an. Einmal muss ich sagen: „Nein, bitte nicht!", dann ist Ruhe. Er lässt es bei diesem einen Versuch,

nimmt mich in den Arm, ich fühle mich geborgen, kann schlafen.
Nach dieser Nacht sehe ich ihn mit anderen Augen.
Das habe ich noch nie erlebt, ich bin beeindruckt. Kein Egoismus, da denkt jemand an mein Wohlergehen. Oh, wie gut das tut.
War ich sonst eher gleichgültig, nahm seine Fürsorge einfach hin, ändert sich das jetzt mit einem Schlag. Ich suche ihn nun auch, will etwas zurückgeben.

Der Name *Bernhard*, er fällt nun ziemlich oft. Zu oft, meint der Jugo. Er ahnt mehr, als mir selbst bewusst ist. Dass sich unter seinen Augen etwas anbahnt, ist ein Ding der Unmöglichkeit, mit allen Mitteln zu verhindern. Und wenn es nicht im Guten geht, dann eben im Bösen. Furchtbare Geschütze fährt er auf, um mich zu halten.
Müde lasse ich mich zu mehreren Treffen in unserer Wohnung überreden. Immer seltener halte ich mich dort auf. Wenn seine Mitarbeiter da sind, gar nicht mehr.
Jetzt ist er jedoch allein dort. Ich soll also wieder mal zu ihm kommen.
Ich fahre zu ihm. Wahrscheinlich hoffe ich tief in meinem Inneren, dass er doch nicht so ein Schweinehund ist. Dass ich mich womöglich doch nicht so schwer geirrt habe. Vielleicht will ich aber auch einfach meine ganze Enttäuschung und Wut loswerden. Ich weiß es nicht. Womöglich ist es ein bisschen von allem. Auf irgendeine verhängnisvolle Weise sind wir noch miteinander verbunden.

Er sitzt in der Stube auf der Couch. Leichenblass, elend, mit gramerfüllter Miene.
Aber die Augen!
Mit drohendem, strafendem Blick starrt er mir entgegen.

Die Begrüßung fällt reserviert, abwartend aus. Er beobachtet jede meiner Bewegungen, als läge er auf der Lauer.
Erst einmal herrscht Schweigen zwischen uns.
Keiner weiß, wo er mit seinen Vorhaltungen anfangen soll. Es ist sozusagen die Ruhe vor dem Sturm. Wir sitzen in einigem Abstand voneinander, der gespannten Lage angemessen.
Plötzlich, ohne jede Vorwarnung, stürzt er sich auf mich, umschlingt mich wild, küsst meine Haare, Augen, meinen Mund, Hals, meine Hände, stammelt dabei fortwährend „Ja te volim, ja te volim". Zittert am ganzen Körper wie Espenlaub.
Dann reißt er dramatisch sein Hosenbein hoch. Ungläubig starre ich auf das, was ich da zu sehen bekomme.
An seinem Bein ist mit mehreren Klebestreifen fein säuberlich ein Messer befestigt!
„Eigentlich wollte ich dich heute umbringen, aber ich kann es einfach nicht. Ich liebe dich zu sehr."
Er ist krank, denke ich und empfinde beinahe Mitleid. *Krank und gefährlich.*

Immer wieder gibt es gute Gründe, warum ich ihn ein letztes Mal treffen muss. Vieles ist zu regeln, zu klären. Und wenn es bloß ein wiederholter Abschied ist … aber bitte, bitte komm doch … Ein letztes Mal.
Ich komme!

„Bitte leg dich mit mir in die Wanne, wir schneiden uns die Pulsadern auf, es tut gar nicht weh. Dann sind wir für immer zusammen." Und mit fast kindlicher Stimme bettelt er: „Wir verlassen uns doch nie, ja?"
Dabei zieht er mich ins Badezimmer. Vorsichtig, langsam. Als könnte eine schnelle Bewegung mich wecken, dafür sorgen, dass mein Verstand einsetzt. Unwirklich erscheint mir das alles, wie aus einem Kitschroman.
Aber es ist die bittere Realität.

Wie hypnotisiert lasse ich mich ziehen. Bin unendlich müde, kann mir durchaus vorstellen, zu tun, was er vorschlägt. Sterben wir eben, ich bin sowieso fertig, weiß nicht mehr weiter. Kraftlos bin ich, durch und durch. Ich stelle mir vor, wie wir in der Wanne liegen und langsam sterben. Na und, wenn schon.
Er starrt mich an, verfolgt mit irrem Blick, wie weit ich mit ihm gehen will. Zieht er jetzt energischer? Habe ich gezögert?
Ja, habe ich. Sterben – wirklich *mit* ihm oder etwa ich alleine? Und warum eigentlich?
„Bitte", sage ich sehr leise, zaghaft, „ich will doch leben. Warum soll ich sterben? Was willst du mir antun, ich denke, du wünschst mir das Beste? Lass mich doch leben! Ich will das alles nicht. Ich will leben! Ich habe doch nur dieses eine Leben. Bitte, warum also?"

Ich stehe neben mir und beobachte uns, sehe sehr genau, wie verrückt wir sind. Es ist eine derart beschwörende Dramatik darin, dass es schon wieder kitschig wird. Da spielt jemand die Hauptrolle in der Verfilmung eines Hedwig-Courths-Mahler-Romans. Ich bewege mich wie in Trance. Manchmal habe ich Lust, laut zu lachen, so albern wirkt das Ganze.
Doch das Lachen bleibt mir im Halse stecken.

„Hier muss ein Arzt her", höre ich aus weiter Ferne seinen Schwager sagen. Mit einem Schreianfall liege ich zusammengekrümmt am Boden. Der Jugo, sein Bruder, sein Schwager und ein Kollege wohnen gerade mal wieder in meiner Wohnung. Ich wurde angerufen, sollte kommen, er wollte bitte, bitte, jetzt „wirklich zum letzten Mal" mit mir reden. Ohne Ärger, in Freundschaft. Ganz, ganz bestimmt.
Ich bin voller Widerwillen – und fahre doch hin. Wir sitzen auf dem Bett und er palavert.

Das Telefon klingelt, es ist die Hauptfrau. Ungläubig höre ich, wie er ihr erzählt, ich säße nackt neben ihm.
Er ist verrückt, nimm es endlich als gegeben hin!, schießt es mir durch den Kopf. Ich reiße ihm den Hörer aus der Hand, sage, dass das nicht stimmt, dass ich nichts mehr von ihm will.
„Dann heben Sie doch endlich Ihren fetten Arsch von dannen!", ist ihre heulende Antwort.
„Würde ich ja gern, wenn er mich endlich in Ruhe ließe!"
„Wie bitte?" Verdutzt fragt sie, ob *er* mich etwa angerufen hätte.
„Ja, hat er!"
Damit fällt sein Lügenmärchen von einer Kranken, die an ihm klebt und nicht von ihm lassen will, in sich zusammen.
In seinen Augen funkelt der blanke Hass. Seine Stimme überschlägt sich geradezu. „Du Hure, du Nutte, ich bringe dich um!", brüllt er, rast in die Küche, kommt mit einem langen, spitzen Messer in der erhobenen Faust zurück, stürzt auf mich los, will mich abstechen, umbringen.
Erst sollten wir nach seinem Willen gemeinsam sterben, jetzt kann ich das gut und gern allein. Sein Schwager benötigt seine ganze Kraft, um ihn festzuhalten, bis er sich beruhigt hat.
Zum ersten Mal habe ich wirklich Angst.
Er ist ein Irrer.
Ich bin sicher, dass der Tod im Raum war. Wären wir allein gewesen, hätte er mich umgebracht. Es war deutlich zu spüren.
Die Angst, der Wahnsinn des vergangenen Jahres, der letzten Tage – ich halte diese Spannung nicht mehr aus, breche schreiend zusammen. Gekrümmt wie ein Embryo liege ich auf dem Boden, umklammere mich und schreie, schreie so lange, bis mein Schreien in hemmungsloses, wildes Schluchzen übergeht.
Er missversteht diesen Zusammenbruch, wertet ihn für sich. Liebesschwüre heulend wirft er sich über mich.
Komplett irre, denke ich, trotz all der Schreierei klar im Kopf.

Schon seit Langem muss ich sämtliche Arbeit allein schaffen. Mein Suff ist ins Unerträgliche gestiegen. Mit jedem Ereignis, das über mich hereinbricht, wird er schlimmer.
„Zwanzig Besäufnisse habe ich dir gegeben", sagt Bernhard. „Acht sind schon weg. Danach kannst du nicht mehr mit mir rechnen."
„Gut, dann habe ich ja noch zwölf", versuche ich meine Betrunkenheit herunterzuspielen.
Wie hat er es bloß ausgehalten, mir zuzusehen?

Es ist klar, dass die Gaststätte aufgegeben wird, die Tage der Selbstständigkeit damit gezählt sind. Ich will mich klug verhalten, nicht warten, bis ich auf der Straße sitze. Also suche ich nach einer neuen Stelle. Will die sofort, kein Vakuum soll entstehen.
Tatsächlich ergattere ich mit allen möglichen Versprechungen einen Job beim Rechtsanwalt. Arbeite nun tagsüber im Büro und abends hinter der Theke. Überdies liegt Wolfgang gerade im Krankenhaus, mit Verdacht auf eine böse Krankheit. Zwischen beiden Jobs hetze ich mich ab, um ihn zu besuchen. Das erfordert ein Rest von Gefühl und Anstand.

Ich bin selbst überrascht, dass viele meiner Fähigkeiten nicht verschüttgegangen sind, und stelle mich auch sonst nicht gerade doof an. Trotzdem bin ich überfordert – auch von der Anstrengung, den Anwalt meinen Alkoholkonsum nicht merken zu lassen …
Nach drei Monaten schmeiße ich hin. Wieder versagt!
Mein Mann ist weg, meine Existenz gescheitert, ich bin Alki. Ich sehe keine Perspektive. Ich kann nichts mehr, das ist klar. Ich bin fertig!

„Warum musst du da hin? Ich verstehe das nicht, wie ist es nur möglich?“, fragt mich Bernhard.
Ich weiß keine Antwort. Ich *muss* eben.
Der Jugo bettelt, bettelt, bettelt …
Mit stumpfem Haar, dick, aufgedunsen, ungepflegt, lasse ich mich fast bis vor die Wohnung fahren. Fast, nicht ganz. Das letzte Stück gehe ich zu Fuß, ich will keine Explosion.
Zentnerschwere Lasten schleppe ich beim Gehen. Schlurfend, todmüde setze ich die Füße voreinander, gebeugt, dumpf der Kopf.
Ich will das doch gar nicht, ich kann doch gar nicht mehr, warum gehe ich bloß wieder dorthin? Und doch schleppe ich mich weiter Richtung Jugo.

Seine Frau hockt neben ihm auf der Couch, den Arm besitzergreifend um ihn gelegt. Auf dem Tisch stehen eine bereits zur Hälfte geleerte Flasche Korn, ein randvoller Aschenbecher. Nervös lässt mich die Hauptfrau nicht aus den Augen. Dabei hat sie keinen Grund, nervös zu sein. Sie hat sich schick gemacht, nach der neuesten Mode gekleidet, ist schlank, gepflegt. Und sie ist nüchtern. Ich bin besoffen.
Eine in den letzten Zügen liegende Schnapsdrossel als Konkurrenz? Unmöglich, mich zu fürchten.
Braucht sie auch nicht. Der Jugo und ich … nur betrunken bin ich den ganzen Weg mit ihm gegangen.
Er bleibt bei seiner weinerlichen Rolle, beim „Kampf“ um seine zwei Frauen. Will keine hergeben. Bettelt in ihrer Gegenwart, wie gehabt. Entnervt von so viel praktizierter und erlittener Demütigung, schmeißt sie das Handtuch.
„Geh doch mit ihr!“, bietet sie uns wütend, giftig das gemeinsame Glück an.
Nie, niemals mehr! Um Gottes willen! Lediglich Angst jagt sie mir damit ein. Ja, das sieht der Jugo richtig in meinen Augen.
„Sie will ja nicht mehr. Oder?“, wendet er sich an mich.

Wir führen ein absurdes Gespräch. Er bettelt, bei mir bleiben zu dürfen, sie bettelt, bei ihm bleiben zu dürfen – unwirklich ist das alles, nebulös in meinem Kopf.
Wie viele Flaschen Schnaps habe ich mit diesem Mann zusammen getrunken? Und das war mein Leben mit ihm – Trinken!
Auch diese Flasche wird leer, eine neue angebrochen. Mit jedem getrunkenen Glas gerät das Bild von uns dreien schärfer.
So, wie man ein Fernrohr einstellen kann, so schärft sich mein Blick für diese Situation.
Der Wahnsinn ist klar zu erkennen.
Ich will diese Verrücktheit nicht mehr mitmachen. Und ihn will ich schon gar nicht. *Was* hat er mir gegeben? Worum kämpfen wir hier eigentlich?
Um seinen göttlichen Schwanz?
Ich bin ja total bekloppt!
Ganz bewusst nehme ich meine Besoffenheit wahr, betrachte diese beiden Menschen auf dem Sofa in der Wohnung, die ich allein gemietet habe. Sehe überdeutlich mich selbst auf dem Bett sitzen, in dem er letzte Woche („Mein Gott, sie hat da nur geschlafen!") mit ihr gelegen hat.
Es muss Schluss sein, jetzt sofort!
Beide beobachten mich, sie argwöhnisch, er ungläubig.
Ich rutsche vom Bett, setze mich auf den Fußboden, suche im Telefonbuch hochkonzentriert nach der richtigen Adresse für einen Entzug. Als ich alles klargemacht habe, folgt der Anruf an meine Freundin.
„Ich bitte dich, bring mich in die Klinik! Bitte, gleich! Hilf mir! Bitte!"
„Gibst du mir keinen Abschiedskuss?" Das ist das Einzige, was diesem Mann dazu einfällt.

Ich sitze mit dem Rücken an der Wand auf dem Fußboden. Habe nur noch einen Gedanken: *Wenn jetzt nicht etwas passiert, sterbe ich.* Ich bin ganz sicher, dass ich sterben werde.
Vor mir auf dem Sofa hockt ... ja, wer? Wie soll ich ihn bezeichnen? Meine Blindheit? Meine letzte Chance, wach zu werden? Meine Wünsche? Der Tropfen, der das Fass zum Überlaufen gebracht hat?
Meine ganz große Liebe?
Ich bin ja verrückt, wie konnte ich mir Liebe einbilden?
Ein weiteres Opfer sitzt da, seine Frau. Sie ist immer noch blind. Heute, jetzt, tut sie mir nicht leid, aber der Moment wird kommen. Sie hat um ihren Mann gekämpft ... und mich gerettet.

Dies schreibend loszuwerden, es war mein dritter Marathonlauf. Eine Strecke mit irrsinnigen Steigungen und voller Qualen. Manches Mal wollte ich aufgeben, so entsetzlich anstrengend, nicht zu schaffen, schien sie mir.
Ich lief sie allein. Ohne Zuspruch, ohne aufmunternde Worte. Niemand versteht, warum ich mich auf diesen Weg machte. Allein musste ich mich immer aufs Neue aufraffen, schleppte mich nur so über die Runden.
Tiefste Unsicherheit brachte mich allzu oft an den Rand der Resignation. Was wird dabei herauskommen? Garantiert keine Anerkennung.
Wirklich alles musste noch einmal durchgestanden werden, bereitete Schmerzen und Schuldgefühle.
Warum tue ich mir das an, muss ich tatsächlich auch dies durchhalten?
O ja, ich musste!
Auch dieses Mal bin ich am Ende bis auf die Knochen erschöpft, kaputt, ausgelaugt, fertig. Alles, alles habe ich wieder-

gegeben und mich endlich von diesem immensen Druck befreit.
Es ist raus – ich hab's geschafft!

Nachwort

Jeder von uns ist auf einer einzigartigen, durch nichts zu ersetzenden Reise.

So habe ich diese Arbeit begonnen. Damals war ich Anfang 40. Wenn ich jetzt, mit 61 Jahren, den zurückgelegten Weg Revue passieren lasse, kann ich nur staunen, wie treffend ich diese Worte an den Anfang gesetzt habe.
„Guck dir mal dein Leben an, was daraus geworden ist." Verächtlich habe ich das von meiner Mutter zu hören bekommen. Wer antwortet – und ich habe so geantwortet –: „Ich bereue nichts", ist sicher kein Verlierer. Es mag erstaunen, aber alles war richtig – im Rückblick. Folge-richtig. Nicht, dass ich stolz auf eine solche Vergangenheit wäre. Aber gerade der leidvolle Absturz in nie für möglich gehaltene Tiefen brachte mich auf meinen Weg.

Wie es weitergegangen ist?
Mitsamt Scherbenhaufen Leben verschwand ich erst einmal für ein halbes Jahr von der Bildfläche. Und das war gut so.
Distanz, Gruppengespräche und Ruhe förderten eine gänzlich andere Wahrnehmung. Ich sah in der Tat etwas klarer, soweit okay.
Als ich wieder zu Hause war, begannen sofort sich über Jahre hinziehende Verfahren vor Gericht, die *ich* ins Rollen brachte. Mehrere! Der Scherbenhaufen war ja nicht verschwunden.
Es ist für mich heute unglaublich, wie oft ich vor dem Richter stand. Ich musste kämpfen. Es kostete Mut, schlaflose Nächte, Kräfte, Ängste – doch ich konnte nicht anders. Es ging um mein Selbstbild, mein Selbstbewusstsein, meinen Selbstwert. Es ging um meine Wahrnehmung. Am Ende hat mich das Über-

winden meiner Schwäche stark gemacht. Auf dem Weg zur Gesundung war ich wohl in dem Moment, als ich nicht mehr auf mein Recht pochte, es einfach lassen konnte. (Ich lese „einfach“, aber das stimmt nicht. Ich erinnere mich bis heute daran, wie das war, es zu lassen. Eben *nicht* leicht.)

Ich betrete nie mehr die Gaststätte, werde geschieden. Beruflich braucht es Mut, sich nach elf Jahren Gastronomie auf frühere Fähigkeiten zu verlassen. Ich traue mich, arbeite unter anderem beim Rechtsanwalt und in einem Verlag. Ich erinnere mich, dass ich mir lange Zeit stärkende Verse mantraähnlich vorbetete, ehe ich die Tür zu meiner Arbeitsstelle öffnete.
Dass ich mich wieder ins Leben werfe, gut arbeite, eigenes Geld verdiene, bringt Selbstvertrauen. Und doch ist es irgendwie nicht genug. Was fehlt? Keine Ahnung. Ich suche – auch irgendwie. Irgendwie bedeutet, dass parallel zum Beruf Jahre des Studiums folgen.

Scheinbar zufällig komme ich zu der Ausbildung zur Meditativen Kunst- und Atemtherapeutin. D.h., ich schnappe etwas davon auf, fühle mich angesprochen, zweifle, gehe zum Infoabend, zweifle weiter und beginne sie dann nach einigen Anläufen tatsächlich. Wie wunderbar, denn diese Ausbildung beschert mir Glücksgefühle pur. Ich sehe eine Möglichkeit, mit dieser Methode Menschen in ähnlichen Situationen zu helfen. Doch ist Hintergrundwissen über psychische Vorgänge nötig.
Prompt fällt mir genau zu diesem Zeitpunkt Material über die Ausbildung zur heilpraktischen Psychotherapeutin in die Hände. Wieder Zaudern, Zweifeln. Schließlich gibt Bernhard den Schubs: Mach es. Jetzt! Und auch damit werde ich glücklich. Die Lehrbücher zu lesen, zu studieren, fasziniert mich, macht mich innerlich derart reich, satt, dass es keine Frage ist, ob ich nun auf dem richtigen Weg bin. Ich studiere etwas, was ich lange, lange schon wollte – so erlebe ich es.

Nun habe ich also diese beiden Ausbildungen. Aber ganz passt es für mich immer noch nicht.
Meine „Aufräumarbeiten“ mit dem ganzen Stress dazu sind noch nicht beendet. Bandscheibenvorfälle stellen sich ein. Passend dazu erzählt mir mein Sohn von der Feldenkraismethode. Er ist Physiotherapeut, weiß, was ich mit dieser Methode alles erreichen kann. Ich erinnere mich: Eine gute Therapie beginnt mit der Körperwahrnehmung, dann folgen Einzelgespräche und schließlich die Gruppenarbeit. Es ist einfach rund und stimmig.
Nach vier Jahren habe ich das Zertifikat „Feldenkraispädagogin“ in der Hand – und keinerlei körperliche Beschwerden mehr.

All dies wirkt sich enorm auf mein Selbstwertgefühl aus, schon jetzt bin ich reich. Doch erst der letzte „Zufall“ bringt mich auf eine lebenslange Spur.

Für die Ausbildung zur Meditativen Kunst- und Atemtherapeutin muss ich zwei Arbeiten abgeben. Mystik und Atem sind meine Themen. Mit dieser Wahl bin ich schnell bei der Meditation und es dauert nicht lange, bis ich mich wöchentlich in einer Pagode zum Meditieren in der Gruppe wiederfinde. Das heißt, ich bilde mir ein, zu meditieren. Bis ich höre, dass ein erfahrener Lehrer ratsam wäre. Ich frage: Wie finde ich denn einen Lehrer? Antwort: Du musst nicht suchen, dein Lehrer wird dir begegnen!
Und so ist es. Wie bestellt und prompt geliefert erlebe ich wenig später eine buddhistische Nonne, die ruhig und gelassen über Meditation spricht. Ich sehe sie, höre sie, und wie von Geisterhand geschoben gehe ich zu ihr, frage: Bitte, willst du meine Lehrerin sein? Sie schaut mich freundlich prüfend an und sagt schließlich schlicht JA. Diese Nonne ist Lama Yeshe Sangmo.

Kurz darauf gehe ich für drei Wochen ins Retreat nach Frankreich. Lama Yeshe Sangmo unterrichtet mich in der buddhistischen Lehre. Hier erhalte ich die Impulse zum tieferen Schauen: Ursache und Wirkung, Unwissenheit, Achtsamkeit, Vergänglichkeit, Anhaften und Ablehnen, Gier, Stolz, Gedanken, Gewahrsein – und immer wieder – achtsam sein. Achtsam – wie sind deine Gedanken? Wie handelst du? Wie geht es den anderen dabei? Den Dingen Raum geben, nicht das Einzelne sehen, sondern Alles.
Wirklich schmerzhaft war die Erkenntnis, was für ein Elend durch „Nichtbesserwissen" entstand. Ich denke dabei an meine Eltern, an meine Kinder – ja, auch an meine Exmänner.
Auch als Buddhistin bin ich noch lange nicht ausgeglichen und in einer Ruhe, wie ich sie mir wünsche. Aber auf dem Weg dahin. Die Lehre spricht von Ursache und Wirkung = Karma. Ich verstehe es so: „Dass du jetzt dort stehst, wo du stehst, ist die Folge dessen, was gewesen ist. Deine Zukunft wird die Folge dessen sein, was du heute tust!"

„Guck dir mal dein Leben an, was daraus geworden ist." Ja, ich gucke es mir an, liebe (!) Mama, und bin einfach nur unendlich dankbar. Dankbar für die Wende, die mein Leben am Ende genommen hat. Dankbar dir, liebe Yeshe, für all die Liebe, Zeit, das Verständnis und die Hilfestellung mit grenzenloser Geduld. Ich sage Danke, dass mir Bernhard regelrecht vor die Füße gelegt wurde und wir gemeinsam einen neuen Weg gehen können. Ich sage Danke meinen geliebten Söhnen und meiner „Wunder-vollen" spirituellen Familie, die meine schweren Zeiten mitgetragen hat. Ja, ein Wunder, dass ich in ihr sanft gelandet bin. Schließlich danke ich noch Michélle Pyka, meiner Lektorin, für das Einfühlen in mein Leben.

Ach ja, und ich bin mit Bernhard verheiratet.